STS

N1

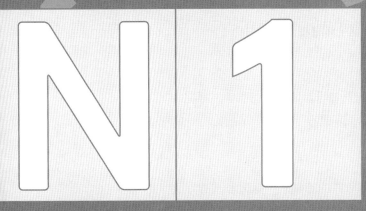

合格全攻略！
新日檢

6回聽解
MP3

6回全真模擬試題

讀解・聽力・言語知識【文字・語彙・文法】

山田社日檢題庫小組・吉松由美・田中陽子・西村惠子　合著

摸透出題法則〉全科備戰〉掌握節奏感〉理出解題思路〉合格證照〉

● 配合最新出題趨勢，模考內容全面換新！
● 百萬考生見證，權威題庫，就是這麼威！
● 出題日本老師通通在日本，持續追蹤考題，精準摸清考點！
● 輕鬆取得加薪證照，搶百萬年薪！

STS

配合最新出題趨勢，模考內容全面換新！

百萬考生見證，權威題庫，就是這麼威！
出題的日本老師通通在日本，
持續追蹤日檢出題內容，重新分析出題重點，精準摸清試題方向！
輕鬆取得加薪證照，搶百萬年薪！

　　您是否做完模考後，都是感覺良好，但最後分數總是沒有想像的好呢？
做模擬試題的關鍵，不是在於您做了多少回，而在，您是不是能把每一回
都「做懂，做透，做爛」！

　　一本好的模擬試題，就是能讓您得到考試的節奏感，練出考試的好手
感，並擁有一套自己的解題思路和技巧，對於千變萬化的題型，都能心中
有數！

新日檢萬變，高分不變：

　　為掌握最新出題趨勢，本書的出題日本老師，通通在日本長年持續追
蹤新日檢出題內容，徹底分析了歷年的新舊日檢考題，完美地剖析新日檢
的出題心理。發現，日檢考題有逐漸變難的傾向，所以我們將新日檢模擬
試題內容全面換新，製作了擬真度 100％ 的模擬試題。讓考生迅速熟悉考
試內容，完全掌握必考重點，贏得高分！

摸透出題法則，搶分關鍵：

　　摸透出題法則的模擬考題，才是搶分關鍵。例如：「日語漢字的發音
難點、把老外考得七葷八素的漢字筆畫，都是熱門考點；如何根據句意確
定詞，根據詞意確定字；如何正確把握詞義，如近義詞的區別，多義詞的
辨識；能否辨別句間邏輯關係，相互呼應的關係；如何掌握固定搭配、約
定成俗的慣用型，就能加快答題速度，提高準確度；閱讀部分，品質和速
度同時決定了最終的得分，如何在大腦裡建立好文章的框架」。只有徹底
解析出題心理，合格證書才能輕鬆到手！

決勝日檢，全科備戰：

新日檢的成績，只要一科沒有到達低標，就無法拿到合格證書！而「聽解」測驗，經常為取得證書的絆腳石。

本書不僅擁有 6 回合大量的模擬聽解試題，更依照 JLPT 官方公佈的正式考試規格，請專業日籍老師錄製符合 N1 程度的標準東京腔光碟。透過模擬考的練習，把這 6 回「聽懂，聽透，聽爛」，來鍛鍊出「日語敏銳耳」！讓您題目一聽完，就知道答案是哪一個了。

掌握考試的節奏感，輕鬆取得加薪證照：

為了讓您有真實的應考體驗，本書完整輯錄「6 大回合超擬真模擬試題」，完全複製了整個新日檢的考試配分及題型。請您一口氣做完一回，不要做一半就做別的事。考試時要如臨考場：「審題要仔細，題意要弄清，遇到攔路虎，不妨繞道行；細中求速度，快中不忘穩；不要急著交頭卷，檢查要認真。」

這樣能夠體會真實考試中可能遇到的心理和生理問題，並調整好生物鐘，使自己的興奮點和考試時間同步，培養出良好的答題節奏感，從而更好的面對考試，輕鬆取得加薪證照。

找出一套解題思路和技巧，贏得高分：

為了幫您贏得高分，《合格全攻略！新日檢 6 回全真模擬試題 N1》分析並深度研究了舊制及新制的日檢考題，不管日檢考試變得多刁鑽，掌握了原理原則，就掌握了一切！

確實做完這 6 回真題，然後認真分析，拾漏補缺，記錄難點，來回修改，進行分類，將重點的內容重點複習，也就是做懂，做透，做爛這 6 回。這樣，您必定對解題思路和技巧都能爛熟於心。而且，把真題的題型做透，其實考題就那幾種，掌握了就一切搞定了。

相信自己，絕對合格：

有了良好的準備，最後，就剩下考試當天的心理調整了。不只要相信自己的實力，更要相信自己的運氣，心裡默唸「這個難度我一定沒問題」，您就「絕對合格」啦！

目録もくじ

一、什麼是新日本語能力試驗呢

1. 新制「日語能力測驗」

從2010年起實施的新制「日語能力測驗」（以下簡稱為新制測驗）。

1－1 實施對象與目的

　　新制測驗與舊制測驗相同，原則上，實施對象為非以日語作為母語者。其目的在於，為廣泛階層的學習與使用日語者舉行測驗，以及認證其日語能力。

1－2 改制的重點

改制的重點有以下四項：

1　測驗解決各種問題所需的語言溝通能力

　　新制測驗重視的是結合日語的相關知識，以及實際活用的日語能力。因此，擬針對以下兩項舉行測驗：一是文字、語彙、文法這三項語言知識；二是活用這些語言知識解決各種溝通問題的能力。

2　由四個級數增為五個級數

　　新制測驗由舊制測驗的四個級數（1級、2級、3級、4級），增加為五個級數（N1、N2、N3、N4、N5）。新制測驗與舊制測驗的級數對照，如下所示。最大的不同是在舊制測驗的2級與3級之間，新增了N3級數。

N1	難易度比舊制測驗的1級稍難。合格基準與舊制測驗幾乎相同。
N2	難易度與舊制測驗的2級幾乎相同。
N3	難易度介於舊制測驗的2級與3級之間。（新增）
N4	難易度與舊制測驗的3級幾乎相同。
N5	難易度與舊制測驗的4級幾乎相同。

＊「N」代表「Nihongo（日語）」以及「New（新的）」。

3 施行「得分等化」

由於在不同時期實施的測驗，其試題均不相同，無論如何慎重出題，每次測驗的難易度總會有或多或少的差異。因此在新制測驗中，導入「等化」的計分方式後，便能將不同時期的測驗分數，於共同量尺上相互比較。因此，無論是在什麼時候接受測驗，只要是相同級數的測驗，其得分均可予以比較。目前全球幾種主要的語言測驗，均廣泛採用這種「得分等化」的計分方式。

4 提供「日本語能力試驗Can-do 自我評量表」（簡稱JPT Can-do）

為了瞭解通過各級數測驗者的實際日語能力，新制測驗經過調查後，提供「日本語能力試驗Can-do 自我評量表」。該表列載通過測驗認證者的實際日語能力範例。希望通過測驗認證者本人以及其他人，皆可藉由該表格，更加具體明瞭測驗成績代表的意義。

1－3 所謂「解決各種問題所需的語言溝通能力」

我們在生活中會面對各式各樣的「問題」。例如，「看著地圖前往目的地」或是「讀著說明書使用電器用品」等等。種種問題有時需要語言的協助，有時候不需要。

為了順利完成需要語言協助的問題，我們必須具備「語言知識」，例如文字、發音、語彙的相關知識、組合語詞成為文章段落的文法知識、判斷串連文句的順序以便清楚說明的知識等等。此外，亦必須能配合當前的問題，擁有實際運用自己所具備的語言知識的能力。

舉個例子，我們來想一想關於「聽了氣象預報以後，得知東京明天的天氣」這個課題。想要「知道東京明天的天氣」，必須具備以下的知識：「晴れ（晴天）、くもり（陰天）、雨（雨天）」等代表天氣的語彙；「東京は明日は晴れでしょう（東京明日應是晴天）」的文句結構；還有，也要知道氣象預報的播報順序等。除此以外，尚須能從播報的各地氣象中，分辨出哪一則是東京的天氣。

如上所述的「運用包含文字、語彙、文法的語言知識做語言溝通，進而具備解決各種問題所需的語言溝通能力」，在新制測驗中稱

新制日檢的目的，是要把所學的單字、文法、句型…都加以活用喔。

喔～原來如此，學日語，就是要活用在生活上嘛！

為「解決各種問題所需的語言溝通能力」。

　　新制測驗將「解決各種問題所需的語言溝通能力」分成以下「語言知識」、「讀解」、「聽解」等三個項目做測驗。

語言知識	各種問題所需之日語的文字、語彙、文法的相關知識。
讀　解	運用語言知識以理解文字內容，具備解決各種問題所需的能力。
聽　解	運用語言知識以理解口語內容，具備解決各種問題所需的能力。

　　作答方式與舊制測驗相同，將多重選項的答案劃記於答案卡上。
此外，並沒有直接測驗口語或書寫能力的科目。

2. 認證基準

　　新制測驗共分為N1、N2、N3、N4、N5五個級數。最容易的級數為N5，最困難的級數為N1。

　　與舊制測驗最大的不同，在於由四個級數增加為五個級數。以往有許多通過3級認證者常抱怨「遲遲無法取得2級認證」。為因應這種情況，於舊制測驗的2級與3級之間，新增了N3級數。

　　新制測驗級數的認證基準，如表1的「讀」與「聽」的語言動作所示。該表雖未明載，但應試者也必須具備為表現各語言動作所需的語言知識。

　　N4與N5主要是測驗應試者在教室習得的基礎日語的理解程度；N1與N2是測驗應試者於現實生活的廣泛情境下，對日語理解程度；至於新增的N3，則是介於N1與N2，以及N4與N5之間的「過渡」級數。關於各級數的「讀」與「聽」的具體題材（內容），請參照表1。

Q&A

Q：新制日檢級數前的
　　「N」是指什麼？

A：「N」指的是「New（新的）」跟「Nihongo（日語）」兩層意思。

■ 表1　新「日語能力測驗」認證基準

Q&A

Q：以前是4個級數，現在呢？

A：新制日檢改分為N1-N5。N3是新增的，程度介於舊制的2、3級之間。過去有許多考生反應，舊制2、3級層度落差太大，所以在這兩個級數之間，多設了一個N3的級數，您就想成是，準2級就行啦！

困難 *	級數	認證基準 各級數的認證基準，如以下【讀】與【聽】的語言動作所示。各級數亦必須具備為表現各語言動作所需的語言知識。
	N1	能理解在廣泛情境下所使用的日語 【讀】・可閱讀話題廣泛的報紙社論與評論等論述性較複雜及較抽象的文章，且能理解其文章結構與內容。 ・可閱讀各種話題內容較具深度的讀物，且能理解其脈絡及詳細的表達意涵。 【聽】・在廣泛情境下，可聽懂常速且連貫的對話、新聞報導及講課，且能充分理解話題走向、內容、人物關係、以及說話內容的論述結構等，並確實掌握其大意。
	N2	除日常生活所使用的日語之外，也能大致理解較廣泛情境下的日語 【讀】・可看懂報紙與雜誌所刊載的各類報導、解說、簡易評論等主旨明確的文章。 ・可閱讀一般話題的讀物，並能理解其脈絡及表達意涵。 【聽】・除日常生活情境外，在大部分的情境下，可聽懂接近常速且連貫的對話與新聞報導，亦能理解其話題走向、內容、以及人物關係，並可掌握其大意。
	N3	能大致理解日常生活所使用的日語 【讀】・可看懂與日常生活相關的具體內容的文章。 ・可由報紙標題等，掌握概要的資訊。 ・於日常生活情境下接觸難度稍高的文章，經換個方式敘述，即可理解其大意。 【聽】・在日常生活情境下，面對稍微接近常速且連貫的對話，經彙整談話的具體內容與人物關係等資訊後，即可大致理解。

＊容易↓	Ｎ４	能理解基礎日語 【讀】・可看懂以基本語彙及漢字描述的貼近日常生活相關話題的文章。 【聽】・可大致聽懂速度較慢的日常會話。
	Ｎ５	能大致理解基礎日語 【讀】・可看懂以平假名、片假名或一般日常生活使用的基本漢字所書寫的固定詞句、短文、以及文章。 【聽】・在課堂上或周遭等日常生活中常接觸的情境下，如為速度較慢的簡短對話，可從中聽取必要資訊。

＊N1最難，N5最簡單。

3. 測驗科目

新制測驗的測驗科目與測驗時間如表2所示。

■ 表2　測驗科目與測驗時間 ＊①

級數	測驗科目 （測驗時間）			
Ｎ１	語言知識（文字、語彙、文法）、讀解 （110分）		聽解 （60分）	→ 測驗科目為「語言知識（文字、語彙、文法）、讀解」；以及「聽解」共2科目。
Ｎ２	語言知識（文字、語彙、文法）、讀解 （105分）		聽解 （50分）	→
Ｎ３	語言知識（文字、語彙） （30分）	語言知識（文法）、讀解 （70分）	聽解 （40分）	→ 測驗科目為「語言知識（文字、語彙）」；「語言知識（文法）、讀解」；以及「聽解」共3科目。
Ｎ４	語言知識（文字、語彙） （30分）	語言知識（文法）、讀解 （60分）	聽解 （35分）	→
Ｎ５	語言知識（文字、語彙） （25分）	語言知識（文法）、讀解 （50分）	聽解 （30分）	→

　　N1與N2的測驗科目為「語言知識（文字、語彙、文法）、讀解」以及「聽解」共2科目；N3、N4、N5的測驗科目為「語言知識（文字、語彙）」、「語言知識（文法）、讀解」、「聽解」共3科目。

　　由於N3、N4、N5的試題中，包含較少的漢字、語彙、以及文法項目，因此當與N1、N2測驗相同的「語言知識（文字、語彙、文法）、讀解」科目時，有時會使某幾道試題成為其他題目的提示。為避免這個情況，因此將「語言知識（文字、語彙、文法）、讀解」，分成「語言知識（文字、語彙）」和「語言知識（文法）、讀解」施測。

＊①：聽解因測驗試題的錄音長度不同，致使測驗時間會有些許差異。

4. 測驗成績

4-1　量尺得分

　　舊制測驗的得分，答對的題數以「原始得分」呈現；相對的，新制測驗的得分以「量尺得分」呈現。

　　「量尺得分」是經過「等化」轉換後所得的分數。以下，本手冊將新制測驗的「量尺得分」，簡稱為「得分」。

4-2　測驗成績的呈現

　　新制測驗的測驗成績，如表3的計分科目所示。N1、N2、N3的計分科目分為「語言知識（文字、語彙、文法）」、「讀解」、以及「聽解」3項；N4、N5的計分科目分為「語言知識（文字、語彙、文法）、讀解」以及「聽解」2項。

　　會將N4、N5的「語言知識（文字、語彙、文法）」和「讀解」合併成一項，是因為在學習日語的基礎階段，「語言知識」與「讀解」方面的重疊性高，所以將「語言知識」與「讀解」合併計分，比較符合學習者於該階段的日語能力特徵。

■ 表3　各級數的計分科目及得分範圍

級數	計分科目	得分範圍
N1	語言知識（文字、語彙、文法）	0～60
	讀解	0～60
	聽解	0～60
	總分	0～180

N2	語言知識（文字、語彙、文法）	0～60
	讀解	0～60
	聽解	0～60
	總分	0～180
N3	語言知識（文字、語彙、文法）	0～60
	讀解	0～60
	聽解	0～60
	總分	0～180
N4	語言知識（文字、語彙、文法）、讀解	0～120
	聽解	0～60
	總分	0～180
N5	語言知識（文字、語彙、文法）、讀解	0～120
	聽解	0～60
	總分	0～180

　　各級數的得分範圍，如表3所示。N1、N2、N3的「語言知識（文字、語彙、文法）」、「讀解」、「聽解」的得分範圍各為0～60分，三項合計的總分範圍是0～180分。「語言知識（文字、語彙、文法）」、「讀解」、「聽解」各占總分的比例是1：1：1。

　　N4、N5的「語言知識（文字、語彙、文法）、讀解」的得分範圍為0～120分，「聽解」的得分範圍為0～60分，二項合計的總分範圍是0～180分。「語言知識（文字、語彙、文法）、讀解」與「聽解」各占總分的比例是2：1。還有，「語言知識（文字、語彙、文法）、讀解」的得分，不能拆解成「語言知識（文字、語彙、文法）」與「讀解」二項。

　　除此之外，在所有的級數中，「聽解」均占總分的三分之一，較舊制測驗的四分之一為高。

4－3　合格基準

　　舊制測驗是以總分作為合格基準；相對的，新制測驗是以總分與分項成績的門檻二者作為合格基準。所謂的門檻，是指各分項成績至少必須高於該分數。假如有一科分項成績未達門檻，無論總分有多高，都不合格。

4－4　測驗結果通知

依級數判定是否合格後，寄發「合否結果通知書」予應試者；合格者同時寄發「日本語能力認定書」。

■ N1, N2, N3

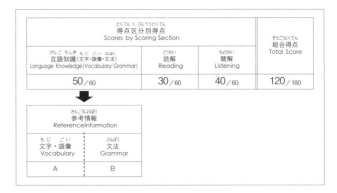

■ N4, N5

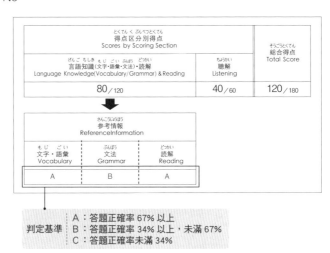

判定基準
A：答題正確率 67% 以上
B：答題正確率 34% 以上，未滿 67%
C：答題正確率未滿 34%

※ 各節測驗如有一節缺考就不予計分，即判定為不合格。雖會寄發「合否結果通知書」但所有分項成績，含已出席科目在內，均不予計分。各欄成績以「＊」表示，如「＊＊／60」。

※ 所有科目皆缺席者，不寄發「合否結果通知書」。

5. N1 題型分析

測驗科目 （測驗時間）				試題內容	
			題型	小題 題數 ＊	分析
語言知識、讀解 (110分)	文字、語彙	1	漢字讀音 ◇	6	測驗漢字語彙的讀音。
		2	選擇文脈語彙 ○	7	測驗根據文脈選擇適切語彙。
		3	同義詞替換 ○	6	測驗根據試題的語彙或說法，選擇同義詞或同義說法。
		4	用法語彙 ○	6	測驗試題的語彙在文句裡的用法。
	文法	5	文句的文法 1 （文法形式判斷） ○	10	測驗辨別哪種文法形式符合文句內容。
		6	文句的文法 2 （文句組構） ◆	5	測驗是否能夠組織文法正確且文義通順的句子。
		7	文章段落的文法 ◆	5	測驗辨別該文句有無符合文脈。
	讀解 ＊	8	理解內容 （短文） ○	4	於讀完包含生活與工作之各種題材的說明文或指示文等，約 200 字左右的文章段落之後，測驗是否能夠理解其內容。
		9	理解內容 （中文） ○	9	於讀完包含評論、解說、散文等，約 500 字左右的文章段落之後，測驗是否能夠理解其因果關係或理由。
		10	理解內容 （長文） ○	4	於讀完包含解說、散文、小說等，約 1000 字左右的文章段落之後，測驗是否能夠理解其概要或作者的想法。
		11	綜合理解 ◆	3	於讀完幾段文章（合計 600 字左右）之後，測驗是否能夠將之綜合比較並且理解其內容。
		12	理解想法 （長文） ◇	4	於讀完包含抽象性與論理性的社論或評論等，約 1000 字左右的文章之後，測驗是否能夠掌握全文想表達的想法或意見。
		13	釐整資訊 ◆	2	測驗是否能夠從廣告、傳單、提供各類訊息的雜誌、商業文書等資訊題材（700 字左右）中，找出所需的訊息。

聽力變得好重要喔！

沒錯，以前比重只佔整體的1/4，現在新制高達1/3喔。

聽解 (60分)	1	理解問題	◇	6	於聽取完整的會話段落之後，測驗是否能夠理解其內容（於聽完解決問題所需的具體訊息之後，測驗是否能夠理解應當採取的下一個適切步驟）。
	2	理解重點	◇	7	於聽取完整的會話段落之後，測驗是否能夠理解其內容（依據剛才已聽過的提示，測驗是否能夠抓住應當聽取的重點）。
	3	理解概要	◇	6	於聽取完整的會話段落之後，測驗是否能夠理解其內容（測驗是否能夠從整段會話中理解說話者的用意與想法）。
	4	即時應答	◆	14	於聽完簡短的詢問之後，測驗是否能夠選擇適切的應答。
	5	綜合理解	◇	4	於聽完較長的會話段落之後，測驗是否能夠將之綜合比較並且理解其內容。

＊「小題題數」為每次測驗的約略題數，與實際測驗時的題數可能未盡相同。此外，亦有可能會變更小題題數。

＊有時在「讀解」科目中，同一段文章可能會有數道小題。

＊符號標示：「◆」舊制測驗沒有出現過的嶄新題型；「◇」沿襲舊制測驗的題型，但是更動部分形式；「○」與舊制測驗一樣的題型。

資料來源：《日本語能力試驗JLPT官方網站：分項成績・合格判定・合否結果通知》。2016年1月11日，取自：http://www.jlpt.jp/tw/guideline/results.html

JLPT N1

試験問題
しけんもんだい

STS

第1回

言語知識（文字・語彙）

問題1 　＿＿＿の言葉の読み方として最もよいものを、1・2・3・4から一つ選びなさい。

1 　安全保障問題を巡って、与野党の対立が著しい。
1 ほうしょ　　　2 ほうじょ　　　3 ほしょう　　　4 ほじょう

2 　猿の披露した見事な芸に、会場は大きな拍手に包まれた。
1 ひろ　　　　　2 ひいろ　　　　3 ひろう　　　　4 ひいろう

3 　一人の社員の無責任な行動が、会社の信頼性を損なうのだ。
1 まかなう　　　2 そこなう　　　3 やしなう　　　4 ともなう

4 　掲示板に、清掃ボランティアを募るポスターが貼られている。
1 つのる　　　　2 はかる　　　　3 あやつる　　　4 さとる

5 　私の乏しい知識では、打てる手は限られている。
1 くやしい　　　2 いやしい　　　3 おしい　　　　4 とぼしい

6 　鐘の音を聞きながら、新年を迎える。
1 てつ　　　　　2 くさり　　　　3 つな　　　　　4 かね

Check □1 □2 □3

問題2 （　　）に入れるのに最もよいものを、1・2・3・4から一つ選びなさい。

7 貧困層と富裕層の（　　　）が社会を不安定にする。
　1　格差　　　　　　2　差別　　　　　　3　相違　　　　　　4　誤差

8 本日の試験は、午前中に筆記、午後から（　　　）を行います。
　1　接待　　　　　　2　面会　　　　　　3　面接　　　　　　4　雑談

9 津波が押し寄せたあと、町の姿は（　　　）した。
　1　変遷　　　　　　2　改修　　　　　　3　推移　　　　　　4　一変

10 成功率10パーセントの手術だが、わずかな可能性に（　　　）みたい。
　1　つげて　　　　　2　こじれて　　　　3　かけて　　　　　4　かえりみて

11 首脳会談を経ても、二国間の（　　　）は深まる一方だった。
　1　筋　　　　　　　2　溝　　　　　　　3　穴　　　　　　　4　源

12 年末年始はなにかと忙しく、同じ日に会合が二つ（　　　）ことも珍しくない。
　1　くるむ　　　　　2　こめる　　　　　3　かつぐ　　　　　4　ダブる

13 けが人は（　　　）して、意識がないように見えた。
　1　ぐったり　　　　2　がっしり　　　　3　ぐっすり　　　　4　じっくり

問題3 ___ の言葉に意味が最も近いものを1・2・3・4から一つ選びなさい。

14 今月の携帯電話料金の内訳を調べる。

　　1　金額　　　　　　2　おつり　　　　　　3　理由　　　　　　4　内容

15 先生はいつも君の進路のことを案じていらっしゃるよ。

　　1　安心して　　　　2　心配して　　　　　3　あきれて　　　　4　疑問に思って

16 遠方からわざわざ彼女のためにやってきた彼に対する彼女の態度は実にそっけないものだった。

　　1　冷たい　　　　　2　うるさい　　　　　3　すがすがしい　　4　くだらない

17 一人で暮らすようになって、親のありがたさをつくづく感じている。

　　1　初めて　　　　　2　毎日のように　　　3　心から　　　　　4　いつの間にか

18 首相が緊急会見するとあって、会場は慌ただしい雰囲気に包まれた。

　　1　落ち着かない　　2　厳かな　　　　　　3　緊張した　　　　4　盛大な

19 災害被害者に対するサポート態勢の整備が急がれる。

　　1　保護　　　　　　2　指示　　　　　　　3　理解　　　　　　4　支援

問題 4　次の言葉の使い方として最もよいものを、1・2・3・4から一つ選びなさい。

20　圧倒

1　大地震により、駅前に並ぶ高層建築は次々と圧倒した。

2　父は昨年、職場で圧倒し、今も入院生活を続けている。

3　決勝戦では、体格の勝るＡチームが相手チームを圧倒した。

4　私は大勢の人の前に立つと、圧倒して手が震えてしまうんです。

21　美容

1　美容と健康のために、スポーツジムに通っています。

2　食事の前には、石けんで手を洗って、美容にしよう。

3　このりんごは味だけでなく、色や形など美容にもこだわって作りました。

4　こんな美容な服、私には似合わないよ。

22　鮮やか

1　事業に成功した彼は、その後85歳で亡くなるまで、鮮やかな人生を送った。

2　初めて舞台に立った日のことは、今も鮮やかに記憶しています。

3　彼は、言いにくいことも鮮やかに言うので、敵も多い。

4　公園からは子供たちの鮮やかな声が聞こえてくる。

23　かろうじて

1　電車が遅れて、かろうじて遅刻をした。

2　先方との交渉は順調に進み、かろうじて契約が成立した。

3　相手選手のミスのおかげで、かろうじて勝つことができた。

4　最後まであきらめなかった人が、かろうじて勝つのだ。

24　掲げる

1　バランスのとれた食生活を掲げている。

2　選手団が国旗を掲げて入場した。

3　料理の写真を、お店のホームページに掲げています。

4　結婚相手に望む条件を3つ掲げてください。

25 取り扱う

1 交通安全週間に当たり、警察は駐車違反を厳しく<u>取り扱った</u>。

2 当店は食器の専門店ですので、花瓶は<u>取り扱って</u>おりません。

3 この海沿いの村では、ほとんどの人が漁業を<u>取り扱って</u>いる。

4 兄弟でおもちゃを<u>取り扱って</u>、ケンカばかりしている。

問題5（　　）に入れるのに最もよいものを、1・2・3・4から一つ選びなさい。

26 国境付近での激しい衝突を繰り返したあげく、両国は（　　　　）。

1 戦争に突入した　　　　　　　　　　2 紛争を続けている

3 平和を取り戻した　　　　　　　　　4 話し合いの場を設けるべきだ

27 この契約書にサイン（　　　　　）君の自由だが、決して悪い話ではないと思うよ。

1 しようがしないが　　　　　　　　　2 すまいがするが

3 しようがしまいが　　　　　　　　　4 するがするまいが

28 母は詐欺被害に（　　　　　）、電話に出ることを極端に恐れるようになってしまった。

1 遭ったといえども　　　　　　　　　2 遭ったら最後

3 遭うべく　　　　　　　　　　　　　4 遭ってからというもの

29 彼に連絡がついたら、私の勤務先（　　　）自宅（　　　）に、すぐに連絡を入れるように伝えてください。

1 といい、といい　　　　　　　　　　2 というか、というか

3 だの、だの　　　　　　　　　　　　4 なり、なり

30 お忙しい（　　　　）、わざわざお越しいただきまして、恐縮です。

1 ところで　　　　2 ところを　　　　3 ところにより　　　4 ところから

31 演奏が終わると、会場は（　　　）拍手に包まれた。

1 割れんばかりの　　　　　　　　　　2 割れがちな

3 割れないまでも　　　　　　　　　　4 割れがたい

32 子どものいじめを見て見ぬふりをするとは、教育者に（　　　　　）行為だ。

1 足る　　　　　　2 あるまじき　　　　3 堪えない　　　　4 に至る

33 この天才少女は、わずか16歳（　　　　）、世界の頂点に立ったのだ。

1　ときたら　　　　　2　にあって　　　　　3　とばかり　　　　　4　にして

34 環境問題が深刻化するにつれて、リサイクル運動への関心が（　　　　）。

1　高めてきた　　　2　高まってきた　　　3　高めよう　　　　4　高まろう

35 子猫が5匹生まれました。今、（　　　）人、募集中です。

1　もらってくれる　　　　　　　　2　あげてくれる

3　もらってあげる　　　　　　　　4　くれてもらう

問題6　次の文の＿★＿に入る最もよいものを、1・2・3・4から一つ選びなさい。

（問題例）

　　あそこで＿＿＿＿　＿＿＿＿　＿★＿＿　＿＿＿＿は山田さんです。

　　1　テレビ　　　2　見ている　　3　を　　4　人

（回答のしかた）

1. 正しい文はこうです。

> 　　あそこで＿＿＿＿　　＿＿＿＿　　＿★＿＿　　＿＿＿＿は山田さんです。
>
> 　　1　テレビ　　　　3　を　　　　2　見ている　　　　4　人

2. ＿★＿に入る番号を解答用紙にマークします。

　　　　　　　　　（解答用紙）　　　（例）　①　●　③　④

36　その男は、＿＿＿＿　＿＿＿＿　＿★＿＿　＿＿＿＿と、走り去った。

　1　わたしを　　　　2　どころか　　　　3　謝罪する　　　　4　どなりつける

37　＿＿＿＿　＿＿＿＿　＿★＿＿　＿＿＿＿。早速荷物をまとめよう。

　1　決まったら　　2　こうしては　　　3　行くと　　　　　4　いられない

38　こちらの条件が受け入れられないなら、この契約は＿＿＿＿　＿＿＿＿　＿★＿＿

　　　＿＿＿＿です。

　1　まで　　　　　　2　のこと　　　　　3　なかったことに　4　する

39　彼女に告白したところで、＿＿＿＿　＿＿＿＿　＿★＿＿　＿＿＿＿。

　1　ものを　　　　　　　　　　　　　2　どうせ

　3　ふられるのだから　　　　　　　　4　やめておけばいい

40 初めてアルバイトをしてみて、世間の ＿＿＿ ＿＿＿ ★＿＿ ＿＿＿。

　　1　もって　　　　　2　知った　　　　　3　厳しさを　　　　4　身を

問題7　次の文章を読んで、文章全体の趣旨を踏まえて、　41　から　45　の中に
　　　　入る最もよいものを、1・2・3・4から一つ選びなさい。

名は体をあらわす

　日本には「名は体をあらわす」ということわざがある。人や物の名前は、
その性質や内容を的確にあらわすものであるという意味である。

　物の名前については確かにそうであろう。物の名前は、その性質や働きに
応じて付けられたものだからだ。

　しかし、人の名前については　41　。

　日本では、人の名前は基本的には一つだけで、生まれたときに両親によって
　42-a　。両親は、生まれた子どもに対する願いを込めて名前を　42-b　。名前
は両親の子どもへの初めての大切な贈り物なのだ。女の子には優しさや美し
さを願う名前が付けられることが　43-a　、男の子には強さや大きさを願う名
前が　43-b　。それが両親の願いだからだろう。

　したがって、その名前は必ずしも体をあらわしては　44　。特に若い頃は
そうだ。

　私の名前は「明子」という。この名前には、明るく前向きな人、自分の立
場や考えを明らかにできる人になって欲しいという両親の願いが込められて
いるにちがいない。しかし、この名前は決して私の本質をあらわしてはいな
いと私は日頃思っている。私は、時に落ち込んで暗い気持ちになったり、自
分の考えをはっきり言うのを躊躇したり　45　。

　しかし、そんな時、私はふと、自分の名前に込められた両親の願いを考え
るのだ。そして、「明るく、明らかな人」にならなければと反省する。そう
しているうちに、いつかそれが身につき私の性格になるとすれば、その時こ
そ「名は体をあらわす」と言えるのかもしれない。

（注）躊躇：ためらうこと。

41

1　そうであろう　　　　　　　　2　どうだろうか

3　そうかもしれない　　　　　　4　どうでもよい

42

1　a　付けられる／b　付ける

2　a　付けるはずだ／b　付けてもよい

3　a　付ける／b　付けられる

4　a　付く／b　付けられる

43

1　a　多いので／b　多いかもしれない

2　a　多いが／b　少ない

3　a　少ないが／b　多くない

4　a　多いし／b　多い

44

1　いる　　　　　　　　　　　　2　いるかもしれない

3　いない　　　　　　　　　　　4　いるはずだ

45

1　しないからだ　　　　　　　　2　しがちだからだ

2　しないのだ　　　　　　　　　4　するに違いない

問題8　次の(1)から(3)の文章を読んで、後の問いに対する答えとして最もよいも
　　　　のを、1・2・3・4から一つ選びなさい。

(1)
　近年、住まいに関して「減築」が注目されている。減築とは文字通り「増築」の
反対で、家の床面積を減らして効率よく暮らそうというのだ。掃除の手間が減る、
光熱費が抑えられるといった利便性、経済性に加え、防災・防犯面の安全性など、
メリットが多い。
　かつての「より広く、より大きく」から、生活空間を集約して「より快適に」
へと住まいの考え方が変わってきたのは、日本人のライフスタイルの変化にとも
なう世帯人数の減少を考えると、ごく自然なことだと思われる。

（注1）利便性：便利。利益と便利さに都合がよいこと。
（注2）集約：一箇所にまとめること。

46 筆者の考えに合うのはどれか。
　1　空間を効率よく利用する方法が考え出されたことで、一人暮らしが増えてき
　　　ている。
　2　より快適な住まいを求め、面積や価格に加えて安全面も考慮されるように
　　　なった。
　3　家の合理的な小型化が注目されるのは、個人の生き方が変わってきたからだ。
　4　生活様式が変わるにしたがって狭い家が合わなくなってきたのは、当然なこ
　　　とだ。

(2)

　多くの観客が見守る中、はだか同然でサムライ頭の大きな男同士がぶつかり合う。初めて見る外国人は驚きを隠せず、「なぜ、はだかなのか。」「何を食べて、あんなに大きくなるのか。」「いくら、稼げるのか。」等々、そばにいる日本人を質問攻めにする。

　そんな大相撲の醍醐味は、なんといってもじかに取組を見ることだろう。初めは白い力士の体が仕切り直すうちにだんだん赤味を帯び、大歓声に包まれる。テレビやインターネットでは味わえない興奮が、そこには必ずある。

（注1）醍醐味：本当のおもしろさ。深い味わい。

（注2）取組：大相撲の勝負の組み合わせ。

（注3）仕切り直す：勝負の前に何度も身構え、にらみ合って呼吸を合わせること。

47　「そこ」は何を指しているか。

　1　大きな男同士がはだか同然でぶつかり合うこと。

　2　外国人が日本人を質問攻めにすること。

　3　大相撲の取組をじかに見ること。

　4　力士の体が高揚して赤味を帯びること。

(3)

　目上の人と一緒になった場合の座席の位置に関するマナーは、意外に難しい。基本的には入口から遠い席が上座（かみざ）、近い席が下座（しもざ）とされているので、例えば飛行機や列車の二列シートなら、上司や客を窓側の席に案内するのが一般的である。迷うのは新幹線の三列シートだが、これも窓側が上座、通路側が次、真ん中は通路に出にくいため下座とされている。これらの原則を踏まえたうえで、同行者の体調や天候などにも配慮し、相手の意向を確かめるなど気づかいをするのが、本来の敬意であり、もてなしの心である。

48 目上の人二人と新幹線の三列シートに乗る場合、どうすればよいか。

1　事前に目上の人それぞれに三つの座席番号を知らせ、席を選んでおいてもらう。

2　目上の人二人を窓側と通路側に案内しながら、その席でよいか尋ねる。

3　目上の人二人を窓側とその隣に案内してから、最後に自分が座る。

4　まず自分が全員の荷物を持って窓側に座り、目上の人二人に他の席に座ってもらう。

問題9　次の (1) から (3) の文章を読んで、後の問いに対する答えとして最もよいも
　　　のを、1・2・3・4から一つ選びなさい。

(1)

　受験シーズンになると、当然のことだが、受験生はプレッシャーを感じる。「プレッシャー」とは、日本語に直すと「圧力」、つまり、押さえつけられる力である。「ストレス」と似ているが、「ストレス」は、プレッシャーに対する体内の反応とでも言ったらよいだろうか。

　過度のプレッシャーは、受験生を追い詰めて、やる気をなくさせたり、不安を起こさせたりする。
（注1）

　しかし、まったくプレッシャーのない状態というのも物足りないのではないかと思われる。例えば、受験生に余計なプレッシャーを与えまいとする配慮だろうか、まるで関心も示さず、どこの大学を受験するのかを尋ねもしないとしたら、プレッシャーはない代わりに、自分が全く期待されていないように感じ、やる気が起こらないのではないだろうか。

　適度なプレッシャーは、むしろ人を奮い起こさせ、励ますものだ。例えば、その子供の将来に夢を持たせるような言葉をかけるのが望ましい。「あなたは、○○（注2）になりたいって言っていたから、その大学はふさわしいと思うわ。ぜひ、がんばって。あなたなら大丈夫よ。」などの言葉は、適度なプレッシャーを与え、励みになるはずである。

　逆に、よくないプレッシャーを与えるのは、他人と比べられたり、親の見栄による言葉をかけられたりすることである。例えば「A君は○○大学に受けるそうね。あの子よくできるからきっと受かるわ。」とか、「私の友達に恥ずかしいから、合格してね。」などは、本人のやる気をなくすものである。

　それにしても、「プレッシャー」とか「ストレス」という言葉を、近年しきりに見聞きするようになったのは、「プレッシャー」や「ストレス」の多い時代になったということなのだろうか。

（『よいプレッシャーと悪いプレッシャー』による）

（注1）過度：適当な程度を超えていること。

（注2）奮い起こす：元気づけ、張り切らせること。

49 「プレッシャー」と「ストレス」の違いについて、正しいものを選べ。

1 「プレッシャー」も「ストレス」も同じような心の働きである。

2 「ストレス」は「プレッシャー」を与えられたことによる心身の反応である。

3 「ストレス」は外部からの圧力、「プレッシャー」は内部の反応である。

4 「プレッシャー」は不安を起こさせるもの、「ストレス」は安心させるものである。

50 受験生にとってのプレッシャーについて、筆者の考えと合うものを選べ。

1 プレッシャーは全くないほうがよい。

2 プレッシャーは受験生にとって必要なものだ。

3 プレッシャーが多くないとやる気が起こらない。

4 適度なプレッシャーはあったほうがよい。

51 受験生によくないプレッシャーを与えるのは、親のどんな行為だと筆者は述べているか。

1 他人と比べたり、親の見栄を張ったりすること。

2 受験する大学の名前を聞くこと。

3 何も話しかけず、そっとしておくこと。

4 暗い話題はさけて話しかけること。

(2)

　近年、「ブラックバイト」が社会問題となっている。「ブラックバイト」とは、過重な勤務やノルマを強制され、学校での勉強にも妨げになる学生のアルバイト(注1)のことである。

　例えば、コンビニでアルバイトをする女子高校生は、大学受験の準備のためにアルバイトを辞めたいと申し出たが、許されなかった。また、やはり、コンビニでアルバイトをしていたある男子高校生は、おでんの販売についてのノルマを守るため、おでん300個を自分で買わされた。コンビニだけでなく、塾の講師のア(注2)ルバイトに関する問題も発生しており、ある男子学生は、支払われるべき講師料が支払われなかった。

　このような被害は、大学生から高校生にまで及んでおり、学生たちはついにブラックバイトユニオンを発足させた。大学生や高校生による労働組合である。

　ユニオンに寄せられる相談は、相次いでいるそうで、ユニオン側は、団体で企業と交渉に当たるなどして、学生が安心して働けるように活動を続けているということだ。

　企業側は、いかにして正社員を減らしてアルバイトを使い、安い費用で働かせるかと考えているのだが、アルバイトに対しても経営者は労働基準法などの法律(注3)を守る義務があるのだ。学生たちは、まず、これらの法律をよく勉強して欲しい。(注4)そして、困ったときには、これらのユニオンに相談して自分たちの力で解決するようにするとよい。

　近い将来、学生たちも社会に出て働くことになるのだ。労働者になる人も、経営者になる人もいるだろうが、これらの経験を活かすことで、よい社会人になることができるだろう。

（『ブラックバイト』による）

（注1）過重：重すぎること。

（注2）おでん：大根や芋などを長い時間煮込んで作った食べ物。コンビニでも、1本いくらで売っている。

（注3）正社員：アルバイトやパートではない、正式な社員。

（注4）労働基準法：労働者を守るための法律。

52 ブラックバイトで学生たちが受けている被害の例として、本文で挙げられていないのはどれか。

1 受験準備のためにアルバイトを辞めたかったが、許されなかった。

2 労働基準法が全く守られておらず、長時間の残業を強いられた。

3 販売のノルマを達成するため、自分のお金で店の品物を買わされた。

4 塾の講師をしていたが、正当な講師料が支払われなかった。

53 アルバイトをしている学生たちに、筆者はどのようなことを望んでいるか。

1 文句を言う前にしっかり働いて欲しい。

2 疑問を感じたり困ったりしたときは、友達に相談して欲しい。

3 労働基準法などの法律を勉強して欲しい。

4 被害を受けたら、すぐに経営者を訴えて欲しい。

54 ブラックバイトユニオンを発足させた学生たちに対して、筆者はどう思っているか。

1 経験のない学生が労働組合を作るのは早すぎるので、学校を卒業してからのほうがよい。

2 自分たちの力でユニオンを作ったのは立派なことだが、おそらく何も解決しないだろう。

3 学生は学校の勉強に専念して、労働組合を作ったりすることは大人に任せておけばよい。

4 自分たちの力で問題を解決しようとする姿は立派であり、将来のよい経験になるだろう。

(3)

　外国の人から「日本の宗教は、何ですか」と尋ねられることがあるが、そんなとき、私はいつもとても困ってしまう。日本の宗教についての知識がないだけでなく、私自身、これといった宗教がないからだ。

　日本国憲法第二〇条には、

一　信教の自由は、何人（なにびと）に対してもこれを保障する。いかなる宗教団体も、国から特権を受け、又は政治上の権力を行使してはならない。（注1）

二　国及びその機関は、宗教教育その他いかなる宗教活動もしてはならない。

とあり、日本では信教の自由が認められているが、国教（注2）は定められていない。

　国民へのアンケート調査などでは、「なんらかの信仰・信心を持っている、または信じている人」の割合は、だいたい2割から3割という結果が出ることが多いそうである。

　実情はどうかというと、子供が生まれたときやお正月には神社にお参りし、お葬式は仏教式で、といった人が多い。さらに近年では結婚式をキリスト教会で挙げる若者も増えている。①このような状況は、一信教が基本である欧米人にはなんとも理解しがたいらしい。

　では、日本人には全く信仰心がないのかというと、そうではないと思う。子供が生まれたときに神社に参るのは、神様に子供の健やかな成長と生きる力を授かるためであるし、お葬式を仏教式で行うのは、仏様に亡くなった人の魂を鎮めて（注3）もらうためである。つまり、日本人は、習慣として神と仏にそれぞれの役割分担を望んでいるのであろう。

　私個人について言えば、私も多くの日本人同様、神様と仏様の両方を信じてその時に応じて祈りを捧げるのだが、それと同時に、②この世界の全てを支配する存在を信じ、心から敬っている。多くの日本人も同じではないだろうか。

（注1）信教：宗教を信じること。

（注2）国教：国として保護している宗教。

（注3）鎮める：静かに落ち着かせる。

55 日本国憲法第二〇条について、正しくないものはどれか。

1 政治上の特権を行使してよいのは、特別な宗教団体だけである。

2 全ての人は、どんな宗教を信じてもよい。

3 国は宗教教育や宗教活動をしてはいけない。

4 国教は定められていない。

56 ①このような状況とは、どのような状況か。

1 結婚式をキリスト教会で挙げるという状況。

2 決まった宗教を持っていないという状況。

3 信教の自由が認められているという状況。

4 儀式や場合に応じて祈る相手を変えるという状況。

57 筆者自身の宗教に関して述べたものとして、正しいものを選べ。

1 全く何も信じていない。

2 世界を支配する大きな存在を信じている。

3 神と仏以外には信じているものはない。

4 儀式の習慣としては神と仏に祈るが、信じてはいない。

問題10　次の文章を読んで、後の問いに対する答えとして最もよいものを、1・2・
　　　　3・4から一つ選びなさい。

　厳しい冬が過ぎて春になると、日本人は桜が咲くのを今か今かと待つ。やっと
桜の季節になると、開花宣言なるものがテレビなどで報道され、桜前線が日本列
島を南から北上する。_(注1)大阪は3月25日、東京は28日などと発表されると、誰も_(注2)
が浮き浮きした気分になる。日本各地の桜の名所は大勢の人々で賑わう。公園で、
河原の堤で、山の中腹で、人々は暖かい春の光に映える満開の桜の下でそれぞれに
お花見を楽しむ。春のひとときを仲間と共にご馳走を頂き、お酒を飲みながら「桜
が咲きましたね」、「美しいですね」、「お元気でしたか」などと笑顔で言葉を
交わし合い、互いに春の喜びと生きている幸せを味わう。

　「桜」は、また、日本人にとってスタートを表す言葉でもある。日本の会社も
学校も、桜が咲く4月から新しく始まる。4月は誰にとっても人生の区切りとなる
出発の時期である。人々は桜の季節になると、自分が入学したときや入社したと
きのことをなつかしく思い出す。桜は大人にとっても子供にとっても出発の喜び
と幸せを味わい、同時になつかしい気持ちにもさせてくれるものだ。

　それだけに人々は、この美しい桜がいつまでも咲き続ければいいのにと願う。
にもかかわらず、桜の花の生命があまりにも短いことも人々はよく知っている。
それゆえ、日本人は昔から桜を見て生命の短さ、はかなさを知り、人生の無常を
感じて来たのだ。そして桜を人生そのものにたとえて、その想いを多くの人が短_(注3)
歌に歌ってきた。

　平安時代の美貌の歌人、小野小町は、_(注4)
　　　花の色は移りにけりないたずらに
　　　わが身世にふる　ながめせしまに（百人一首）

と歌っている。

　「桜の花は、すっかり色あせてしまいましたね。私が、降る長雨をぼんやり眺
めている間に」という意味である。しかし、小野小町はこの歌で、美しい桜の花
がいつの間にか色あせてしまう様子を自分にたとえ、「私の美しさも、物思いに

ふけりながら過ごしているうちにすっかり衰えてしまいました」という、<u>若い女性ならではの嘆き</u>や人生のはかなさを見事に歌いあげているのだ。

　日本人は桜が美しければ美しいほどその生命が短いことを知っている。そして、そこに人生のはかなさを見、無常を感じてきたのである。

　それだけに桜は日本人にとって単に美しい春の花の一つではない。それは日本人の人生を写す鏡である。桜を見ることは、日本人の心を見ることである。

（『桜と日本人の心』による）

（注1）開花宣言：桜の花が咲き始めたという報道。

（注2）桜前線：日本地図の上に桜の開花日を記した線。

（注3）無常：全てのものは移り変わるということ。

（注4）小野小町：平安時代（794 〜 1192 年）の歌人で、とても美しい女性であったと伝えられている。

58 日本人にとって、「桜」という言葉はどのような意味を表すか。

　1　生きる幸せを表すものであり、友情を表す言葉でもある。

　2　春の喜びを表すものであり、出発を表す言葉でもある。

　3　日本人の心を表すものであり、永遠を表す言葉でもある。

　4　温かい心を表すものであり、感謝を表す言葉でもある。

59 <u>桜を人生そのものにたとえて</u>とあるが、桜のどのような点を人生にたとえているのか。

　1　花の命が短いこと。

　2　美しいこと。

　3　冬の終わりを表すこと。

　4　いかにも日本らしいこと。

60 若い女性ならではの嘆きとは、どのような嘆きか。

1 自分の命が短いのではないかという嘆き。

2 桜の花がすぐに色あせるという嘆き。

3 自分の美しさが衰えてしまうという嘆き。

4 桜の花がいつまでも咲かないという嘆き。

61 日本人にとって桜はどのようなものだと筆者は述べているか。

1 長い苦しみがやっと終わったことを感じさせるもの。

2 自分のこれまでの人生をしみじみと思い出させるもの。

3 美しい春の花の中で、最も美しいもの。

4 人生のはかなさをしみじみと感じさせるもの。

Check □1 □2 □3

問題11　次のＡとＢは、日本の英語教育についての意見である。後の問いに対する

　　　　答えとして最もよいものを、1・2・3・4から一つ選びなさい。

A

　　国際化時代を迎え、日本では今、経済界をはじめ文化や教育界からも英語の必要性が盛んに叫ばれている。こうした傾向を受けて、子供に一日も早く英語を身に付けさせたいと願う親が多くなっている。英語が出来たら子供の将来は恵まれた人生が待っていると考えるからだ。

　　そこで、国を挙げての取り組みが始まり、すでに小学校でも英語の時間が設けられている。子供、特に幼児期から英語を学ばせる方が、多くの面での学習効果が高いと言われる。右脳の言語処理能力が養われる幼児期は、ネイティブの英語に接することで自然に聞き取ることができ、発音も無理なくできるようになる。また、幼児期から英語を学ぶことで、英語で考える力が養われ、いわゆる英語の総合力が身に付く。

　　こうして幼児期から自然と身に付いた英語の土台があれば、中学や高校に進んでも英語には抵抗感なく接することができるばかりでなく、海外への興味や関心は、さらに大きくなるだろう。

　　早くからネイティブな英語の世界に親しむことで、子供の国際性や協調性も養われるという教育面の効果も大きいと言える。

B

　英語はなるべく早いうちから、それも幼児期から学んだ方が効果が大きいと言われているが、果たしてそうなのか。私はこの考え方には大きな疑問を持っている。特にまだ日本語も頼りない幼児のうちから英語を学ばせることについては、極めて問題が多い。

　なぜなら、幼児期は年齢からいっても、日本語を話す能力も語彙も自分の考えを表現する能力も、まだまだ不十分であるからだ。むしろ英語と日本語を混同して、子供の考える力や思考力の発達を阻害(注)する恐れもある。

　さらに問題なのは、英語を学ぶといっても、それは幼児や子供の自主性からというよりも、言わば親の子供への過剰な期待や教育熱からであることがほとんどであるからだ。このことは、ややもすると子供にとって過剰な学習を押し付けることにもなり、その結果、逆に子供は将来英語が嫌になり、英語に興味を失くしてしまうことにもなりかねない。

　このように見てくると、幼児期からの英語教育には反対せざるを得ない。

(注) 阻害（そがい）：邪魔をすること。

62　AとBの文章ではどのようなことについて述べているか。

1　幼児期から英語を学ばせることについての是非について述べている。

2　国際社会で生きていくためには、どのようなことが必要かについて述べている。

3　英語を学ばせるのは何歳ぐらいからが適当かについて述べている。

4　幼児期から英語を学ばせる理由について述べている。

63 日本の英語教育について、AとBはどのように述べているか。

1 Aは、中学で初めて英語を学ばせるのは遅すぎると述べ、Bは、小学校までは日本語だけをきちんと学ばせるのがいいと述べている。

2 Aは、幼児の時から英語に親しむことで子供の国際性も育つと述べ、Bは早くから英語を押し付けることで、逆に英語が嫌になる可能性もあると述べている。

3 Aは、小学生になる前から英語を学ばせたほうが効果が得られると述べ、Bは、小学校で英語と日本語を同時に学ばせるのが理想的だと述べている。

4 Aは、幼児期に英語を学ばせるのは、むしろ遅すぎると述べ、Bは、その子どもの自主性に任せて英語を学ばせるのがいいと述べている。

問題12　次の文章を読んで、後の問いに対する答えとして最もよいものを、1・2・3・4から一つ選びなさい。

　最近まで誰もが疑いなくそう思っていた<u>日本人の美徳ともいえる</u>「品性」が、_(注1)そして「いさぎよさ」や「まじめさ」が、いま「責任感」という言葉とともに社会から失われつつあるのではないか。私たちはその典型的な表れを日本の指導的立場にある政界や経済界、さらには学界やマスコミ界の人々の露骨な言動や振る舞いに見ることが出来るように思える。

　例えば、<u>数年前の地震や電力会社の大事故である</u>。大勢の人々が死傷し、故郷_(注3)を追われ、生活の場を奪われたにもかかわらず、彼らは全て想定外の出来事だとして誰も責任を取ろうとせず、自分には何の責任もないと逃げ回り、全く恥じることもない。また、これに対して司法や行政当局が問題ありと追及することもない。

　さらに、国民も何を言ってもしようがないとという諦めの気持ちからか、こうした問題に対して不平不満はあっても、大きな声を挙げて責任を追及することもしない。

　このようなことが、そのまま許されていいのか。マスコミも<u>一過性</u>で、社会的_(注5)な大問題であるにもかかわらず、以前に比べ真実や責任を持続的に追及するキャンペーンを張ることもない。権力からの圧力を恐れて、あくまでも自分に圧力が及ばない安全な所に身を置くところからの報道だけである。ただ、言い訳の出来ない弱い立場の人々やグループに対しては、あたかも正義の刃が自分にあるかのように、高々と、あることないことまでペンの力でたたく。

　それは政財界やマスコミの世界の人だけの話ではない。一般の人もそうである。例えば最近起こった少年グループの中学生殺しがそうである。マスコミを初め、_(注6)国中の人々が怒り、憤慨し、涙を流し、少年たちのあまりにも残酷な行動を非難し、厳しく責任を追及した。そしてその怒りは、行政や司法当局をも動かし、少年法の改正などの動きさえも引き出した。それは、そのような酷いことを許さないという人々の偽らぬ素直な思いの表れでもあった。

　ただ別の面から見ると、正義は我にあり、自分は正しい、何を言っても責任を取らされることもないということが前提としてあるのだ。<u>これ</u>がまさに今の日本

社会の一面である。自分は決して表には出ず安全な所に身を置き、スマートホンの
ツイッターなどで人を中傷し、悪口を言い、弱いものをいじめるという、以前は考
えられなかったことが起きている。

　いつから日本はこのような卑怯なことがはびこる社会になったのか。これまで日
本人は、常に身を正し、何か事があれば責任は自分にあると覚悟してきたのではな
かったのか。これこそまさに今言われる「日本人の劣化」ではないか。

　日本人は本来品性があり、人や物事に対し誠実に対処してきたはずである。私た
ちは今こそ日本人本来の品性と心を取り戻すことが求められているのだ。

（ 池永陽一『日本人の品性』による ）

（注1）美徳：道徳的に立派であること。

（注2）品性：道徳的な面から見たその人の性格。

（注3）数年前の地震や電力会社の大事故：2011 年 3 月に起きた東北地方の地震に
　　　　　よる津波や原子力発電所の事故。

（注4）想定外：「想定」は、仮に考えたこと。「想定外」は想定しなかったこと。

（注5）一過性：その時だけ取り上げること。

（注6）少年グループの中学生殺し：2015 年に東京で起きた事件。

（注7）はびこる：広がる。

（注8）劣化：だんだん劣ってくること。

64　筆者は最近の日本人に関してどのように感じているか。

　1　日本人の「品性」が、外国人に疑われるようになってきたのではないか。

　2　日本人の「品性」が、「責任感」に取って代わられているのではないか。

　3　指導的立場にある人々が特に日本人の美徳を失っているのではないか。

　4　日本人の美徳が失われつつあるのではないか。

65 ①数年前の地震や電力会社の大事故はどのようなことの例として挙げられているか。

1 指導的立場の人々に「責任感」が失われつつあることを示す典型的な例。

2 「責任感」という言葉が日本からなくなりつつあることの例。

3 日本人の美徳の中でも、特に「責任感」がなくなりつつあることの例。

4 想定外の出来事だとして、誰も責任を取ろうとしなかったことを示す例。

66 ②「一過性」と逆の意味で本文中に用いられている言葉は何か。

1 「追及」 2 「社会的」

3 「持続的」 4 「圧力」

67 ③これはどのようなことを指しているか。

1 権力からの圧力を恐れて自分の責任を果たす努力をしないが、事件を起こした人の責任は追及すること。

2 問題を起こした人の残酷な行動を批判し、厳しく追及することで自分の責任を果たすこと。

3 自分は正しいし責任はないという前提で自分の身の安全を確認し、弱い者をいじめること。

4 残酷な事件を起こした人を許さないという素直な心で怒り、憤慨し、行政に訴えること。

問題 13　右のページは、フリーマーケットの出店募集広告である。下の問いに対する答えとして最もよいものを 1・2・3・4 から一つ選びなさい。

68 山田さんは友人と一緒にフリーマーケットに出品したいと思っている。下の物で出品できないものはどれか。

1　家庭で使わなくなった子供用の自転車。

2　手作りクッキー。

3　十分使えるが、傷がついたギター。

4　パンダのぬいぐるみ。

69 参加する人全員がしなければならないことはどれか。

1　保護者と一緒に参加すること。

2　公園の掃除。

3　電源を持っていくこと。

4　財布や高価なものの管理。

ご家族やお友達といっしょに参加しませんか?
毎月第1日曜日！水上公園(すいすいパーク)フリーマーケット

毎月第3日曜日はすいすいフリマデー！　家庭内の不用品や手作り品などを「すいすいフリーマーケット」で出品してみませんか?

今後の開催日時

5月3日 (祝・日)
10:00～16:00
→受付終了

6月7日 (日)
10:00～16:00
→5月1日 (火)
より出店受付開始

開催場所

水上公園

■開催趣旨
　ご家庭での不用品、手作り品を有効活用して、楽しいひとときをすいすいパークで過ごそう！

■募集概要
[出店数] 30 店
　※先着順(審査あり)[出店料] 1,800 円／ 1 スペース
　※公園清掃への参加で500円引き／1スペース
　※ペットボトルのキャップ10個以上持参で300円引き／1スペース
　※駐車料金は各自で負担となります。

[出店資格]
　・高校生以上 (但し、成人の保護者も参加の場合は高校生以下も可)
　・実施趣旨に反するようなプロの出店は不可
　・販売商品に対して責任を持ち、販売後の問い合わせにも誠実に対応できる方
　・ルールを守り、周囲と楽しくご参加できる方

[出品規制]
　ご家庭の不用品や手作り品、アウトレット品等で、安全かつ健全な商品である事が絶対条件

[出品不可商品例]
　飲食物全般、医療品、動植物類、危険物、盗品、偽ブランド品、コピー商品などご来場のお客さまに提供するのにふさわしくないと当館が判断するもの

■申込方法
　ホームページ、モバイルサイトでお申込みください。

【問い合わせは】すいすいフリーマーケット担当TEL XXX-XXX-XXXX　(10:00～17:00)

注意事項
※必ずお読みください
・1スペース 2.1m×2.1m／屋根付コンクリート／火気厳禁／電源無し／テント・タープ不可／ハンガーラック・テーブル可
・設営受付時間／8:00～9:30　場所は出店申込順に決定。
　※受付時間前の場所取りは出来ません。
・貴重品は各自で管理してください。

もんだい
問題 1

問題1では、まず質問を聞いてください。それから話を聞いて、問題用紙の1から4の中から、最もよいものを一つ選んでください。

れい
例

1　タクシーに乗る

2　飲み物を買う

3　パーティに行く

4　ケーキを作る

1番

1 他の仕事を探す

2 もっと早く準備をする

3 自分の会社についてもっとよく知る

4 競争相手の会社について研究する

2番

1 8時半

2 9時

3 9時半

4 10時

3番

1 大部屋

2 二人部屋

3 三人部屋

4 個室

4番

1 リサイクル業者に連絡する

2 足りない書類を探す

3 弁当を買いに行く

4 書類の整理を続ける

5番

1 野菜を切る

2 肉を炒める

3 鍋に調味料を入れる

4 炒めた野菜をフライパンに戻す

6番

1 飛行機

2 新幹線

3 自動車

4 長距離バス

Check □1 □2 □3

もんだい
問題 2

　問題 2 では、まず質問を聞いてください。そのあと、問題用紙のせんたくしを読んでください。読む時間があります。それから話を聞いて、問題用紙の 1 から 4 の中から最もよいものを一つ選んでください。

れい
例

1　パソコンを使い過ぎたから

2　コーヒーを飲みすぎたから

3　部長の話が長かったから

4　会議室の椅子が柔らかすぎるから

1番

1 山崎先生がひげをそったから

2 山口先生がひげをそったから

3 木村君のあわてぶりが面白かったから

4 男の学生の話し方が面白かったから

2番

1 反省している

2 後悔している

3 驚いている

4 心配している

3番

1 美容院の床の色
2 車のソファの色
3 レストランの壁の色
4 アクセサリー店の看板の色

4番

1 壊れていたから
2 吸い込む力が弱いから
3 デザインが悪いから
4 うるさいから

5番

1 新しいゲームをしたいから
2 数学の宿題をやっていないから
3 数学のテストで60点とれそうにないから
4 父親にゲーム機を取り上げられたから

6番

1 保険がきくから
2 近所だから犬の散歩のため
3 診察代が安いから
4 説明が親切だったから

7番

1 明日は別の仕事をしたいから

2 打ち合わせの時間を短くしたいから

3 早く報告書を作りたいから

4 女の人がうまくできるか心配だから

もんだい
問題3

　問題3では、問題用紙に何も印刷されていません。この問題は、全体としてどんな内容かを聞く問題です。話の前に質問はありません。まず話を聞いてください。それから、質問とせんたくしを聞いて、1から4の中から、最もよいものを一つ選んでください。

もんだい
問題 4

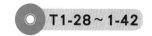
問題 4 では、問題用紙に何も印刷されていません。まず文を聞いてください。それから、それに対する返事を聞いて、1 から 3 の中から、最もよいものを一つ選んでください。

ーメモー

問題5

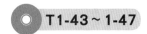

問題5では、長めの話を聞きます。この問題には練習がありません。

メモをとってもかまいません。

1番、2番

問題用紙に何も印刷されていません。まず話を聞いてください。それから、質問とせんたくしを聞いて、1から4の中から、最もよいものを一つ選んでください。

ーメモー

3番

　まず話を聞いてください。それから、二つの質問を聞いて、それぞれ問題用紙の
1から4の中から、最もよいものを一つ選んでください。

質問1

1　みんなで違うものが食べたいとき

2　デートをするとき

3　静かなところで勉強したいとき

4　甘いものを食べたいとき

質問2

1　一休みするには便利だ

2　安いので便利だ

3　家族がコンビニに寄って帰ると遅くなるので困る

4　たびたび利用するとお金がかかる

第２回

言語知識（文字・語彙）

問題１ ＿＿＿の言葉の読み方として最もよいものを、1・2・3・4から一つ選びなさい。

1 この施設は目の不自由な人に配慮した設計になっています。

1 はいりょ　　　2 はいりょう　　　3 はいじょ　　　4 はいじょう

2 子供のころは、暇さえあれば、動物や昆虫の図鑑を見ていたものだ。

1 とかん　　　2 とがん　　　3 ずかん　　　4 ずがん

3 これからの世界を担う若者たちに、大いに期待したい。

1 になう　　　2 きそう　　　3 おう　　　4 つくろう

4 王女は、美しい装飾の施された金の冠をかぶっていた。

1 つくされた　　　2 ほどこされた　　　3 うながされた　　　4 もよおされた

5 山田さんに協力を依頼したところ、快い返事が返ってきた。

1 よい　　　2 あらい　　　3 とうとい　　　4 こころよい

6 彼女は、小さなことにこだわらない、器の大きな人です。

1 つつ　　　2 うつわ　　　3 あみ　　　4 さかずき

問題2 （　　　）に入れるのに最もよいものを、1・2・3・4から一つ選びなさい。

回数
1
2
3
4
5
6

7 彼女は、財産を相続する権利を（　　　）した。

1 解消　　　　　2 謝絶　　　　　3 放棄　　　　　4 不振

8 その絵には、画家の強烈な（　　　）が表れていた。

1 個性　　　　　2 人柄　　　　　3 タイプ　　　　4 個人

9 この写真はきれいすぎて不自然だね。（　　　）してあるのじゃないかな。

1 修理　　　　　2 加工　　　　　3 変換　　　　　4 浸透

10 それは、線路に面した、北向きの（　　　）なアパートだった。

1 陰気　　　　　2 冷淡　　　　　3 下品　　　　　4 無愛想

11 資金（　　　）のため、研究は中止せざるを得なかった。

1 無　　　　　　2 欠　　　　　　3 難　　　　　　4 割

12 私は、紛争地帯の悲惨な現状を伝えることに、（　　　）としての使命を感じています。

1 ビジネス　　　　　　　　　2 レジャー

3 インフォメーション　　　　4 ジャーナリスト

13 これからという時に亡くなって、先生も（　　　）悔しかったことでしょう。

1 さほど　　　　　2 さも　　　　　3 いざ　　　　　4 さぞ

問題 3 ＿＿の言葉に意味が最も近いものを 1・2・3・4 から一つ選びなさい。

14 家賃は隔月払いです。

1　一か月ずつ　　　2　一か月おき　　　　3　一か月遅れ　　　　4　一か月先

15 そんないい加減な作り方では売り物にならないよ。

1　ちょうどいい　2　なめらかな　　　　3　なまけた　　　　　4　ざつな

16 さすが、高級レストランは、コーヒーカップまでエレガントだ。

1　上品　　　　　2　流行　　　　　　　3　高級　　　　　　　4　独特

17 期限に間に合わないことはあらかじめわかっていたはずだ。

1　本当は　　　　2　すっかり　　　　　3　だいたい　　　　　4　以前から

18 待ち合わせまで時間があったので、商店街をぶらぶらしていました。

1　くよくよ　　　2　のろのろ　　　　　3　うろうろ　　　　　4　しみじみ

19 君の協力を当てにしていたのだが、残念だ。

1　条件　　　　　2　参考　　　　　　　3　頼り　　　　　　　4　目処

問題4　次の言葉の使い方として最もよいものを、1・2・3・4から一つ選びなさい。

20　更新

1　視力が落ちてきたので、今の眼鏡を更新することにした。

2　古い木造建築は、戦後、鉄筋の高層ビルに更新された。

3　このキーを押すと、ひらがながカタカナに更新されます。

4　5年ぶりに男子　100メートル走の世界記録が更新された。

21　分野

1　与えられた分野に添って、800字以内で小論文を書きなさい。

2　オリンピックでは100を超える分野で、世界一が争われる。

3　研究チームのリーダーには専門の分野だけでなく、幅広い知識が求められる。

4　海岸に沿って、工業分野が広がっている。

22　はなはだしい

1　どれでもいいと言われて一番大きい箱を選ぶとは、ずいぶんはなはだしいヤ
　　ツだな。

2　わたしがあなたのことを好きですって？　はなはだしい勘違いですよ。

3　そんなはなはだしい番組ばかり見ていないで、たまには本でも読んだら？

4　事故のはなはだしい映像が、インターネットを通じて世界中に拡散した。

23　いかにも

1　さすが元歌手だけあって、いかにもすばらしい歌声だ。

2　無駄なお金を使わない、いかにも倹約家の彼女らしい結婚式だ。

3　誠実な彼のことだから、今度の選挙ではいかにも当選するだろう。

4　長い髪を後ろで結んでいたので、いかにも女の人だと思っていました。

24 エスカレート

1　懸命な消火活動にもかかわらず、山火事はますます<u>エスカレート</u>した。

2　君の話は、ウソではないのだろうが、少し<u>エスカレート</u>なのではないかな。

3　明日の試験のことを考えると、頭が<u>エスカレート</u>して眠れない。

4　住民による暴動は次第に<u>エスカレート</u>していった。

25 言い張る

1　このタレントは、どの番組でも、つまらない冗談ばかり<u>言い張って</u>いる。

2　スピーチは、聞き取りやすいよう、大きな声でゆっくり<u>言い張ろ</u>う。

3　その男は、警察に連れていかれてからも、自分は被害者だと<u>言い張った</u>。

4　自由の大切さを死ぬまで<u>言い張った</u>彼は、この国の英雄だ。

問題5（　　）に入れるのに最もよいものを、1・2・3・4から一つ選びなさい。

26 台風が接近しているそうだ。明日の登山は中止（　　　）。

1　するわけにはいかない　　　　　　　2　せざるを得ない

3　せずにすむ　　　　　　　　　　　　4　せずにはおけない

27 この私がノーベル賞を受賞するとは。貧乏学生だった頃には想像だに（　　　）。

1　できません　　　　　　　　　　　　2　していません

3　しませんでした　　　　　　　　　　4　しないものです

28 彼女は、衣装に着替える（　　　）、舞台へ飛び出して行った。

1　とたん　　　　2　そばから　　　　3　と思いきや　　　4　が早いか

29 作業中は、おしゃべり（　　　）、トイレに行くことも許されないなんて、まるで刑務所だね。

1　ときたら　　　2　はおろか　3　といわず　　　4　であれ

30 この店の豆腐は、むかし（　　　）の製法にこだわって作っているそうだ。

1　ながら　　　　2　なり　　　　　　3　ばかり　　　　4　限り

31 A：明日、降らないといいね。

　　B：うん、でも（　　　）、美術館か博物館にでも行こうよ。

1　雨といい風といい　　　　　　　　　2　雨といわず風といわず

3　雨にいたっては　　　　　　　　　　4　雨なら雨で

32 森さんの顔に殴られたようなあざがあり、どうしたのか気になったが、（　　　）。

1　聞くに堪えなかった　　　　　　　　2　聞くに聞けなかった

3　聞けばそれまでだった　　　　　　　4　聞かないではおかなかった

33 社員（　　　）の会社ではないのか。真っ先に社員の待遇を改善すべきだ。

1　いかん　　　　2　あって　　　　　3　ながら　　　　4　たるもの

34 明け方、消防車のサイレンの音に（　　　　）。

1　起きさせた　　　　　　　　　　2　起こした

3　起こされた　　　　　　　　　　4　起きさせられた

35 すみませんが、ちょっとペンを（　　　　）。

1　お借りできませんか　　　　　　2　お貸しできませんか

3　お借りになりませんか　　　　　4　お貸しになりませんか

問題6　次の文の＿★＿に入る最もよいものを、1・2・3・4から一つ選びなさい。

（問題例）

あそこで＿＿＿＿　＿＿＿＿　＿★＿　＿＿＿＿　は山田さんです。

1　テレビ　　　2　見ている　　3　を　　4　人

（回答のしかた）

1．正しい文はこうです。

> あそこで＿＿＿＿　＿＿＿＿　＿★＿　＿＿＿＿　は山田さんです。
>
> 1　テレビ　　　3　を　　　　2　見ている　　　4　人

2．＿★＿に入る番号を解答用紙にマークします。

（解答用紙）　| (例) | ① ● ③ ④ |

36　水は、＿＿＿＿　＿＿＿＿　＿★＿　＿＿＿＿ならないものだ。

1　生物　　　　　2　にとって　　　　3　なくては　　　　4　あらゆる

37　採用面接では、志望動機＿＿＿＿　＿＿＿＿　＿★＿　＿＿＿＿、細かく質問された。

1　家族構成　　　2　から　　　　　3　至るまで　　　　4　に

38　どんな悪人＿＿＿＿　＿＿＿＿　＿★＿　＿＿＿＿いるのだ。

1　家族が　　　　2　悲しむ　　　　3　死ねば　　　　　4　といえども

39　いつもは静かな＿＿＿＿　＿＿＿＿　＿★＿　＿＿＿＿国内外からの多くの観光客で賑わう。

1　ともなると　　2　紅葉の季節　　3　も　　　　　　　4　この寺

40 山頂から＿＿＿　＿＿＿　＿★＿　＿＿＿。一生の思い出だ。

　　1　素晴らしさ　　　2　眺めた　　　　　3　といったら　　　　4　景色の

問題7　次の文章を読んで、文章全体の趣旨を踏まえて、 $\boxed{41}$ から $\boxed{45}$ の中に
　　　　入る最もよいものを、1・2・3・4から一つ選びなさい。

ドバイ旅行

　会社の休みを利用してドバイに行った。羽田空港を夜中に発って11時
間あまりでドバイ到着。2泊して、3日目の夜中に帰国の途につくという
日程だ。

　ドバイは、ペルシャ湾に面したアラブ首長国連邦の一つであり、代々世襲(注1)
の首長が国を治めている。面積は埼玉県とほぼ同じ。 $\boxed{\text{41-a}}$ 小さな漁村だっ
たが、20世紀に入って貿易港として発展。1966年に石油が発見され急速に
豊かになったが、その後も、石油のみに依存しない経済作りを目指して開発
を進めた。その結果、 $\boxed{\text{41-b}}$ 高層ビルが建ち並ぶゴージャスな商業都市と
して発展を誇っている。現在、ドバイの石油産出量はわずかで(注2) $\boxed{42}$ 、貿易や
建設、金融、観光など幅広い産業がドバイを支えているという。

　観光による収入が30％というだけあって、とにかく見る所が多い。それ
も「世界一」を誇るものがいくつもあるのだ。世界一高い塔バージュ・ハリ
ファ、巨大人工島パームアイランド、1,200店が集まるショッピングモール、
世界最高級七つ星ホテルブルジュ・アル・アラブ、世界一傾いたビル……な(注3)
どなどである。

　とにかく、見るもの全てが〝すごい〟ので、 $\boxed{43}$ しまう。ショッピング
モールの中のカフェに腰を下ろして人々を眺めていると、さまざまな肌色や
服装をした人々が通る。民族衣装を身に着けたアラブ人らしい人は $\boxed{44}$ 。
アラブ人は人口の20％弱だというだけに、ドバイではアラブ人こそ逆に外国
人に見える。

　急速な発展を誇る未来都市のようなドバイにも、経済的に大きな困難を抱えた時期があったそうだ。2009年「ドバイ・ショック」と言われる債務超過^(注4)による金融危機である。アラブ首長国の首都アブダビの援助などもあって、現在では社会状況もかなり安定し、さらなる開発が進められているが、今も債務の返済中であるという。

　そんなことを思いながらバージュ・ハリファ124階からはるかに街を見下ろすと、砂漠の中のドバイの街はまさに〝砂上の楼閣〟^(注5)、砂漠に咲いた徒花^(注6)のようにも見えて、一瞬うそ寒い^(注7)気分に襲われた。しかし、21世紀の文明を象徴するような魅力的なドバイである。これからも繁栄を続けることを　45　いられない。

（注1）世襲：子孫が受け継ぐこと。

（注2）ゴージャス：豪華でぜいたくな様子。

（注3）ショッピングモール：多くの商店が集まった建物。

（注4）債務超過：借金の方が多くなること。

（注5）砂上の楼閣：砂の上に建てた高層ビル。基礎が不安定で崩れやすい物のたとえ。

（注6）徒花：咲いても実を結ばずに散る花。実を結ばない物事のたとえ。

（注7）うそ寒い：なんとなく寒いようなぞっとする気持ち。

41

1　a　今は ／b　もとは

2　a　もとは ／b　今も

3　a　もとは ／b　今や

4　a　今は ／b　今や

42

1　あるし

2　あるにもかかわらず

3　あったが

4　あることもあるが

43

1　圧倒して

2　圧倒されて

3　がっかりして

4　集まって

44

1　とても多い

2　素晴らしい

3　アラブ人だ

4　わずかだ

45

1　願って

2　願うが

3　願わずには

4　願いつつ

問題 8　次の (1) から (3) の文章を読んで、後の問いに対する答えとして最もよいも
　　　　のを、1・2・3・4 から一つ選びなさい。

(1)

　病原菌を殺したり増殖を抑えたりする抗生物質は、これまで多くの人命を救っ
てきたが、近年、抗生物質がきかない耐性菌が増え、医療の現場で危機が叫ばれ
ている。

　耐性菌が増えるいちばんの原因は、抗生物質の乱用だ。効果の高い抗生物質も、
使い続けるとやがて菌が順応する。新しい抗生物質が開発されては新たに耐性菌
も生まれるという「イタチごっこ」が起きているのだ。医師も患者自身も「念の
ために」というような安易な使用をやめ、適正な使用に限るよう認識を改める必
要がある。

（注１）抗生物質：微生物によって作られ、他の微生物の活動を阻止する効果を持
　　　　　つ物質。
（注２）耐性菌：抗生物質などに対する抵抗性が強くなった細菌。

46　「イタチごっこ」とは何のことか。
　1　抗生物質が開発されればされるほど安易な使用法が広まるという危険。
　2　病原菌の増殖により抗生物質の開発が滞るという苦境。
　3　抗生物質がきかない病気が初めて発見されたという危機。
　4　新薬の開発と新しい耐性菌の発生が繰り返されるという悪循環。

(2)

　日本では、一年間に生じる食品のむだが米の生産量にほぼ匹敵するといわれている。一方で、約2,000万人が貧困状態で暮らしているという。そこで注目されるのが、フードバンクだ。品質としては問題なく食べられるのに、さまざまな理由で処分されてしまう食品を、食べ物に困っている人や施設に届けようというのである。

　受け取る側は食費を節約でき、企業側は食品廃棄コストを削減できる。さらに行政としても食品廃棄の抑制や財政負担の軽減などメリットが多く、今後の活動が期待されている。

(注) 匹敵する：同じぐらいである。

47 どのような活動が期待されているか。

　1　貧しい人々に、より安全でより高価な食品を提供する活動。

　2　捨てられる食べ物を、食べ物の足りていない人々へと送る活動。

　3　財政の負担を減らすために、行政が指導して食品のむだを減らす活動。

　4　行政と企業が協力し、貧困層に十分な食べ物を与えようという活動。

(3)

　日本人の多くは、「人に迷惑をかけないように」と子供をしつけます。親が自分の子供に、少しぐらい腕白でも、あるいは多少勉強ができなくてもいいから、とにかく他人に迷惑をかけるような人間にだけはなってくれるなと望むのは、当然なこととされています。

　でも、人に迷惑をかけたくないというのは、裏を返せば人から迷惑をかけられたくないということで、それが、ある種のゆとりのなさにつながることは否定できません。窮屈な生き方を招かないためにも、この当然なことを少し疑ってみてはどうでしょうか。

（注1）腕白：男の子が、暴れ回ったりいたずらを重ねたりする様子。
（注2）窮屈：自由に動きがとれない様子。

48　筆者の考えに合うのはどれか。
　1　人に迷惑をかけるべきではないという考えにとらわれるべきではない。
　2　人は自分でも気づかぬうちに他人に迷惑をかけているものである。
　3　子供は周囲に迷惑をかけつつものびのびと育てられたほうがよい。
　4　人に迷惑をかけられて初めて自分も迷惑をかけていることに気づく。

問題9　次の (1) から (3) の文章を読んで、後の問いに対する答えとして最もよいも
　　　　の を、1・2・3・4 から一つ選びなさい。

(1)

　この何年か、日本では少子化が加速している。2014 年の出生数は 100 万 3532 人
で (厚生労働省による)、過去最少であったそうだ。子供を産めない理由の第一と
_(注1)
しては、「子育てや教育にお金がかかりすぎる」ということである。そのため、国
の政策としては、出産のための出産育児一時金や出産手当金、生まれた子供のため
には子ども手当の支給、など、金銭面でのいろいろな制度が実施されている。しか
_(注2)
し、①それほどの効果があがっていないのは先に述べたとおりである。ほかにどの
ような理由があるだろうか。

　このところの日本が、子供を産み育てにくい社会になっているから、という理由
は考えられないだろうか。

　乗り物の中にベビーカーを持ち込むと、迷惑がられたりうるさがられたりする。
また、保育園などの施設から出る音をめぐるトラブルは絶えず、先日は、「子供の
声がうるさい」という理由で、住民が保育所建設に反対するケースさえあった。
ある保育園では、保育園の庭に高さ３ｍほどの防音壁を設け、遊ぶ人数や時間も
制限した。周りの景色も青空も見えない壁の中で子供たちは遊ぶのだ。なんとも
やりきれない思いである。
_(注3)
　昔から日本では、子供は国の宝とされてきた。子供は個人のものではなく、国の
ものだから、みんなで大切に育てなければならない、という考え方だ。そのような
考え方からは、子供の声を「騒音」と捉える気持ちは理解できない。

　子供を産み育てにくくしている大きな原因の一つは、人々の②このような変化で
はないだろうか。

（『少子化の一因』による）

（注1）厚生労働省：国民生活の保障及び向上をはかるための日本の行政機関の一つ。
（注2）出産育児一時金や出産手当金：出産に関する費用を国が補助するためのお金。
（注3）やりきれない：我慢ができない。

49 ①それほどの効果があがっていないのは先に述べたとおりとあるが、効果が
あがっていない例としてどのようなことが述べられているか。

1　出産のための金銭面での制度がいろいろと実施されていること。

2　住民が保育所建設に反対する運動を起こしたこと。

3　2014年の出生数は、過去最少であったこと。

4　子育てや教育にお金がかかりすぎるということ。

50 ②このような変化とは、どのような変化か。

1　子どもを国の宝と捉える考え方がなくなったこと。

2　子どもを産みたくないと思うようになったこと。

3　子どもを自然の中で育てたいと思うようになったこと。

4　子どもの教育にお金をかけたくないと思うようになったこと。

51　筆者は、少子化が加速している原因はどのようなことだと考えているか。

1　出産に関する国の手当が少ないこと。

2　国全体の景気が悪いこと。

3　保育園などの施設に対するトラブルが絶えないこと。

4　日本が、子どもを産み育てにくい社会になっていること。

(2)

　日本では、大学や専門学校生の約４割が日本学生支援機構の奨学金を利用している。家庭に経済的な余裕がなくても、意欲と能力があれば進学できるように、金銭的な面で支える制度である。

　その奨学金事業で、近年、奨学金の利用者からの返還が滞るケースが増えているという。そのため、返還請求訴訟などが、目立って増加しているそうである。2015年度の奨学金の利用者は、約134万人。その約３分の２が有利子の奨学金を借りているが、長引く雇用不安や所得の低下などの影響もあって、多くの若者が奨学金の返済を困難に感じているという。

　①これらの現象を受け、この度（平成16年１月）、「所得連動返還型奨学金制度」の導入に向けた会議が文部科学省で開かれた。現行（平成15年）では所得に関わらず一律の返還額（最高では月に14,400円）が設定され、負担が重すぎるという声があったため、制度が見直されたのだ。その結果、②この制度の実施についての骨子が固まったという。これは、卒業後の所得に応じて返還額を決めるという制度である。この制度によると、毎月の最低返還額は、2,000円から3,000円となる見通しであるという。

　日本は、欧米諸国に比較して、大学の学費が高いうえ奨学金制度が整っていないと言われている。しかし、言うまでもなく、教育は未来のための最も大切な先行投資であるので、国は、大学などの高等教育に、もっと力を入れるべきなのだ。特に人口減少が進むなか、若者への投資を十分にして一人一人の能力を高めなければ、日本の国全体がだんだん衰えてしまうことになるのは目に見えている。

（『奨学金制度について』による）

（注１）日本学生支援機構：学生に対する奨学金事業や留学支援などを行っている。
（注２）文部科学省：日本の行政機関の一つで、主に教育の振興をはかる。
（注３）骨子：中心となることがら。

52 ①これらの現象の指すものとして、正しくないものを選べ。

1 利用者からの返還金が滞納されるケースが増加している。

2 変換金を請求する訴訟が増えている。

3 奨学金の利用者が年々減ってきている。

4 多くの若者が奨学金の返還が難しいと感じている。

53 ②この制度の実施についての骨子は、どんなことか。

1 全ての人の毎月の返還額を一律にすること。

2 毎月の返還額を、最高でも　14,400 円にすること。

3 毎月の返還額を、2,000 円ないし 3,000 円にすること。

4 奨学金の返還額を、卒業後の所得に応じて決めること。

54 この文章における筆者の主張はどんなことか。

1 奨学金の返済額を少なくして、奨学金の制度を存続させるべきだ。

2 若者への投資を十分にしないと国が衰えてしまうことになる。

3 若者の能力を高めるためには、欧米の奨学金制度を見習うとよい。

4 人口の減少を防ぐためには、奨学金の制度を整えるべきだ。

(3)

　現代社会はストレスの時代とも言われ、現代人はストレスとともに生きているともいわれている。重いストレスによって病気になったり、死期を早めたりする場合もあるということで、ストレスは体に悪いと考えがちである。

　アメリカの健康心理学の博士で、ボストン大学の講師である、ケリー・マクゴニガルさんは、ストレスについて研究し、「ストレスは自分を助け、成長させるものである。避けるより利用すべきだ」という説を唱えている。

　きっかけとなったのは、アメリカで①1998年から行われた追跡調査である。それによると重いストレスを感じていた人の8年後の死亡率は、そうでない人に比較して43％高かったが、それは、ストレスは体に悪いと考えていた人の場合で、そう考えていなかった人は、死亡率の上昇はなかったという。

　この結果を踏まえて、マクゴニガルさんは、「ストレスの捉え方で体の反応が変わる」と主張している。

　例えば、緊張すると心臓がドキドキするが、②これを体に悪いと捉えると血管が収縮し、病気の原因になるが、そうは捉えず、「『ドキドキ』は、新鮮な血液を体中に送ろうとしている」と捉えれば、血管は収縮せず、逆に力が出るということである。

　また、職場で感じる人間関係のストレスについては、「ストレスを感じる相手の、共感できる点を探す、または面白がってしまう」ことを助言している。

　つまり、マクゴニガルさんによると、ストレスに対する考え方を変え、上手に利用することで、「困難にうまく対処できるとともに、自分の持つ力に気づき、勇気を出すことができる」ということである。

　③「ものは考えよう」という言葉があるが、まさにそういうことであろうか。

（『ストレスの時代』による）

（注1）追跡調査：ある結果が出たあと、どうなったかを継続して調べること。

（注2）収縮：縮んで小さくなること。

55 ①1998年から行われた追跡調査で、8年後の死亡率についてどのようなことがわかったか。

1 ストレスは体に悪いと考えていた人の死亡率は、そう考えていない人より高かった。

2 ストレスは体に悪いと考えていた人の死亡率は、そう考えていない人より低かった。

3 ストレスは体に悪いと考えていた人の死亡率は、そう考えていなかった人の死亡率と同じだった。

4 ストレスは体によいと考えていた人の死亡率は極めて高かった。

56 ②これは何を指すか。

1 緊張すること。

2 血管が収縮すること。

3 緊張すると心臓がドキドキすること。

4 ドキドキは病気の原因になること。

57 ③「ものは考えよう」とは、どんな意味か。

1 ものごとはしっかり考えなければ本質が見えないということ。

2 ものの考え方は、人によって違うということ。

3 どのように考えようと、結果は同じだということ。

4 ものごとは考え方しだいでよいほうに取れるということ。

問題10　次の文章を読んで、後の問いに対する答えとして最もよいものを、1・2・
　　　　3・4から一つ選びなさい。

　全国高校野球選手権大会が開かれる夏の甲子園ほど人々を熱くするものはほか
にないだろう。_(注1)

　真夏の太陽の下、甲子園のグランドで行われる試合の数々。地域の人々の誇り
と高校の名誉を担い、ただひたすら白球を追いかける選手たちに、人々は心から
の拍手と声援を送る。特に自分の住む県や母校のチームともなると、声援はさら
に熱心になる。チャンスを迎えると皆立ちあがり、大声で熱い声援を送る。ホー
ムランでも出ると、喜びで応援団席が大きく揺れる。

　逆に、選手がピンチを迎えれば、皆、心配そうな顔をして、神に祈るような目
で試合を見つめる。_(注2)

　なぜ甲子園の高校野球はそこまで人々の心を捉えるのだろうか。そこには、若
さと情熱が、汗と涙が流れる青春があるからだ。□□□そこに自分の青春時代を重
ね、仲間との強い絆と連帯感を感じるからだ。_{(注3) (注4)}

　試合が始まると、敵、味方、どちらのチームの選手達も勝利を願い、最後まで
全力で戦う。その姿に観客は心からの声援を送る。そして味方チームの勝利を心
から願う。_(注5)

　しかし、①勝負は非情である。試合は必ずどちらかのチームが勝ち、どちらか
が負ける。そんな中で、甲子園は思いがけない物語を生み、②それが伝説となっ
て人々に語り伝えられる。_(注6)

　試合に勝ったチームの選手たちは大きな歓声をあげて、全身で勝利の喜びを表
す。応援団も観客も互いに腕を組み、声も高く校歌を歌う。

　負けたチームの選手たちは悔しさにあふれる涙で下を向いたまま声も出ない。
それでも応援団は、よく頑張ったと選手を慰め励まし拍手を送る。選手たちは応
援団に挨拶を済ませると、グランドの片隅のベンチの前にしゃがんで、両手でグ
ランドの土を寄せ集めてズボンのポケットにしまう。

　③これは1937年の第23回大会に出場した熊本工業の川上哲治選手が中京商業
に最後の試合で敗れた時、グランドの土をズボンのポケットに入れて持ち帰った

ことから始まったと言われている。また、1958年の40回大会に沖縄から初めて出場した首里高の選手たちが、当時沖縄が米国の統治下にあったため土を持って帰ることが許されず、帰りの船の上から海に捨てさせられたことがあった。後にそれを気の毒に思った航空会社の乗務員が、土の代わりに甲子園の小石を贈ったという話は有名で、今や伝説となって語り継がれている話である。

　今年も負けたチームが甲子園のグランドの土をポケットに入れて持ち帰っている。これは時代を越えて人々を感動させる甲子園の光景だ。

（『甲子園の土』による）

（注1）甲子園：兵庫県にある甲子園球場。毎年、春と夏に全国の地域を代表した
　　　　高校による野球大会が開かれる。
（注2）ピンチ：重大で危ない場面。
（注3）絆：人間どうしのつながり。
（注4）連帯感：みんなが仲間でつながっているという感じ。
（注5）声援：声を出して応援すること。
（注6）非情：人間らしい情けがない様子。

58　　　　に入る言葉はどれか。
　1　だから　　　　　　2　しかし　　　　　　3　そして　　　　　4　例えば

59　①勝負は非情であるとは、どういう意味か。
　1　必ず味方のチームが負けるという意味。
　2　勝つチームもあるが、負けるチームもあるという意味。
　3　勝負は決まった時間内にやらなければならないという意味。
　4　負けても泣いてはいけないという意味。

60 ②それが伝説となってとあるが、この「伝説」の例としてどのようなことが本文に挙げられているか。

1　航空会社の人が、沖縄の選手に甲子園の土の代わりに石を送ったこと。

2　負けたチームが勝ったチームに声援を送ったこと。

3　勝ったチームの応援団が互いに腕を組んで校歌を歌ったこと。

4　航空会社の乗務員が沖縄の選手たちに甲子園の土を送ったこと。

61 ③これは、どのようなことを指すか。

1　勝ったチームが甲子園の土を記念に持ち帰ること。

2　負けたチームの選手たちが応援団に挨拶に行くこと。

3　負けたチームの応援団が、選手を慰め励ましたこと。

4　負けたチームが甲子園の土をポケットに入れて持ち帰ること。

問題 11　次のＡとＢは、大学入試についての意見である。後の問いに対する答えと
して最もよいものを、1・2・3・4から一つ選びなさい。

Ａ

多くの若者にとって一度は通らねばならない最大の難関は、大学入試である。この入試に受かるかどうかで、その後の人生が左右されると言っても過言ではない。(注1)

そこで、この入学試験のあり方を巡って様々な議論が交わされている。その中でも話題の中心となるのが一発勝負のペーパーによる学力試験である。

この学力試験は高校生にはあまりにも負担が重く、この制度の下では高校生活は受験勉強中心にならざるを得ない。受験のための学習に付いていけない生徒は、高校生活半ばでやる気を失う。一方、この難しい入学試験になんとか合格した生徒も、受験勉強に全力を使い果たしたため、大学入学後はやる気がなくなることも多いという。

また、このような学力試験では、偏差値は高いが特色のない受験生だけが合格し、芸術やスポーツなど特定の分野に関心や能力のある個人の才能は見出しにくい。(注2)

大学入試は、ペーパーによる学力試験だけに頼るのではなく、高校生時代の学習報告や社会活動、あるいは小論文や面接を重視して選抜する人物本位の試験が望ましいのではないだろうか。

　　大学入試はペーパーによる一発勝負の学力試験の方がよい。なぜなら、現在、日本で行われている幼稚園から就職試験までを含めてあらゆる選抜試験において、この試験のやり方ほど公正なものはないからだ。個人の思想も信条も、好き嫌いや外観、親の財力や社会的地位もいっさい関係ないからである。そこには今の日本の社会において、唯一努力し、頑張ったものだけが実力だけで評価されという、とかく忘れがちな社会の正義と真実なるものがあるからである。

　　学力試験を経験せずに推薦や面接だけで合格した受験生は、ややもすると入学後新しいものへの挑戦を避ける傾向があり、成績も優秀とは言えない者が多いという。

　　そしてさらに、面接にも問題がある。大学という場で育った面接官は、研究者や教育者であっても、果たして短時間で多様な受験生一人一人の力や特質を見抜ける能力があるのだろうか。疑問を持たざるを得ない。

　　したがって、大学入試は、あくまでも従来通りの学力試験をメインにして、芸術やスポーツなどの専攻によって、二次的に面接試験や実技試験を加味すればよいのだ。

（注1）難関：通り抜けるのが難しい所。

（注2）偏差値：テストの点数が、全体のどの辺りにあるかを示す数値。

62　「一発勝負のペーパーによる学力試験」について、AとBではどのように述べているか。

1　Aは、学生にいい影響を与えると述べ、Bは実力が評価されると述べている。

2　Aは学生の気力をなくすと述べ、Bは挑戦する力をなくすものだと述べている。

3　Aはあまりにも負担が重すぎると述べ、Bは平等な入試制度だと述べている。

4　Aは個性のない学生が受かると述べ、Bは実力が評価されるものだと述べている。

63　日本の大学受験制度について、AとBはどのように述べているか。

1　Aはペーパーによる学力試験は廃止すべきだと述べ、Bは高校の先生による報告書を重視すべきだと述べている。

2　Aは小論文や面接によって選抜するほうがいいと述べ、Bはこれまでと同様に、ペーパーによる学食試験が良いと述べている。

3　Aは偏差値が高い学生が集まるのでいいと述べ、Bは大学の先生を信頼して任せることができるのでいいと述べている。

4　Aは、学力試験のみに頼らず、他の方法でその人物の特質を判断して選抜すべきだと述べ、Bはペーパーによる学力試験を主にすべきだと述べている。

問題 12　次の文章を読んで、後の問いに対する答えとして最もよいものを、1・2・3・4から一つ選びなさい。

　新聞は内外の政治や経済をはじめ、文化や科学、さらにスポーツや芸術など全ての情報を提供してくれるありがたいメディアである。そしてまた新聞は、今日テレビやインターネット等の情報機器の目覚ましい発達により速報性では後れをとるものの、誰もが情報に簡単に接することが出来、しかもその情報を記録として残すことが出来る①貴重なメディアである。

　ところが最近、その新聞が怪しくなってきたように見える。新聞はいつも一方に偏らず、真実を伝えているものと思っていたのに、このところの新聞を見ていると、②このような考えを変えざるを得ないようだ。

　特に問題なのが、どこで道を誤ったのか、新聞社自らが不祥事を引き起こしている点である。私達は新聞を信頼するからこそ紙面の記事を疑わず、事実として捉えるのは至極当然のことである。それなのに一大スクープとして報じられた記事が実は偽りであったという、信じられないような事件を起こした新聞がある。その新聞は誤りを指摘されても、その非をなかなか認めようとせず、なぜか長い間謝罪もしなかった。偽りのスクープ記事を流し、人々を惑わせているのに、自らの社会的責任と役割をまるで忘れてしまったかのようである。

　紙面に掲載する以上、情報は決して嘘や意図的に歪められたものであってはならない。そして言うまでもなく世論を誘導してはならない。常に権力と一線を画し、真実を伝えるものでなければならない。これは一新聞のことではない。他紙を批判しているその他の新聞にも同じことが言える。

　今日の新聞は自分の身を守るのに懸命で、社会的に力のある強いものに対しては本気で抵抗しようとしない。それなのに反論できない弱者に対しては強圧的で、高々とあたかも正義の刃を振りかざすがごとく徹底的に叩く。あまりにも自分勝手な態度である。

　新聞は、ここで謙虚に反省し、国民のための新聞を目指して欲しい。そのためには、常に権力に迎合することなく正義の側に立って真実を伝えるものでなければならない。

　一方、新聞を読む私達は、単に新聞に掲載されていたからというだけで、そのまま信じてはいけない。新聞を読むときは、できれば他誌と見比べながら「これは真実なのか、この記事の裏に何か意図的なものが隠されてはいないか」と、紙面を厳しく見抜く力が求められる。なぜなら新聞は私達の日常の生活のみならず、国益や国の行方まで左右しかねない大きな影響力を持つものだからだ。
_{（注4）}

（「新聞を考える」より）

（注1）不祥事：よくない出来事。

（注2）一線を画す：はっきり区別する。

（注3）強圧的：強い力で押さえつける様子。

（注4）国益：国の利益。

64 ①貴重なメディアの理由として筆者が挙げていないのはどれか。

1　国内外のほとんど全ての情報を提供してくれるから。

2　速報性にすぐれているから。

3　誰でも簡単に情報に接することができるから。

4　情報を記録に残すことができるから。

65 ②このような考えの指すものは何か。

1　新聞の報道が一方に偏っているのでは、という考え。

2　新聞の報道は公正で、真実を伝えているという考え。

3　新聞の報道は、常に最新のものであるという考え。

4　新聞の報道は、常に真実ではないという考え。

66　筆者は、新聞にどのようなことを希望しているか。

1　正義の側に立って世論を導くという目標に向かって努力してほしい。

2　国民のためには、権力におもねることも必要であると自覚してほしい。

3　正義の側に立って真実を伝え、国民のための新聞を目指してほしい。

4　情報機器に遅れをとることなく、素早い報道を目指してほしい。

67 筆者は、新聞の読者に対してどのようなことを求めているか。

1　その報道に間違った部分がないかどうかを情報機器と比べで確認しながら読むこと。

2　スクープとして報じられたものが、すでに他誌で報道されたものではないかを見極めながら読むこと。

3　新聞に掲載されたものは全て真実なので、余計な疑いを持たずに素直に読むこと。

4　その報道が真実なのか、裏に意図的なものが隠されていないかを判断しながら読むこと。

問題 13　右のページは、社内スポーツ大会についてのメールである。下の問いに対する答えとして最もよいものを 1・2・3・4 から一つ選びなさい。

68 このスポーツ大会は、何のために行われるか。

1　社員の過労を防ぐため

2　新入社員をたくさん募集するため

3　社員たちがお互いをよく知って親しくなるため

4　会社の宣伝のため

69 このスポーツ大会に参加したくないときは、どうすればよいか。

1　何もしなくてよい

2　部の代表者が参加しない人数をまとめて松山さんに連絡する

3　参加しない人が、直接松山さんに連絡をする

4　参加する人に連絡して、当日松山さんに伝えてもらう

宛先 http://www.bibo.com

件名 社内スポーツ大会のご案内

従業員の皆様へ
社内スポーツ大会開催のお知らせです。

　今年も社内行事の一つとして、交流のためのスポーツ大会を下記のとおり開催することとなりましたので、ご参加いただきますようお願いします。大会への出場者以外に応援だけでも参加できます。皆さん奮ってご参加ください。

　なお、準備の都合上、代表者の方は、3月1日（火）までに大会参加者と応援のみの方を各部とりまとめて私へのメール返信または口頭でお申し込みくださいますようお願いいたします 。

　また、止むを得ない事情で開催が不可能な場合は中止とさせていただき、前日までに代表者へメールで通知いたします。

-----------記-----------

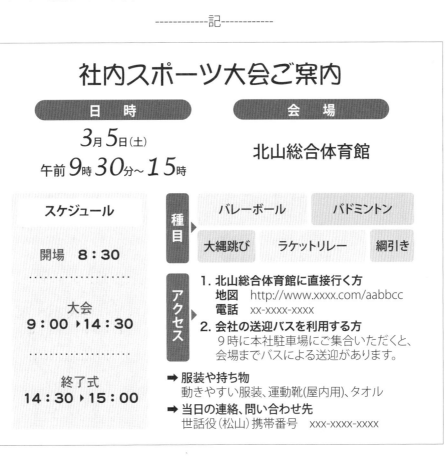

社内スポーツ大会ご案内

日　時

3月5日(土)
午前9時30分〜15時

会　場

北山総合体育館

スケジュール

開場　8：30

....

大会
9：00 ▸14：30

....

終了式
14：30 ▸15：00

種目
バレーボール　バドミントン

大縄跳び　ラケットリレー　綱引き

アクセス
1. 北山総合体育館に直接行く方
　地図　http://www.xxxx.com/aabbcc
　電話　xx-xxxx-xxxx
2. 会社の送迎バスを利用する方
　　9時に本社駐車場にご集合いただくと、
　　会場までバスによる送迎があります。

➡ **服装や持ち物**
　動きやすい服装、運動靴(屋内用)、タオル
➡ **当日の連絡、問い合わせ先**
　世話役(松山)携帯番号　xxx-xxxx-xxxx

以上
....
総務部　内線1234
松山　茂
....

もんだい
問題 1

　問題 1 では、まず質問を聞いてください。それから話を聞いて、問題用紙の 1 から 4 の中から、最もよいものを一つ選んでください。

れい
例

1　タクシーに乗る
2　飲み物を買う
3　パーティに行く
4　ケーキを作る

1番

1 子どもが生まれた病院に行く
2 職場に健康保険証を取りに行く
3 子育て支援課で書類を出す
4 保険課で健康保険証を作る

回數

1

2

3

4

5

6

2番

1 食器を片付ける
2 料理をする
3 買い物に行く
4 買うものをメモする

3番

1 Aの部屋

2 Bの部屋

3 Cの部屋

4 Dの部屋

4番

1 荷造りをする

2 床屋へ行く

3 薬屋へ行く

4 役所に行く

5番

1　子どもの転校のための書類を書く

2　体育着と運動靴を買う

3　帽子を買う

4　隣の町の靴屋に行く

6番

1　水

2　缶詰

3　パンとごはん

4　ラジオ付き懐中電灯

問題2

T2-10〜2-19

　問題2では、まず質問を聞いてください。そのあと、問題用紙のせんたくしを読んでください。読む時間があります。それから話を聞いて、問題用紙の1から4の中から最もよいものを一つ選んでください。

例

1　パソコンを使い過ぎたから

2　コーヒーを飲みすぎたから

3　部長の話が長かったから

4　会議室の椅子が柔らかすぎるから

096

Check □1 □2 □3

1番

1 電車賃がなくて家に帰れないから

2 財布を落としたのかとられたのかわからないから

3 スマートフォンをのぞかれたから

4 クレジットカードを落としたから

回數

1

2

3

4

5

6

2番

1 謙虚だった

2 軽率だった

3 勉強不足だった

4 消極的だった

3番

1　娘に勧められたから

2　若い人と知り合うため

3　妻が応援してくれるから

4　姿勢がよく若くなれるから

4番

1　キュウリ

2　ナス

3　ピーマン

4　トマト

Check □1 □2 □3

5番

1 楽しくないのに楽しそうだと言われたから

2 父親が自分の誕生日を間違えたから

3 昨日父親が遅く帰ってきたから

4 プレゼントが気に入らなかったから

6番

1 積立預金

2 住宅ローン

3 保険

4 株

7番

1 希望の会社に就職が決まったから

2 試験に合格したのは偶然だから

3 教授に反対されたから

4 留学するお金がないから

もんだい
問題 3

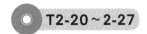

　問題 3 では、問題用紙に何も印刷されていません。この問題は、全体としてどんな内容かを聞く問題です。話の前に質問はありません。まず話を聞いてください。それから、質問とせんたくしを聞いて、1から4の中から、最もよいものを一つ選んでください。

もんだい
問題 4

　問題 4 では、問題用紙に何も印刷されていません。まず文を聞いてください。それから、それに対する返事を聞いて、1 から 3 の中から、最もよいものを一つ選んでください。

－メモ－

Check □1 □2 □3

もんだい
問題 5

T2-43～2-47

問題 5 では、長めの話を聞きます。この問題には練習がありません。

メモをとってもかまいません。

1番、2番

問題用紙に何も印刷されていません。まず話を聞いてください。それから、質問とせんたくしを聞いて、1から4の中から、最もよいものを一つ選んでください。

－メモ－

3番

まず話を聞いてください。それから、二つの質問を聞いて、それぞれ問題用紙の1から4の中から、最もよいものを一つ選んでください。

質問1

1　こんな会社が増えてほしい

2　社員にストレスを与えるだけだ

3　自分の会社でも提案したい

4　おもしろそうだが行ってみたいとは思わない

質問2

1　役員が働くのは嫌だ

2　男の人は遠慮をしすぎている

3　いいシステムだ

4　何の効果もないはずだ

第3回

言語知識（文字・語彙）

問題1 ＿＿＿の言葉の読み方として最もよいものを、1・2・3・4から一つ選びなさい。

1 条件に該当する項目を全て書き出しなさい。
　1　かいとう　　　　2　がいとう　　　　　3　かくとう　　　　4　がくとう

2 このデザイナーは、独特の色彩感覚に定評がある。
　1　しょくざい　　2　しょくさい　　　　3　しきざい　　　　4　しきさい

3 巡ってきたチャンスを逃さないよう、全力で取り組むつもりだ。
　1　のがさない　　2　にげさない　　　　3　ぬかさない　　　4　つぶさない

4 故郷に帰る日のことを思うと、心が弾む。
　1　はばむ　　　　2　はずむ　　　　　　3　はげむ　　　　　4　いどむ

5 資料が不足している人は、速やかに申し出てください。
　1　すこやか　　　2　こまやか　　　　　3　すみやか　　　　4　あざやか

6 明るいうちに峠を越えた方がいい。
　1　ふもと　　　　2　とうげ　　　　　　3　みさき　　　　　4　いただき

問題2 （　　　）に入れるのに最もよいものを、1・2・3・4から一つ選びなさい。

7 少子高齢化は、老人が老人を（　　　　）するという過酷な事態を生んでいる。

1　福祉　　　　　　2　保育　　　　　　3　安静　　　　　　4　介護

8 部長は部下を（　　　）ばかりだが、ほめてくれればもっとやる気が出るのに。

1　みたす　　　　2　けなす　　　　　3　はみだす　　　　4　もよおす

9 我が社は日々、製品の品質（　　　）に努めております。

1　向上　　　　　2　上昇　　　　　　3　良好　　　　　　4　増加

10 兄とは、兄弟というより、何でも競い合う（　　　）のような関係です。

1　キャリア　　　　　　　　　　2　ライバル

3　トラブル　　　　　　　　　　4　ボーイフレンド

11 失業して離婚した。金の切れ目が（　　　）の切れ目とはよく言ったものだ。

1　宝　　　　　　2　骨　　　　　　3　縁　　　　　　4　涙

12 一度引き受けた仕事を、（　　　）できないとは言えない。

1　いかにも　　　2　まさしく　　　　3　やんわり　　　　4　いまさら

13 娘の寝顔を見ると、小さな悩みなんて（　　　）しまうよ。

1　吹き飛んで　　2　走り去って　　　3　滑り込んで　　　4　溶け出して

問題3 ___ の言葉に意味が最も近いものを1・2・3・4から一つ選びなさい。

14 定年後は、キャリアを生かしたボランティア活動をするつもりだ。

1 能力　　　　　2 性格　　　　　3 経歴　　　　　4 出身

15 次の項目に該当する人は、近くの係員まで申し出てください。

1 合う　　　　　2 乗る　　　　　3 貼る　　　　　4 参加する

16 彼は本当に信頼できる男なのか。現に、約束の時間になっても来ないじゃないか。

1 今のところ　　2 例によって　　3 その証拠に　　4 約束したのに

17 東京近郊にもまだ昔の趣の残っている街がある。

1 思い出　　　　2 遊び　　　　　3 旅館　　　　　4 雰囲気

18 候補者の演説は、どれも無難で新鮮さに欠けるものだった。

1 真面目過ぎる　　　　　　　　　2 レベルが低い

3 分かりにくい　　　　　　　　　4 良くも悪くもない

19 今日こそいい結果を出すぞ、と彼は意気込んで出掛けていった。

1 叫んで　　　　2 張り切って　　3 もてなして　　4 気にして

問題4　次の言葉の使い方として最もよいものを、1・2・3・4から一つ選びなさい。

20 告白

1　新製品の特徴を表にして告白する。

2　自分の過ちを告白するのは、大変勇気がいることだ。

3　医者には、患者の病状を分かりやすく告白する義務がある。

4　マスコミ各社は、女優Aの婚約を一斉に告白した。

21 仲直り

1　簡単な故障なら、自分で仲直りできます。

2　練習で失敗したことを、本番で仲直りすることが大切だ。

3　ぼくとたかし君は、小さいころからの仲直りです。

4　仲直りの印に握手をしようじゃないか。

22 ふさわしい

1　駅前のコンビニは24時間営業なので、忙しい人にふさわしい。

2　優秀な彼女には、もっとふさわしい仕事があると思う。

3　あの兄弟は、顔も体格もふさわしくて、遠くからでは区別がつかない。

4　ちゃんと病院に行って、ふさわしい薬をもらったほうがいいよ。

23 強^しいて

1　いい映画だが、しいて言うなら意外性に欠ける。

2　彼女は、こちらの都合など考えず、しいてしゃべり続けた。

3　男の子というのは、好きな女の子をしいていじめるものだ。

4　犯人逮捕のために、知っていることはしいて話してください。

24 威張る

1　君は班長なのだから、責任を持ってもっと威張らなくてはいけないよ。

2　あの山は姿が威張っていると、観光客に人気だ。

3　3つ上の兄は、いつも威張って私に命令する。

4　となりの犬は夜になると大きな声で威張るので迷惑だ。

25 使いこなす

1 父に買ってもらったこの辞書は、もう 10 年以上<u>使いこなして</u>いる。

2 このくつはもう<u>使いこなして</u>しまったので、捨ててください。

3 この最新の実験装置を<u>使いこなせる</u>のは、彼だけです。

4 旅先で、持っていたお金を全て<u>使いこなして</u>しまった。

言語知識（文法）

問題5 （　　　）に入れるのに最もよいものを、1・2・3・4から一つ選びなさい。

26 優秀な彼が、この程度の失敗で辞職に追い込まれるとは、残念で（　　　）。

1　やまない　　　　2　堪えない　　　　3　ならない　　　　4　やむをえない

27 隊員たちは、危険を（　　　）、行方不明者の捜索にあたった。

1　抜きにして　　　2　ものともせず　　3　問わず　　　　4　よそに

28 （　　　）を限りに、Ａ社との提携を打ち切ることとします。

1　最近　　　　　　2　以降　　　　　　3　期限　　　　　4　本日

29 事情（　　　）、遅刻は遅刻だ。

1　のいかんによらず　　　　　　　　　2　ならいざ知らず

3　ともなると　　　　　　　　　　　　4　のことだから

30 大切なものだと知らなかった（　　　）、勝手に処分してしまって、すみませんでした。

1　とはいえ　　　　　　　　　　　　　2　にもかかわらず

3　と思いきや　　　　　　　　　　　　4　とばかり

31 あの時の辛い経験があればこそ、僕はここまで（　　　）。

1　来たいです　　　　　　　　　　　　2　来たかったです

3　来られたんです　　　　　　　　　　4　来られた理由です

32 同じ議員でも、タレント出身のＡ氏の人気（　　　）、元銀行員のＢ氏の知名度はゼロに等しい。

1　ならでは　　　2　にもまして　　　3　にして　　　　　4　にひきかえ

33 お礼を言われるようなことではありません。当たり前のことをした（　　　）です。

1　うえ　　　　　2　きり　　　　　　3　こそ　　　　　　4　まで

34 日食とは、太陽が月の陰に（　　　　）ために、月によって太陽が隠される現

象をいう。

1　入_いれる　　　　2　入_{はい}る　　　　　3　入_{はい}れる　　　　4　入_いれられる

35 一度、ご主人様に（　　　　）のですが、いつご在宅でしょうか。

1　お目にかないたい　　　　　　　2　お目にはいりたい

3　お目にかかりたい　　　　　　　4　お目にとまりたい

問題6　次の文の＿★＿に入る最もよいものを、1・2・3・4から一つ選びなさい。

（問題例）

あそこで＿＿＿＿　＿＿＿＿　＿★＿＿　＿＿＿＿は山田さんです。

1　テレビ　　　2　見ている　　3　を　　4　人

（回答のしかた）

1. 正しい文はこうです。

あそこで＿＿＿＿　＿＿＿＿　＿★＿＿　＿＿＿＿は山田さんです。

1　テレビ　　　3　を　　　　2　見ている　　　4　人

---

2. ＿★＿に入る番号を解答用紙にマークします。

（解答用紙）　　（例）　① ● ③ ④

36　食物アレルギーを甘くみてはいけない。＿＿＿＿　＿＿＿＿　＿★＿＿　＿＿＿＿
あるのだ。

1　食べよう　　　　　　　　　　2　誤って

3　命にかかわることも　　　　　4　ものなら

37　＿＿＿＿　＿＿＿＿　＿★＿＿　＿＿＿＿を禁ずる。

1　この部屋に　　　　　　　　　2　なしに

3　入ること　　　　　　　　　　4　断り

38　たとえ＿＿＿＿　＿＿＿＿　＿★＿＿　＿＿＿＿しません。

1　大金を　　　　　　　　　　　2　ことは

3　友人を裏切るような　　　　　4　積まれようと

39 お金を貸すことは_____ _____ ★_____ _____できますよ。

1　までも　　　　　　　　　　2　くらいなら

3　できない　　　　　　　　　4　アルバイトの紹介

40 取材陣の_____ _____ ★_____ _____が集中した。

1　態度に　　　　　2　極まる　　　　　3　世間の批判が　　　4　失礼

問題 7　次の文章を読んで、文章全体の趣旨を踏まえて、 41 から 45 の中に入る最もよいものを、1・2・3・4から一つ選びなさい。

旅の楽しみ

　テレビでは、しょっちゅう旅行番組をやっている。それを見ていると、居ながらにしてどんな遠い国にも 41 。一流のカメラマンが素晴らしい景色を写して見せてくれる。旅行のための面倒な準備もいらないし、だいいち、お金がかからない。番組を見ているだけで、 42-a 　その国に 42-b 気になる。

　だからわざわざ旅行には行かない、という人もいるが、私は、番組を見て旅心を誘われるほうである。その国の自然や人々の生活に関する想像が膨らみ、行ってみたいという気にさせられる。

　旅の楽しみとは、まずは、こんなことではないだろうか。心の中で想像を膨らますことだ。 43-a その想像は美化されすぎて、実際に行ってみたらがっかりすることも 43-b 。しかし、それでもいいのだ。自分自身の目で見て、そのギャップを実感することこそ、旅の楽しみでも 44 。
(注1)
(注2)

　もう一つの楽しみとは、旅先から自分の国、自分の家、自分の部屋に帰る楽しみである。帰りの飛行機に乗った途端、私は早くもそれらの楽しみを思い浮かべる。ほんの数日間離れていただけなのに、空港に降り立ったとき、日本という国のにおいや美しさがどっと身の回りに押し寄せる。家の小さな庭の草花や自分の部屋のことが心に 45 。

　帰宅すると、荷物を片付ける間ももどかしく、懐かしい自分のベッドに倒れこむ。その瞬間の嬉しさは格別である。
(注3)

　旅の楽しみとは、結局、旅に行く前と帰る時の心の高揚にあるのかもしれない。
(注4)

（注1）美化：実際よりも美しく素晴らしいと考えること。

（注2）ギャップ：差。

（注3）もどかしい：早くしたいとあせる気持ち。

（注4）高揚：気分が高まること。

41

1　行くのだ

2　行くかもしれない

3　行くことができる

4　行かない

42

1　a　まるで／b　行く

2　a　あたかも／b　行くような

3　a　または／b　行ったかのような

4　a　あたかも／b　行ったかのような

43

1　a　もしも／b　あるだろう

2　a　もしかしたら／b　あるかもしれない

3　a　もし／b　あるに違いない

4　a　たとえば／b　ないだろう

44

1　ないかもしれない

2　あるだろうか

3　あるからだ

4　ないに違いない

45

1　浮かべる

2　浮かぶ

2　浮かばれる

4　浮かべた

読解

問題8　次の (1) から (3) の文章を読んで、後の問いに対する答えとして最もよいものを、1・2・3・4 から一つ選びなさい。

(1)

　働きアリの集団では、必ず一定の割合で働かないアリが現れる。それは、なぜか。

　新たな研究の成果では、最初よく働いていたアリが休み出すと、それまで働かなかったアリが働き始めることが確認された。さらに、よく働くアリだけの集団と、働き具合がばらばらな集団とを比べると、前者はアリが一斉に疲労して働けなくなるため集団が滅びるのが早いが、後者は集団が長続きする傾向が見られたという。

　集団の存続のためには、勤勉な者の交代要員として怠け者が不可欠なのだ。そう考えると、近くの怠け者に対する見方も変わってくるかもしれない。

46　「怠け者に対する見方」がどのように変わりうると考えられるか。

　1　集団の活動のためには怠け者も勤勉な者と働き具合をそろえるべきだ。

　2　集団の存続のために常に一定の割合で怠け者が出現するのは残念だ。

　3　集団の維持のためにはずっと働かない怠け者がいるのもしかたがない。

　4　集団が長続きするためには今、怠け者がいてくれるのがありがたい。

(2)

　高校に入って料理に興味を持ち始めたころの娘が、ある日、台所の祖母をつかまえ、「おばあちゃん、ここを使えば、じゃがいもの芽も簡単に取れるんだよ。」と、新品のピーラー（注1）を自慢げに見せた。明治生まれ（注2）の祖母はすかさず（注3）、「ありがたいね。でも、包丁だってここを使えば、じゃがいもの芽だってすぐ取れるんだよ。」と、包丁の角を器用に使って実演して見せた。娘は目を見開いて、祖母の手の動きを見つめていた。

　次々と現れる便利グッズを目にするたびに、私は、その時の娘の落胆と驚きと敬意の入り混じった複雑な表情と、包丁一本をさまざまに使い分けていた明治の女の手を思い出す。人は一つ便利さを身につけるたびに、実は一つ不器用になっていく気がしてならない。

（注1）ピーラー：主に野菜や果物の皮をむくための手軽で便利な調理器具。

（注2）明治生まれ：およそ1868年から1912年までに生まれた者。

（注3）すかさず：すぐに。

47 便利グッズを、筆者はどのようなものだと感じているのか。

1　生活には便利だが、人間が本来持つさまざまな能力の可能性を損なうもの。

2　新品の状態なら便利だが、使うにつれて劣化していく、実は不便なもの。

3　次から次へとより便利なものが現れては消えていく、意外と不確かなもの。

4　便利さに感心したりがっかりしたりを繰り返しながら、愛着がわいてくるもの。

(3)

以下は、市報に掲載された、スポーツ施設の利用についてのお知らせである。

♪ 学生フリーウイークのお知らせ

【日時】7月25日(月)〜8月5日(金)の平日午前9時〜午後3時

【場所】スポーツセンター・総合体育館

【内容】●プール・トレーニングルーム・柔道場・弓道場の無料利用
　　　　●プールの各教室(下表参照)の無料参加

【対象】市内在住の、大学(短期大学・大学院を含む)、高等専門学校、専門学校
　　　　等で学ぶ者。

　　　　※詳しくはお問い合わせください。

【利用・参加方法】
■利用時に、学生証か身分証明書を提示してください。
■教室への参加申し込みは、7月11日(月)までに直接または電話で各館へ。
※申し込み多数の場合は抽選。

【問い合わせ】スポーツセンター　TEL (012) - 3456 - 7890

コース	教 室 名	日　　時	定員
A	せめてクロール50マスター	7月25日(月)午前9時〜11時	20人
B	めざせ遠泳！平泳ぎマスター	7月26日(火)午後1時〜3時	10人
C	チャレンジ・ザ・バタフライ	8月1日(月)午前9時〜11時	10人

---

48 学生の利用・参加方法として正しくないものはどれか。

1　7月25日のプールの教室に参加したいので、7月11日に総合体育館に電話して申し込む。

2　7月26日のプールの教室に参加したいので、7月4日にスポーツセンターへ行って申し込む。

3　8月1日の午後3時から5時までプールを無料で利用するために、当日学生証を持参してプールに行く。

4　8月4日の午前10時から12時まで弓道場を無料で利用するために、当日学生証を持参して弓道場へ行く。

問題9　次の (1) から (3) の文章を読んで、後の問いに対する答えとして最もよいものを、1・2・3・4から一つ選びなさい。

(1)

　白い杖、つまり白杖を持っているのは、主に視覚障害者であることは、たいていの人は知っている。

　街で白杖を持っている人を見かけたら、どうすればいいだろうか。

　白杖を持つ人が常に人の助けを求めているとは限らないので、まずは、その人が危険な状態にないかどうかを確かめよう。そして、危険な状態に直面していると思われる場合は、ためらわずに助けを申し出よう。

　しかし、そうでない場合、通行を助けようとして、いきなりその人の腕を掴んだり杖を触ったりするのは禁物である。視覚に障害がある人は、相手の顔や様子が見えないので、急に体や杖に触られると恐怖を感じることがあるからだ。手助けをしようと思ったら、まずは、「何か、お手伝いをしましょうか。」などと声をかけてみよう。そうすれば、こちらの目的がわかって安心してもらえるだろう。人によって、また、障害の程度によっては、一人で歩ける人もいるので、手助けはかえって迷惑だということもあるかもしれない。

　だが、視覚障害者が必ず助けを求めていることを表すポーズがある。「白杖SOS」といって、白杖を体の前に高く掲げて立ち止まるポーズである。そんな障害者を見たら、すぐに駆け寄って助けよう。このポーズは、今から約40年ほど前に考え出されたものだが、あまり普及しなかったということだ。しかし、障害者の社会参加が進んでいる今日、SOS が必要になる場面も増えるにちがいない。全ての人にこのポーズの意味を知ってもらって、視覚障害者の人達も安心して街を歩けるようにしたいものである。

（『視覚障害者に対する手助け』による）

（注）視覚障害者：目が不自由な人。

49 街で白い杖を持っている人を見かけたら、まず、どうすればよいか。

1 黙ってその人に近寄り、腕を優しく掴んで通行を助ける。

2 その人が危険に直面しているとわかれば、すぐに助けを申し出る。

3 その人の白い杖を握って、優しく誘導する。

4 周りの人たちにも声をかけて、みんなで助けるようにする。

50 すぐにその人のそばに行って助けなければならないのは、どんな時か。

1 杖を大きく振り回している人を見た時。

2 視覚障害者が乗り物に乗ろうとしている時。

3 白杖を体の前に高く上げて立ち止まっている障害者を見た時。

4 視覚障害者が立ち止まってどちらに行くか迷っている時。

51 筆者が「白杖SOS」の意味を全ての人に知ってほしいと考えているのは、どのような社会的実情によるか。

1 障害者の数が多くなったという実情。

2 障害者に対する社会の関心が高まっているという実情。

3 障害者が街を歩きにくくなったという実情。

4 障害者の社会参加が増えているという実情。

(2)

　中国は、1979年にスタートさせた「一人っ子政策」をやめ、来年(2016年)から「二人っ子政策」に転換するそうである。ひと組の夫婦が二人の子供を産み育てることを認めるということだ。

　少子高齢化による労働力人口の減少が中国経済減速の原因の一つになるという危機感もあってのことらしい。

　＿＿＿＿、都会では、二人目を産まない夫婦が増えているそうである。

　上海に住むある夫婦も二人目を産むつもりはない、と言う。教育費が高すぎて二人の子供を育てる余裕がないということだ。まず、子供を有名な幼稚園に入れるには高級住宅地の区に引っ越さなければならないそうだが、そこのマンション代が非常に高いという。また、たとえその幼稚園に入れたとしても、学費や習い事にかかるお金が高いので、とても自分たちにはできない、したがって、二人っ子政策に変わっても自分たちには関係ないと言う。

　中国にしても日本にしても、経済的な理由が子供を産めない一番の理由になっているのは同じであるらしい。

　だが、ここで、浮かび上がってくるのは、「子供とは、いったい何だろう?」という素朴な疑問ではないだろうか。

　政府は、国力や経済のために少子化対策を推進し、国民は、家の経済が原因で子供を産めないという。これでは、まるで、子供は経済のために存在しているようなものではないか。本来、子供を産み育てるのは人類としての義務であり、また、人にとって喜びであるはずで、国や国の経済に左右されたり、支配されたりすべきではないと思うのだが……。

（『何のために子供を産み育てるのか』による）

(注1) 減速：発展の速度が落ちること。

(注2) 習い事：学校の勉強以外に、先生についてピアノなどを習うこと。

52 ［　　　　］に入る言葉を次から選べ。

1　したがって　　　2　また　　　　　　　3　もちろん　　　　　4　しかし

53 中国と日本の子供を産めない理由について、合っているのはどれか。

1　中国は経済的な理由によるが、日本は社会的な理由による。

2　中国は国の政策によるが、日本は経済的な事情による。

3　中国も日本も夫婦二人の人生観による。

4　中国も日本も経済的な理由による。

54 筆者は子供を産み育てることに関して、どのように考えているか。

1　人類として当然であり、人間としての喜びであるはずだ。

2　社会に貢献するために当然の義務である。

3　経済的な事情を考慮して夫婦が決めるべきである。

4　国が経済的にもっと援助して子供を産みやすくするべきだ。

(3)

　1986年、「男女雇用機会均等法」が施行された。企業の採用や昇進などにおいて、女性差別を禁止することを目指した法律である。それから今年で約30年だが、共同通信の調査によると、その年、大企業に採用された女性総合職のうち、昨年(2015年)10月には、約80％が退職していたという。総合職として採用されたものの、長時間労働などの慣習の中で、育児と仕事の両立に耐えられなかったのであろうか、多くが職場に定着できなかった。

　男女雇用機会均等法の施行後、1999年と2007年にも比較的大きな改正が行われたが、□□□、1999年採用の女性総合職は74％が、2007年採用では42％が退職しているということだ。政府は女性の活躍推進を中心的な政策としてはいるが、そのための環境整備についてはなかなか手が回らず、依然大きな課題として残っている。育児に関する法整備が進んだ後も、退職率は依然高い。

　また、日本は国際的に見ても女性の政治家が極端に少なく、国会では衆議院で9％、参議院で15％、地方議会では12％に過ぎない。

　外国では、70年代以降、北欧が議員の男女差をなくすため、議員や候補者の一定人数を女性にする「クオータ制」を導入。今では、100か国以上がこの制度を取り入れているという。その結果、女性議員が、韓国では約15％、ドイツは3割、北欧は4割を超えているという。日本も各国並みに法的な仕組みが必要ではないかということで、今年(2016年)超党派による議員連盟が動きだした。選挙の候補者をできるだけ男女同数にすることを目指して公職選挙法改正案をまとめて国会に提出する考えだそうだ。

　社会が男性と女性で成り立っている以上、当然、全ての分野で女性の視点は欠かすことができない。各党は、女性議員を増やす環境づくりに努力すべきである。

（『男女差をなくす試み』による）

（注1）男女雇用機会均等法：職場における男女の差別を禁止し、雇用においても
　　　　男女平等に扱うことを決めた法律。

（注2）共同通信：全国の新聞社やNHKが組織する通信社。

（注3）総合職：総合的な判断を要する重要な業務に従事する正社員。

（注４）定着：ある所にとどまること。

（注５）超党派：各政党が違いを超えて協力しあうこと。

（注６）公職選挙法：選挙に関する法律。

55 ＿＿＿に入る言葉はどれか。

1 それでも

2 それで

3 つまり

4 そして

56 「クオータ制」について説明したものとして、正しくないものを選べ。

1 議員の男女差をなくす目的である。

2 今では100以上の国がこの制度を採用している。

3 日本もこの制度を取り入れている。

4 まず、北欧で導入された。

57 筆者は、女性の活躍のためにどんなことを政府に望んでいるか。

1 女性を差別しないという法律を厳しくすること。

2 企業の長時間労働を取り締まること。

3 多くの女性が活躍できる環境を整えること。

4 女性に高い賃金を払うこと。

問題10　次の文章を読んで、あとの問いに対する答えとして最もよいものを、1・2・3・4から一つ選びなさい。

　あなたは「文系ですか、理系ですか」と聞かれたら、あなたはどう答えますか？_(注1)_(注2)恐らく多くの人が「私は文系です」と答えるのではないだろうか。

　そこで、次にもう一つ。「あなたは学生のとき、数学や理科は得意でしたか、また理数系の科目は好きでしたか」と尋ねると、多くの人が「嫌いでした。そういえば私は中学の頃から数学や理科が苦手で、いつも悩んでいました。今も数学や理科のテストの問題が解けずに苦しむ夢を見るくらいです」と付け加える人さえいる。

　そんな問答に接すると、学生時代、数学や理科が出来なくて苦しんだ人が予想以上に多いことに気付かされる。それゆえ、「文系ですか、理系ですか」と尋ねれば、当然ながら「文系」と答える人が多いのは言うまでもないことなのだ。

　最近の子供たちを見ても、小学生から中学生になるにつれ、理数系は苦手だという子供がますます多くなり、①理科離れを引き起こしているようだ。

　中学生に②「理科や数学が好きですか」という設問を試みた国際的な比較（文部科学省の科学技術指標、2004年）があるが、理科が好きだと答えた学生は、_(注3)_(注4)トップのシンガポールの86％に対して、日本は52％、数学が好きだと答えたのはシンガポールの79％に対し日本は54％。アメリカなどに比べてもかなり低くなっている。

　また中学2年生を対象にした「理科の勉強は楽しいですか」と尋ねた99年のIEAの国際調査があるが、それを見ると理科が楽しいと答えた日本の中学生は、世_(注5)界平均の73％に対し、韓国の59％につぐ56％でしかなく、理科についての関心度はますます薄れてきている。その原因の一つとして考えられるのが、理数科の特徴として論理的に考えることが難しいということは当然としても、社会の急速な発展につれ便利な物があふれ、新しい物を創造するとか、考えるとかいうことが少なくなったことが挙げられるだろう。

　歴史を見ても、戦後、日本人として初めてノーベル賞を受賞した湯川秀樹博士を初めノーベル賞受賞者の多くのメンバーからも分かるように、日本は物理や化学、生物学などの科学分野で世界のトップレベルを維持してきた。そして日本はそのような学力、科学力を基礎にして世界に冠たる産業立国を築き上げてきたのである。

　ただ、これからの日本を考えたとき、今の若い人の理科離れには大きな危惧を抱かざるをえないのだ。いまやこの理科離れは、日本の教育に突き付けられた一大課題である。科学技術の発展には、長い時間と国民的な基礎学力が必要である。それは教育界だけに任せておけばいいということではない。私たちはそのことを国民的な課題として捉え、一日も早く理数科教育の改善に向かう必要があるのだ。

（『理科離れ』による）

（注1）文系：文化系の学科。人文科学、社会科学などの分野。

（注2）理系：理科系の学科。自然科学などの分野。

（注3）文部科学省：日本の行政機関の一つで、教育に関する活動を行っている。

（注4）指標：ものごとの状態を知るための目印。

（注5）IEA：国際エネルギー機関　International Energy Agency

（注6）冠たる：最も優れている。

（注7）産業立国：産業によって国が栄えること。

（注8）危惧：よくない結果になるのではないかと心配すること。

58　①理科離れとはどのような現象か。

1　小学生から中学生にかけて、理科の授業が減る現象。

2　子どもの、理科に対する興味や関心、学力が低下する現象。

3　中学になると、文系より理数系に偏る現象。

4　理科を教える先生の数が減る現象。

59 ②「理科や数学が好きですか」という設問を試みた国際的な比較では、日本の中学生に関して、どのような結果が出たか。

1　数学が好きだと答えた中学生は、シンガポールの約半分だった。

2　数学が好きだと答えた中学生は、アメリカより多かった。

3　理科が好きだと答えた中学生は、トップのシンガポールの約6割だった。

4　日本は、理科が好きだと答えた中学生が最も多かった。

60 理科に対する関心が薄れてきている原因の一つとして、筆者はどのようなことを述べているか。

1　社会の急速な発展に、子どもたちの理科の力が追いついていけなくなったから。

2　物が豊かにある現代において、子どもたちは物事を論理的に考えなくなったから。

3　日本人は、もともと物事を論理的に考えるということが苦手だから。

4　便利な物があふれているので、新たに物を創ったり考えたりすることが少なくなったから。

61 筆者は子どもたちの理科離れについてどのように考えているか。

1　理科離れを改善することが世界の中での日本の地位を高めることになる。

2　理科や数学は最も大切な学科だから、文系の勉強より優先すべきである。

3　科学技術の発展には長い時間が必要なので、理科離れを一日も早く改善すべきだ。

4　理科離れを改善することで、日本から多数のノーベル賞受賞者が出るだろう。

問題 11　次のＡとＢは、嘘をつくことについての意見である。後の問いに対する答えとして最もよいものを、１・２・３・４から一つ選びなさい。

A

　　いかなる理由があっても私は絶対嘘はついてはいけないと思う。私達の社会はお互いに相手を信用し合うことで成り立っている。それは、相手に嘘をついたり、相手を騙したりしないという社会の極めて常識的な約束事なのだ。嘘がまかり通れば、人を騙してもいいということになり、社会の秩序も公正さも損なわれてしまう。

　　それなのに意外にも私たちの身近な社会でしばしば嘘をつく人がいる。嘘をつく人は「小さな嘘ならその場限りのことでたいしたことではない」と考えているのかもしれないが、嘘をつかれた人は心に傷を負い、絶対に忘れないのだ。さらに信用していた人に裏切られたことで友人関係にひびが入り、絶交に到ることも多い。
(注1)

　　このように嘘をつくと仲間の信用を失い、友情も簡単に壊れてしまい、ひいては社会そのものの在り方が根底から破壊されてしまうだろう。したがって、人間関係を壊すような嘘は小さくとも絶対についてはいけないのだ。

嘘をつくことは確かに悪い。でも「嘘も方便（ほうべん）」という言葉があるように嘘の全てが否定されるものではない。むしろ嘘をつかず本音だけを言い合えば、私達の人間社会は間違いなく悪化し、収拾がつかなくなってしまうに違いない。

たとえば人の才能や美醜について、見た通り思った通りをありのままに言い合えば、言うまでもなくお互いの友情関係は完全に壊れてしまうだろう。

また大学受験に失敗した人に、自分はそう思っていても「あなたの力ではとうてい無理だったんだよ」とか、容姿に悩んでいる女の人に「あなたは化粧しても変わり映えしないよ」などと言えば、言われた当人は傷つき、落ち込み、二人の仲は完全に終わってしまうだろう。同じように、病気が重い人に医者が「難しいですね」などと病状をそのまま伝えれば、言われた病人は落ち込み、治る病気も悪化しかねない。

それ故に相手を励まし傷つけないための嘘なら、むしろ積極的に嘘をつく方がいい。嘘はある面では社会の潤滑油でもあるのだ。

（注1）絶交：今までのつきあいをやめること。

（注2）嘘も方便：目的によっては嘘をつくこともあってもよい。

（注3）収拾がつかない：混乱して、うまくまとめることができない。

（注4）潤滑油：機械などをうまく動かすための油という意味から転じて、物事を円滑に運ぶための役割を果たすもの。

62 嘘をつくことについて、AとBの観点はどのようなものか。

1 Aは道徳的な観点で善し悪しを判断し、Bは慣習的な観点で考えを述べている。

2 Aは社会そのものの在り方という面から述べ、Bは、主に個人どうしの関係という観点から述べている。

3 AもBも嘘をつくということにおける、個人の心の中に焦点を当てて論じている。

4 Aは嘘をつくことが許されるかどうかを建前から述べ、Bは本音から考えを述べている。

63 嘘をつくことが許されるかということに関して、AとBはどのように述べているか。

1 Aは、どんな事情があっても嘘をつくことは許されないと述べ、Bは、本音ならば嘘をついても許されると述べている。

2 Aは、社会を円滑にするためなら多少の嘘は許されると述べ、Bは、相手を傷つけないための嘘なら許されると述べている。

3 AもBも、嘘をつくことは悪いと述べているが、Aは特に人を傷つける嘘は絶対に許されないと述べている。

4 Aは、嘘は人間関係とともに社会をも破壊してしまうものだから許されないと述べ、Bは、相手の為を思った嘘なら許されると述べている。

問題 12　次の文章を読んで、後の問いに対する答えとして最もよいものを、1・2・3・4から一つ選びなさい。

　聖徳太子の17条の憲法に「和をもって尊しとなす」という条に見られるように、私たち日本人にとって「和」は昔から生活の場でごく当たり前のものとして考えられてきた。そして子供の時から、家庭や学校で「周りの人と仲良くしましょう、人の和を大事にしましょう」と言われ育てられてきた。

　社会に出てからはなお更である。遊びやスポーツの場ではもちろん、専門的な研究や仕事の場においても、「和」の気持ちを大切にして課題に取り組むことが多い。事実、日本人はこの「和」の総合力によって、これまでにスポーツや文化、学術、産業等いろいろな方面で大きな成果を上げてきた。「和」はまさに今日の日本を築いた大きな要因の一つとして挙げることが出来るだろう。

　仲間と共に助け合い目標に向かって努力する姿は美しい。目的達成に向かう時、この「和」の精神は大きな力を持つ。その過程で私たちは「和」の素晴らしさを再認識することになる。そしてまた成果に関わらず個人一人一人にとっても得難い経験、体験を積み重ねることになる。

　ただ、成果を上げるために、仲間の「和」を重要視するあまり、個人よりも全体に従い同調することが強制される。個人の意見や異論を自由に述べることはなかなか難しい。仲間内では、たとえプラスになる独創的な提案や改善策があっても、それは全体からはみ出すわがままな意見として無視され、取り上げられることはほとんどない。むしろ皆で決めたことと違う意見を述べることは、仲間の和を乱す異論として捉えられるからだ。

　そしてまた、一個人の失敗が全体の責任とされることを恐れるからだ。そこでは個人の自主性は生かされにくい。仲間内ではいかに争いごとを起こさず、仲良くやっていくかということが求められている。そこでは、あえて対立してまで自分の意見や考えは述べず、黙って周りに合わせた方がいいと考える者が多くなるのは当然のことである。

　しかし、それでいいのだろうか。私たちはいま大きな危惧を抱かざるを得ない。確かに「和」はすばらしい。ただ「和」を強調するあまり周りに合わせることに

慣れ、それが習い性となって人々の自由な考えや意見を縛ることは、あってはな_(注3)らないだろう。そこからは独創的な発明や発見は決して生まれないからだ。

　世界は今かつてない大きな激動期を迎えている。日本も決してこの歴史の流れ_(注4)に無関心であってはならない。自分には関係ないと「和」の狭い考えに閉じこもっていては、世界に取り残されてしまう。私たち日本人は「和」の精神を大切にしながらも、今こそ積極的に仲間はもちろん世界に向けて発言し、行動しなければならない時なのだ。

（池永陽一『個の確立を──いま和を考える』より）

（注1）聖徳太子：飛鳥時代の皇族で政治家。「十七条の憲法」を制定したと言われる。

（注2）危惧：悪い結果にならないかと心配すること。

（注3）習い性となる：いつもの習慣が身についてしまう。

（注4）激動期：激しく揺れ動く時期。

64 「和をもって尊しとなす」とは、どのようなことか。

1　人と意見を合わせることができる人は、尊敬されるということ。

2　人と調和して互いに仲良くすることはとても尊いことだということ。

3　国と国が戦争をしないで平和であることはとても尊いことだ。

4　日本人は、何よりも「和」を好む性質があるということ。

65 和を重視して成果を上げようとする場合、問題となるのはどのようなことか。

1　成果を上げようと努力している過程で、突然和が崩れてしまうことがよくあること。

2　成果を上げるためなら、一人だけ皆と異なる意見を述べることも大切だと見なされること。

3　仲間と共に助け合って努力する姿は美しいが、その和がいつまでも続くとは限らないこと。

4　プラスになる意見であっても皆と違う意見を述べることは和を乱すと見なされること。

66 　和についての筆者の考えはどれか。

1　和を強調することに慣れると人の独創的な発明や発見は生まれない。

2　和の精神によって日本人はいろいろな成果を上げてきたのだ。

3　人に得難い経験や体験を得させる和のすばらしさを認識すべきだ。

4　自分のわがままな意見を反省させられるので、和は大切なものだ。

67 　この文章で筆者が最も言いたいことは何か。

1　日本人の特長である和をますます重視するとともに、世界にもそれを広めて
　　いかなければならない。

2　和の精神は日本人を日本の歴史の中に閉じ込めるものなので、この激動の時
　　代にはふさわしくないものだ。

3　日本人は和の精神を重視しながらもそこに閉じこもらず、激動期を迎えてい
　　る世界に向かって行動しないと取り残されてしまう。

4　世界は今激動期を迎えているので、昔ながらの和の精神に閉じこもっていて
　　は他国からばかにされるだけだ。

問題 13　右のページは、病院で行われる検査前の注意である。下の問いに対する答
　　　　えとして最もよいものを 1・2・3・4 から一つ選びなさい。

68　この検査の前の食事について、正しいものはどれか。

1　前日は何を食べても飲んでもいいが、当日は受付の 5 時間前から飲食禁止。

2　前日は何を食べても飲んでもいいが、当日は受付の 5 時間前からお茶と水し
　　か口にしてはいけない。

3　前日はお酒以外、飲食は自由だが、当日は受付の 5 時間前からお茶と水しか
　　口にしてはいけない。

4　前日はお酒以外の飲食は自由だが、当日は受付の 5 時間前から飲食禁止。

69　急な都合で検査が受けられなくなったときは、どうすればいいか。

1　前日までにかかりつけの医師に連絡する。

2　前日の正午までに検査室に連絡する。

3　翌日検査室に連絡して、データを作り直してもらう。

4　翌日検査室に連絡してキャンセル料を払い、薬品を作り直してもらう。

検査前の注意事項

食事について

○ **検査前日**
食事は普通にお取り頂けますが、お酒は控えてください。

○ **検査当日**
食事は受付時間の5時間前までに軽く済ませてください。
水分について、お茶・水はご自由にお飲みください。

※ 砂糖や牛乳を含む飲み物(ジュース・スポーツ飲料・牛乳など)は控えてください。

※ アメやガムなども控えてください

薬の服用について

かかりつけの医師から処方されている薬は、普段通り飲んでください。

運動について

検査日の2～3日前から激しい運動等は控えてください。

使用した筋肉などに検査の薬が集まり、正確なデータが得られない場合があります。

当日の注意事項

当日は検査時間までに直接検査室Aで受付を済ませてください。
※ 2階再診受付(自動再来受付機)での受付は必要ありません。

当日持参して頂くもの

□ 検査予約票
□ 診察券
□ 同意書
□ 問診票
□ 健康保険証

検査料金の支払いについて

総合受付の自動精算機か、会計窓口(5番)にてお支払いをお願いします。

お支払方法は、当日現金、クレジットカードをご利用頂けます。

検査終了後について

検査終了後は、食事や入浴など日常生活は普段通りにお過ごしください。

キャンセルについて

○ 万が一、検査をキャンセルされる場合は、検査日の前日正午までに、検査室受付にご連絡ください。この検査に使用する

○ 薬品などは使用期限の短い特殊なものです。急なキャンセルや検査時間に遅れることがあると、使用することができなくなります。その場合、所定のキャンセル料を頂くことがございます。

【お問合せ先】 杉本大学医学部附属病院機能診断センター　TEL:XXX-XXX-XXXX

※ この検査で得られたデータは、検査を受けた患者様が特定できないよう十分に配慮した上で、学術研究目的に利用させて頂くことがあります。

聴解

もんだい
問題 1

問題1では、まず質問を聞いてください。それから話を聞いて、問題用紙の1から4の中から、最もよいものを一つ選んでください。

例

1　タクシーに乗る
2　飲み物を買う
3　パーティに行く
4　ケーキを作る

1番

1 金融の仕事をする

2 男の学生と結婚する

3 大学院に行く

4 日本酒を造る仕事をする

回數

1

2

3

4

5

6

2番

1 病院に行く

2 出張に行く

3 まっすぐ家に帰る

4 スポーツクラブに行く

3番

1　机と椅子

2　机とベッド

3　机

4　机と収納ボックス

4番

1　歯医者に行っく

2　薬屋に行く

3　病院に行く

4　ボランティアに行く

5番

1 帰国する準備をする

2 大学に出す書類をそろえる

3 留学試験のための勉強をする

4 大学について調べる

6番

1 黄色

2 ピンク

3 オレンジ

4 赤

問題 2

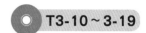

問題 2 では、まず質問を聞いてください。そのあと、問題用紙のせんたくしを読んでください。読む時間があります。それから話を聞いて、問題用紙の1から4の中から最もよいものを一つ選んでください。

例

1　パソコンを使い過ぎたから
2　コーヒーを飲みすぎたから
3　部長の話が長かったから
4　会議室の椅子が柔らかすぎるから

1番

1 予定の宿泊所が工事中だから

2 別の宿泊施設が遠いから

3 交通費が高くなりそうだから

4 乗り物酔いをするから

2番

1 感謝している

2 のんびりしている

3 焦っている

4 退屈している

聴解

3番

1 大学

2 スーパー

3 本屋

4 出版社

4番

1 商品の値段が上がったから

2 商品が置かれていなかったから

3 商品の値段がわかりにくかったから

4 商品にまちがった値段がついていたから

5番

1　父親が苦手だから

2　家にお菓子がなかったから

3　好きなものが買えないから

4　母親が心配だから

6番

1　お祝いのプレゼント

2　ゲームの商品

3　花嫁と花婿

4　花束

7番

1 立川部長との打ち合わせに必要だから

2 立川部長が急いでいるから

3 今日から出張だから

4 新製品の発売が来月だから

もんだい
問題 3

　問題 3 では、問題用紙に何も印刷されていません。この問題は、全体としてどんな内容かを聞く問題です。話の前に質問はありません。まず話を聞いてください。それから、質問とせんたくしを聞いて、 1 から 4 の中から、最もよいものを一つ選んでください。

もんだい
問題 4

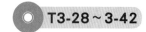

　問題 4 では、問題用紙に何も印刷されていません。まず文を聞いてください。それから、それに対する返事を聞いて、1 から 3 の中から、最もよいものを一つ選んでください。

― メモ ―

もんだい
問題 5

問題5では、長めの話を聞きます。この問題には練習がありません。

メモをとってもかまいません。

1番、2番

問題用紙に何も印刷されていません。まず話を聞いてください。それから、質問とせんたくしを聞いて、1から4の中から、最もよいものを一つ選んでください。

― メモ ―

3番

まず話を聞いてください。それから、二つの質問を聞いて、それぞれ問題用紙の1から4の中から、最もよいものを一つ選んでください。

質問1

1　家族がクラシックを聴いているとき
2　疲れているとき
3　悲しいとき
4　ゆったりしているとき

質問2

1　意外性のある人
2　趣味のない人
3　趣味がよく変わる人
4　人に安心感を与える人

第４回

言語知識（文字・語彙）

問題1 ＿＿＿の言葉の読み方として最もよいものを、1・2・3・4から一つ選びなさい。

1 日本の神話には、ギリシャ神話との類似点があるという。
1 るいじ 2 るいに 3 るいい 4 るいいん

2 写真の背景には、懐かしい故郷の山が写っていた。
1 はいきょう 2 はいけい 3 せきょう 4 せけい

3 絵画の保存には、部屋の温度や湿度を一定に保つ必要がある。
1 うつ 2 たつ 3 もつ 4 たもつ

4 食糧は３日で尽き、救助を待つしかなかった。
1 つき 2 あき 3 おき 4 いき

5 半端な気持ちでやるなら、いっそやらない方がましだ。
1 はんば 2 はんたん 3 はんぱ 4 はんたん

6 イギリス育ちだけあって、発音が滑らかだね。
1 ほがらか 2 きよらか 3 あきらか 4 なめらか

問題2 （　　）に入れるのに最もよいものを、1・2・3・4から一つ選びなさい。

7 昨日のマラソン大会は、体調不良により途中で（　　　）する選手が続出した。

1　不振　　　　　　2　棄権　　　　　　3　脱退　　　　　　4　反撃

8 カードを紛失された場合、再（　　　）の手数料として500円頂戴します。

1　作成　　　　　　2　発信　　　　　　3　提出　　　　　　4　発行

9 工場の建設により、周囲の自然環境は（　　　）悪化した。

1　強いて　　　　　2　著しく　　　　　3　一向に　　　　　4　代わる代わる

10 いじめ問題の解決には、子供の発するサインを周囲の大人がしっかり（　　　）
することが大切だ。

1　リード　　　　　2　キャッチ　　　　3　オーバー　　　　4　キープ

11 絶滅が危ぶまれる動植物の（　　　）輸入が跡を絶たない。

1　密　　　　　　　2　不　　　　　　　3　過　　　　　　　4　裏

12 その男は取り調べに対して（　　　）無言を貫いた。

1　直に　　　　　　2　危うく　　　　　3　終始　　　　　　4　一概に

13 ミスをしても、頭を（　　　）、次に進むことが成功に繋がる。

1　切り替えて　　　2　乗り切って　　　3　立て直して　　　4　折り返して

問題3 　　　の言葉に意味が最も近いものを1・2・3・4から一つ選びなさい。

14 あなたがそのように主張する<u>根拠</u>はなんですか。

1 結果　　　　　2 理由　　　　　　3 経緯　　　　　4 推測

15 人と<u>接する</u>仕事なので、言葉遣いには気をつけています。

1 応対する　　　2 担当する　　　　3 取材する　　　4 訴える

16 彼はその<u>平凡な</u>生活を心から愛していたのだ。

1 穏やかな　　　2 理想の　　　　　3 気楽な　　　　4 普通の

17 宣伝費に大金を費やした結果、A社は<u>イメージアップ</u>に成功した。

1 収益　　　　　2 合併　　　　　　3 感想　　　　　4 印象

18 思い切って佐々木さんを映画に誘ったのだが、断られた。どうも<u>脈</u>はなさそうだ。

1 のぞみ　　　　2 うわさ　　　　　3 ききめ　　　　4 このみ

19 仕事で失敗したからといって、いちいち<u>落ち込んで</u>いる暇はない。

1 反省して　　　　　　　　　　　2 元気をなくして

3 中止して　　　　　　　　　　　4 速度を落として

問題4　次の言葉の使い方として最もよいものを、1・2・3・4から一つ選びなさい。

20　最善

1　最善の材料を使った当店特製スープです。

2　最善を尽くしたので、後悔はない。

3　あなたの最善の長所は、その正直なところだ。

4　数学の成績は常にクラスで最善でした。

21　紛らわしい

1　忘れ物をしたり、遅刻をしたり、君はちょっと紛らわしいね。

2　引っ越しをすると、住所変更などの手続きが紛らわしい。

3　昔のことなので、記憶が紛らわしいのですが。

4　同姓同名の人が3人もいて、本当に紛らわしい。

22　浮かぶ

1　一晩寝たら、いいアイディアが浮かんだ。

2　今日は給料日なので、朝から気持ちが浮かぶ。

3　パンにチーズやトマトを浮かべて焼く。

4　木の枝に鳥の巣が浮かんでいる。

23　スペース

1　10時東京駅発の新幹線のスペースはまだありますか。

2　ここはサービススペースの圏外ですので、携帯電話は使用できません。

3　こんな大きなソファを置くスペースはうちにはないよ。

4　彼は、どんなに忙しい時でも、自分のスペースを崩さない。

24　打ち込む

1　彼はこの10年、伝染病の研究に打ち込んでいる。

2　新事業に失敗して、会社の業績が打ち込んだ。

3　時計台の時計が3時を打ち込んだ。

4　駅のホームで並んでいたら、酔っ払いが列に打ち込んできた。

25 取り入れる

1 審議委員にはさまざまな分野の専門家が取り入れられた。

2 若者の意見を取り入れて、時代に合った商品の開発を進める。

3 男は小さな瓶を、そっとかばんの中に取り入れた。

4 給料から毎月５万円、銀行に取り入れるようにしている。

言語知識（文法）

問題5（　　）に入れるのに最もよいものを、1・2・3・4から一つ選びなさい。

26 手術を（　　　）、できるだけ早い方がいいと医者に言われた。

1　するものなら　　　　　　　　　2　するとしたら

3　しようものなら　　　　　　　　4　しようとしたら

27 A議員の発言を（　　　）、若手の議員から法案に対する反対意見が次々と出された。

1　皮切りに　　　　2　限りに　　　　　3　おいて　　　　　4　もって

28 彼は、親の期待（　　　）、大学を中退して、田舎で喫茶店を始めた。

1　を問わず　　　　2　をよそに　　　　3　はおろか　　　　4　であれ

29 高橋部長がマイクを（　　　）最後、10曲は聞かされるから、覚悟しておけよ。

1　握っても　　　　2　握ろうと　　　　3　握ったが　　　　4　握るなり

30 A社の技術力（　　　）、時代の波には勝てなかったというわけだ。

1　に至っては　　　　　　　　　　2　にとどまらず

3　をものともせずに　　　　　　　4　をもってしても

31 この問題について、私（　　　）考えを述べさせていただきます。

1　なりの　　　　2　ゆえに　　　　　3　といえば　　　　4　といえども

32 政府が対応を誤ったために、被害が拡大した。これが人災（　　　）。

1　であろうはずがない　　　　　　2　といったところだ

3　には当たらない　　　　　　　　4　でなくてなんであろう

33 あいつに酒を飲ませてはいけないよ。どなったり暴れたりしたあげく、最後には（　　　）。

1　泣き出してやまない　　　　　　2　泣き出しっぱなしだ

3　泣き出すまでだ　　　　　　　　4　泣き出す始末だ

34 企業の海外進出により、国内の産業は衰退を余儀なく（　　　）。

1　されている

2　させている

3　している

4　させられている

35 父は体調を崩して、先月から入院して（　　　）。

1　いらっしゃいます

2　おられます

3　おります

4　ございます

問題6　次の文の＿★＿に入る最もよいものを、1・2・3・4から一つ選びなさい。

（問題例）

あそこで＿＿＿＿　＿＿＿＿　＿★＿＿　＿＿＿＿は山田さんです。

1　テレビ　　　2　見ている　　3　を　　4　人

（回答のしかた）

1. 正しい文はこうです。

あそこで＿＿＿＿　＿＿＿＿　＿★＿＿　＿＿＿＿は山田さんです。

1　テレビ　　　3　を　　　　2　見ている　　　4　人

---

2. ＿★＿に入る番号を解答用紙にマークします。

（解答用紙）　| (例) | ① ● ③ ④ |

36　社長の時代錯誤な提案に、＿＿＿＿　＿＿＿＿　＿★＿＿　＿＿＿＿としていなかった。

1　一人　　　　　2　社員は　　　　　3　唱える　　　　　4　反対意見を

37　仕事を始めてから＿＿＿＿　＿＿＿＿　＿★＿＿　＿＿＿＿日はない。

1　もっと勉強しておく　　　　　　2　思わない
3　というもの　　　　　　　　　　4　べきだったと

38　後になって＿＿＿＿　＿＿＿＿　＿★＿＿　＿＿＿＿べきではない。

1　最初から　　　2　断る　　　　　3　引き受ける　　　4　くらいなら

39　女性の労働環境は厳しい。子供のいる独身女性＿＿＿＿　＿＿＿＿　＿★＿＿
＿＿＿＿を越えるという。

1　貧困率　　　　　2　に至っては　　　3　が　　　　　　4　5割

40 この作品は、＿＿＿＿ ＿＿＿＿ ＿★＿ ＿＿＿の出世作です。

1 私が　　　　　2 井上先生　　　　3 やまない　　　　4 尊敬して

回數

1

2

3

4

5

6

問題7　次の文章を読んで、文章全体の趣旨を踏まえて、 41 から 45 の中に

入る最もよいものを、1・2・3・4から一つ選びなさい。

日本の敬語

　人に物を差し上げるとき、日本人は、「ほんの 41-a 物ですが、おひと

つ。」などと言う。これに対して外国人は「とても 41-b 物ですので、どう

ぞ。」と言うそうだ。そんな外国人にとって、日本人のこの言葉はとても不

思議で 42 という。なぜ、「つまらない物」を人にあげるのかと、不思議

に思うらしいのだ。

　なぜこのような違いがあるのだろうか。

　日本人は、相手の心を考えて話すからであると思われる。どんなに立派

な物でも、「とても立派なものです。」「高価なものです」と言われれば、

43 いる気がして、いい気持ちはしない。そんな嫌な気持ちにさせないた

めに、自分の物を低めて「つまらない物」「ほんの少し」などと言うのだ。

いわば、謙譲語の一つである。
（注1）

　謙譲語の精神は、自分の側を謙遜して言うことによって、相手をいい気持

ちにさせるということである。例えば、自分の息子のことを「愚息(ぐそく)」という

のも 44 である。人の心というのは不思議なもので、「私の優秀な息子で

す。」と紹介されれば自慢されているようで反発を感じるし、逆に「愚息で

す」と言われると、なんとなく安心する気持ちになるのだ。

　尊敬語は、 45-a だけでな 45-b にもあると聞く。何かしてほしいと頼ん
（注2）

だりするとき、命令するような言い方ではなく、へりくだった態度で丁寧に

頼む言い方であるが、それは日本語の謙譲語とは異なる。「立派な物」「高

価な物」と言って贈り物をする彼らのことだから、多分謙譲語というものは

ないのではなかろうか。

（注1）謙譲語：敬語の一種で、自分をへりくだって控えめに言う言葉。

（注2）尊敬語：敬語の一種で、相手を高めて尊敬の気持ちを表す言い方。

41

1　a　おいしい／b　つまらない

2　a　つまらない／b　おいしい

3　a　おいしくない／b　おいしい

4　a　差し上げる／b　いただく

42

1　理解しがたい　　　　　　　　2　理解できる

3　理解したい　　　　　　　　　4　よくわかる

43

1　馬鹿にされて　　　　　　　　2　追いかけられて

3　困って　　　　　　　　　　　4　威張られて

44

1　いる　　　　　　　　　　　　2　あれ

3　それ　　　　　　　　　　　　4　一種で

45

1　a　外国語／b　日本語

2　a　日本語／b　外国語

3　a　敬語／b　謙譲語

4　a　それ／b　これ

問題 8　次の (1) から (3) の文章を読んで、後の問いに対する答えとして最もよいも
　　　　のを、1・2・3・4から一つ選びなさい。

(1)

　「コリアンダー」、「シャンツァイ」などとも呼ばれる香味野菜パクチーは、
その好き嫌いが極度に分かれることで知られているが、日本国内では、エスニッ
ク料理のブームを背景に、急速に需要が高まっている。これにともない、これま
で主に輸入に頼ってきたパクチーを日本で作ろうという動きも活発化し、国内で
栽培を始める農家が増えている。

　国内産は輸入品に比べて新鮮で傷みが少なく、生産者の顔が見えるという安心
感もあり、売れ行きも好調だ。こうした動きは、バナナ、アボカド、コーヒー豆
などでも見られ、各地の農業の活性化にもつながっている。

46 「こうした動き」とは何か。

　1　需要の高い農作物の輸入を活発化させる動き。

　2　輸入品が多かった農作物を国内で生産する動き。

　3　輸入品よりも国内産の農作物を購入する動き。

　4　農業の活性化のため新たな農作物を輸入する動き。

(2)

　2015年3月に世界ランキング4位となった錦織圭選手は、わずか13歳で奨学金制度を利用して単身アメリカに渡り、世界で通用する選手になるためテニスを学んだ。

　男子テニスは日本人にとって、体格面で世界トップとの距離が最も遠いスポーツの一つだ。錦織選手も身長178センチとプロテニス界では小柄なほうで、実際、トッププレーヤーたちとの体格差では、かなり苦しんだ。しかし、そのハンディキャップを、スピードとフットワーク、そしてメンタル面で補った。

　これには、13歳から留学して厳しい鍛錬に励んだこともももちろんだが、身長175センチながらかつて全仏大会を制した同じアジア系のマイケル・チャンコーチとの出会いが、強く影響したのは言うまでもない。

47 「これ」は何を指しているか。
　1　技術と精神を鍛えて体格面の弱点を乗り越えたこと。
　2　世界のトップレベルの選手たちとの体格差で悩んだこと。
　3　日本人テニス選手にとって体格面で世界の壁が厚いこと。
　4　身長差を克服して世界的に活躍したコーチの指導を受けたこと。

(3)

　最近耳にすることが少なくなったと感じる日本語の一つに、「おかげさまで」という言葉がある。「〜のおかげで」を丁寧にした表現として、「ありがたいことに」という意味で、「ご両親はお元気ですか。」「はい。おかげさまで。」というように挨拶の一つとしてよく使われる。「おかげさまで」は、特に相手から直接恩恵を受けていない場合でも、漠然とした感謝の気持ちを表す言葉として使われるのだが、この言葉が最近あまり聞かれなくなったことには、具体的な神や仏でなくとも、なにか人間の力を超えたものに対する畏怖のようなものが、日本人の心から急速に失われつつあることが関係しているのではないかと思えてならない。

(注) 畏怖：神聖なものを前にして、謙虚になる気持ち。

48　筆者の考えに合うのはどれか。
　1 「おかげさまで」が使われるのは、日本人が曖昧な気持ちを表現したいからだ。
　2 「おかげさまで」を使うことによって、日本人は相手への感謝を直接表現してきた。
　3 「おかげさまで」を使わないのは、日本人が具体的な神を信じなくなったからだ。
　4 「おかげさまで」が使われないのは、日本人から畏怖の念が消えつつあるからだ。

問題9　次の(1)から(3)の文章を読んで、後の問いに対する答えとして最もよいものを、1・2・3・4から一つ選びなさい。

(1)

　2016年1月、安保法案[注1]に反対する高校生たちのメンバーが都内で記者会見し、東京や大阪などで、2月21日に安保法案に抗議する高校生の一斉デモを実施する旨を発表した。会見でメンバーは「安保法案で戦争に行ったりするのは私たちだ。今の政治に将来を任せることはできない。」と訴えた。

　昨年(2015年)秋、北海道の高校3年生Tくんは、全国の高校生や大学生がインターネットで時事問題を議論し合う①「ぼくらの対話ネット」[注2]を始めた。選挙権年齢が18歳以上に引き下げられたことに向けて、自分たちを鍛え、知を磨くためだという。その取り組みをまとめたT君の論文が、全国高校生小論文コンテストの最優秀賞に選ばれた。

　対話ネットには、現在北海道から沖縄までの約50人が参加し、毎日のように意見が交わされているという。

　また、2016年1月19日、ブラックバイトユニオンは、コンビニでアルバイトをしている高校3年生の男子生徒の未払い賃金[注3]の支払いなどを求めて、コンビニ側に団体交渉を申し入れた。

　以上の例のように、このところ高校生の政治的な活躍が目立つ。高校生全体の数から言えば、このような活動をしている人は、もしかしたら少ないのかもしれない。それにしても、②このような傾向は、これまであまり見られなかったのではないだろうか。選挙権が18歳以上になったことを一部の大人たちは危惧[注4]しているようだが、高校生のこれらの活躍を見ていると、とても頼もしいものを感じる。我々日本の大人たちが得意でなかったこと、特に政府や経営者に向かって自分たちの声を上げること、が、これらの若い人たちに期待できそうな気がするからだ。

（『頼もしい高校生の活躍』より）

（注１）安保法案：安全保障関連法案。日本および国際社会の安全を確保するために自衛隊法等の一部を改正しようとする法案。違憲だとして多くの人々が反対している。

（注２）時事問題：その時々の社会の問題。

（注３）ブラックバイトユニオン：ブラックバイトから学生たちを守るための労働組合。

（注４）危惧：心配

49 ①「ぼくらの対話ネット」の目的は何か。

1　安保法案について、政府に抗議すること。

2　高校生の小論文コンテストに応募すること。

3　18歳選挙権に対応できるように勉強し力をつけること。

4　社会や政治の矛盾をなくすこと。

50 ②このような傾向とは、どのようなことを指すか。

1　選挙権が引き下げられるという傾向。

2　選挙権の引き下げに対して大人たちが危惧する傾向。

3　政治的な活動をする高校生が減少する傾向。

4　政治的な活躍をする高校生が目に付く傾向。

51 筆者は高校生たちの活躍に対してどのように思っているか。

1　日本の将来に期待できそうで、頼もしく思っている。

2　高校生の軽率な行動を見て、心配している。

3　選挙権を18歳に引き下げることに対して危惧している。

4　大人の行動をもっと見習うべきだと思っている。

(2)

　2012年、日本貿易振興機構（ジェトロ）が7つの国や地域で日本料理に対する関心度や印象などについて調べた。それによると、好きな外国料理については、他国を大きく引き離して日本料理が一位に選ばれた。好きな日本料理としては、1位「すし・刺身」、2位「焼き鳥」、3位「てんぷら」、4位「ラーメン」で、そのほか、「カレーライス」なども上位に入っているようである。

　また、ここ数年、海外の日本食レストランが増えているそうである。中国や台湾、韓国などのアジア圏内だけでなく、アメリカやフランスにも多くなった。フランス国内では、2015年、3167店もの日本食料理店がある。これは、2年前の約1.5倍である。

　このように、日本食が世界で注目されている理由としては、まず、2013年、和食がユネスコの無形文化遺産に登録されたことが挙げられるが、そのほか和食がヘルシーであることに加え、安全であることが挙げられる。さらには、日本のアニメなどの中でカレーライスや弁当を食べるシーンが登場し、関心が高まっていることもその理由の一つだそうだ。日本食の普及に、アニメが一役買っているのは意外である。

　食べ物だけでなく、近年ではフランスなどをはじめとして日本茶も普及しているそうだ。また、東京のフランス料理店でシェフをしている人の話によると、ここ10年ぐらいで、フランスの若い料理人が、昆布や鰹節を使った日本の「だし」をフランス料理に活かしているということである。これらの「だし」こそ本当の和食に欠かせない、世界に誇るべきものである。

　これからも世界中から観光客が日本にやってきて、本当の和食を食べてくれるようになれば、日本食は、今後ますます世界に広がっていくだろう。

（『世界に誇る日本食』より）

（注1）無形文化遺産：人々が残した文化的に優れた無形のもの。

（注2）一役買っている：ある役目を果たしている。ある役に立っている。

（注3）昆布・鰹節：海藻や魚から作られたもので、日本料理に使う「だし」（スープ）
　　　　を取るためのもの。

52 和食が世界で注目されている理由として、この文章で挙げられていないもの
はどれか。

1 材料が安くて豊富であること。

2 無形文化遺産として登録されてこと。

3 健康的で安全であること。

4 日本のアニメに日本食を食べるシーンがよく出てくること。

53 この文章で、フランスの事情として挙げられていないものはどれか。

1 日本食料理店が急速に増えていること。

2 食べ物だけでなく、日本のお茶も普及していること。

3 日本のだしが、料理に使われていること。

4 日本のアニメが日本食の普及に役立っていること。

54 筆者は、日本食についてどのように考えているか。

1 本当の和食がこれからもますます普及するだろう。

2 アメリカやフランスには和食がますます広まるだろう。

3 味の好みが似ているアジア圏には和食が普及するだろう。

4 日本国内では、逆に和食が好まれなくなるだろう。

(3)

　毎年、年末になると、書店の店先に日記帳が並ぶ。新しい年のための日記帳だ。

　日本人で、日記を書いたことがない人や読んだことがない人はほとんどいないだろう。

　小学校でも、国語の学習の一つとして日記が取り上げられているほどだ。

　また、平安時代には、日本文学のジャンルの一つとして日記文学が盛んであった。「土佐日記」（注1）「紫式部日記」「和泉式部日記」などである。

　なお、太平洋戦争中は、兵士たちに武器とともに日記帳が配られていたという。それらの日記の一部は、南洋の島で、日本軍の遺留品（注2）として回収された。読むと、兵士たちの追い詰められた気持ちが痛いほど胸に迫ってくる。（注3）

　このように考えると、日記はまさに日本文化の一つである。

　日記は、人に見せるために書くものではないが、残っている限りいつか誰かの目に触れる。読んだ人は、書いた人の心の内を読み取ることができ、また、当時の現実を知ることができるのだ。

　いっぽう、日記を書くことにはどんな利点があるだろうか。

　まずは、その日の出来事を忘れないようにメモしておくという役目がある。これは、現実的に役立つことだ。また、自分の心を見つめることで自分自身を知ることができる。これは、自分の進歩のためであるし、ときにはストレスをなくすことにもなるかもしれない。さらには、日記を書くことで文章力が増す。

　以上のように考えると、日記を書くことは、何よりも自分自身のためになることがわかる。毎日でなくても、立派な文章でなくてもよい。日記を書くことを実行してみよう。

（注1）平安時代：794 年～ 1185（1192）年。

（注2）太平洋戦争：1941 年～ 1945 年アメリカ・イギリスの連合国と日本との戦争。

（注3）遺留品：あとに残された品物。

55 日本文化の一つとは、どういうことか。

1 その時代の出来事を詳しく語るもの。

2 その時代時代の様子を表す文化の一つ。

3 その時代の最も優れた文化。

4 日記を書いた人の性格を表すもの。

56 日記を書く利点として、筆者が本文でな挙げていないのは何か。

1 一日のできごとをメモしておくことができる。

2 自分の心を見つめることで自分を知り自分の進歩につながる。

3 文章を書く力が伸びる。

4 人に読んでもらい批評してもらうことができる。

57 本文で筆者が最も言いたいことは何か。

1 読む人のためにもなるので、日記を書くことを実行してみよう。

2 日本の文化のために、日記を書くことを実行してみよう。

3 自分自身のために、日記を書くことを実行してみよう。

4 文章力をつけるために、日記を書くことを実行してみよう。

問題10　次の文章を読んで、後の問いに対する答えとして最もよいものを、1・2・3・4から一つ選びなさい。

　最近、観光地はもちろん普通の街でも外国人の姿を見かけることが多くなった。政府の発表でも、従来目標としていた年間訪日外国人2000万人の目標は今年(2016年)中にも達成できる見通しだという。特に、①中国や台湾、韓国、タイなどからの観光客の増加は著しいという。

　では、観光客は日本の何に憧れ、何を求めて日本を訪れるのだろうか。

　明治時代、諸外国の人々が持つ日本のイメージは「フジヤマ・ゲイシャ」であったという。「フジヤマ」つまり、富士山は、その美しい姿が時代や国を問わず外国人の憧れであり、日本のイメージを表すものとしてふさわしいものであったが、一方、「ゲイシャ」は、当時でさえ、消えゆく日本文化を代表するものであった。

　しかし、やはり、外国人には「フジヤマ、ゲイシャの国、日本」というイメージが強かったようである。②それには、浮世絵が関係しているらしい。明治時代初めにかけて、多くの浮世絵が海外に流出し、ヨーロッパの絵画にも大きな影響を与えたが、その絵の中の美人画が「ゲイシャ」と見なされ、やはり浮世絵に描かれた富士山とともに日本の象徴になったのでは、ということである。

　現在、日本を訪れる外国人は、果たして日本に何を期待しているのだろうか。インターネットによると、まず、日本を訪れる外国人観光客はアジアの人々が多く、全体の75%を占めることがわかる。そして、その目的は、日本の食べ物やお酒、旅館や温泉、花見などの四季の自然、神社や寺などの歴史的建築物とともに、賑やかな街の様子やショッピングなどが多数を占めている。また、近年特に増加が目立つものとして、アニメ、秋葉原…などが挙げられる。つまり、買い物を目当てに訪日する者や、アニメや漫画に憧れる者など、かつては考えられなかった動機で日本を訪れる者が多くなっているということである。

　このように、③日本を訪れる外国人観光客の目的も、時代とともに変わってきた。和服や神社仏閣などといった伝統的な日本の姿だけでなく、新しい時代の日本を求めて、いろいろな国から観光客が訪れるようになったことは喜ばしいことであるし、これからもますます多くの外国人が日本を訪れてくれるようであってほしい。

　しかし、そのためには、日本は現状に満足することなく、新しい時代の日本をPRするメディア戦略、広報宣伝を考えていかなければならない。定番の観光地の宣伝広報に頼るだけでなく、メディアを駆使して、若者に人気のアニメや漫画、最新の音楽や絵画、実体験出来る陶芸や武道や古民家宿泊、日本の農業と若者との交流などを前面に押し出してみたらどうだろうか。そうすれば、日本は古さと新しさを同時に体験出来る未来に発展する国として世界に認識され、これからもますます多くの若者が日本を訪れてくれるだろう。

（『世界に向けて』による）

（注1）明治時代：1868 年～ 1912 年。

（注2）流出：流れ出ること。

（注3）秋葉原：家電量販店や電子機器、ゲーム機などを売る店がずらりと並んでいる街の名前。

（注4）陶芸：陶器や磁器を作る芸術。

58 ①中国や台湾、韓国、タイなどからの観光客の増加は著しいとあるが、それらの国々からの観光客の割合は、全体のどのくらいか。

1　半分

2　90％

3　3分の2

4　4分の3

59 ②それとはどんなことを指すか。

1　日本のイメージがいつの間にか固定されていたこと。

2　「ゲイシャ」は、すでに古い日本文化であったこと。

3　「フジヤマ、ゲイシャ」が、外国人の日本に対するイメージであったこと。

4　日本のイメージとして「フジヤマ」より「ゲイシャ」の方が強かったこと。

60 ③日本を訪れる外国人観光客の目的も、時代とともに変わってきたとあるが、どのように変わってきたか。

1 浮世絵の中で見る和服や神社の建物など、日本らしい文化を見ることを目的に訪れるようになった。

2 伝統的な日本文化や日本の自然を目的に訪れる外国人は、ほとんどいなくなった。

3 伝統的な日本文化だけでなく、日本の街や買い物を目的に訪れるようになった。

4 アジアの人々は買い物を目的とすることが多くなり、欧米人は、日本食を目的とすることが多くなった。

61 筆者は、今後ますます外国人観光客を増やすためにどのようなことを提案しているか。

1 メディアを使って日本の新しい文化や現状を世界に宣伝すること。

2 神社仏閣などの古い建築物の補修に力を入れ、大いにPRすること。

3 陶芸や武道、農業体験などを中心に、若い観光客を増やすこと。

4 秋葉原などの街の様子を宣伝し、ショッピングで観光客を呼ぶこと。

問題 11　次のＡとＢは、ブータンの幸福と日本人の幸福について書かれた文章である。後の問いに対する答えとして最もよいものを１・２・３・４から一つ選びなさい。

A

　　2011 年の東日本大震災から半年後、ブータンの国王夫妻が来日し、震災後の落ち込んだ日本人に向けて発せられた慰めの言葉と真摯な態度は多くの日本人の心を捉えて幸福について考えさせた。^(注1)

　　ヒマラヤの小さな山国に過ぎないブータンの人びとに、「あなたは今幸福ですか」と尋ねたら、97 パーセントもの人が「幸福です」と答えたという。それを見て世界がブータンを「世界一幸福な国」だと賞賛している。まだまだ国も国民も貧しく教育や文化も遅れているのに、ブータンの人びとは現状の暮らしに満足し、心やすらかに「幸せ」な日々を送っている。それはなぜなのか。

　　ブータンは仏教国である。その仏教の教えが人びとの日常生活に大きな影響を与えているようだ。毎日時間に追われ、人より一歩でも先にと競争心むき出しの先進国の人びとと違って、彼らは他人とむやみに比べたり競争したりしない。彼らはいつも調和の心と謙虚な気持ちで欲望を抑え、質素に、そして穏やかな日々を送ることが何よりも「幸福」なことだと思っている。彼らの「幸福」の基準は我々とは全く異なるのだ。ブータンの人びとに教わることは多い。

B

　日本の社会でより豊かに生きるためには、他人よりも抜きん出なければな
らない。他人に勝つことは難しいが一度抜きん出れば、周りからあの人は優
秀だ、出来る人だと認められる。そのとき、人は勝ったという誇らしさで優
越感を満足させられる。さらに気分も高揚し、心も満ち足りてきっと幸せな
気持ちが生まれるだろう。

　その幸せな気持ちすなわち「幸福」になることを夢見て、人びとは子供の
時から入学試験を初めとして、あらゆる競争に打ち勝つことが求められる。
大変だが、このことは決して否定されることではない。大いなる競争心を
持って、他人に負けないように頑張ることは、自分にとって生きる上で大き
な刺激となり活力ともなる。さらに自分の夢が公の社会で実現したとき生ま
れる優越感はまさに最高に達し、このときほど「幸福」を感じる時はないだ
ろう。

　まさに競争こそが自分にとっても社会にとっても絶対に必要な「幸福」を
生む源である。

（注１）真摯：真面目で真剣な様子。

（注２）抜きん出る：人より断然優れていること。

（注３）高揚：高まり盛んになること。

62　幸福と宗教の関係について、どのように述べているか。

1　日本人は宗教がないので、幸福を感じることができないと述べている。

2　ブータンも日本も、宗教と幸福感には何の関係もないと述べている。

3　日本人も昔は仏教を信じていたので幸福感を感じていたと述べている。

4　ブータンの人々の幸福感には、宗教の教えが影響を与えていると述べている。

63 幸福についての考え方について、AとBではどのように述べているか。

1 Aは、金銭に対する欲望をおさえた貧しい生活こそ幸福だと述べ、Bは、自分で努力して豊かな生活を手に入れることこそ幸福だと述べている。

2 Aでは、他人と競争することなく心安らかに暮らすことこそ幸福だと述べ、Bでは、他人にも自分にも打ち勝って社会に認められることが幸福だと述べている。

3 Aは、自分の幸せより人の幸せを優先させることが幸福だと述べ、Bは、あらゆる競争に打ち勝つことが幸福だと述べている。

4 AもBも、幸福とは感じるものであり、幸福だと思えば幸福だし、そうでないと思えばそうでないのだと述べている。

問題 12　次の文章を読んで、後の問いに対する答えとして最もよいものを、1・2・3・4から一つ選びなさい。

　昨年 (2015 年) 6 月文部科学省が出した 1 つの通達(注1)が全国の国立大学に大きな衝撃(注2)を与え、大学人はもとより、知識人やマスコミ等を巻き込み社会的な問題となっている。

　通達によると、これからの国立大学は「世界的に優れた教育研究を行う」、「特色ある分野の研究を進める」、「地域に貢献する」などの特色ある教育研究機関として存在しなければならない。それ故、今後の人口の減少と社会からの要請に応えるために現行の教員養成学部や人文・社会系学部は廃止ないし再編成を行う(注3)ことが望ましいというわけだ。

　確かに、人口の動向から見て将来大学に入学する子弟の数が少なくなっていくのは避けることができない。したがって各大学の教員養成体制も、大学の学部として今の形のままで存続させるのは難しいというのも納得出来る。

　また、大学の現状を見ると、人文・社会系の学問・研究分野で世界的な研究成果を海外に発表するような論文も決して多くない。研究成果が形として現れる理系(注4)に比べ、人文・社会系の研究は成果を上げるまでに研究対象の複雑さと長い時間を必要とすること、言葉の制約等もありその成果を正しく世界的に評価することは非常に難しいとは言える。

　しかし、果たしてこれは日本の将来にとって的を射た提言と言えるのだろうか。(注5)私が思うには、どうもこの通達の裏に人文・社会系学部の学問は理系学部の学問と違って社会で役に立たないという社会一般の考え方があるように思える。確かに工学や医学の学問研究は、比較的誰にも明白に見える形で成果を生み出すことが多い。それなら人文・社会系分野に進む学生のための学部よりも、産業社会に即役立つ理系分野の学部を強化した方がいいという考えが出てくるのも当然かもしれない。そうすれば大学は役に立つ技術者を、社会人を育てて欲しいという産業社会からの強い要請にも応えることが出来る。

　だからと言って、私達はこのような意見をそのまま受け入れていいのだろうか。よくないのだ。なぜなら人文系・社会系の学問で養われる知識や教養は、社会を

構成する一人一人の個人の知的水準を高め、物事の本質を捉える力となり、新たなる価値観を生むものだからである。さらに人が生きる上で絶対に必要な情緒を養い、理性を磨く基礎となる。人は決して一人では生きられない。それ故人文・社会系の学問は、私達の社会生活をよりよく生きるための人間社会に絶対不可欠の学問である。そしてそれは理系の学問で優れた成果を挙げるための基礎ともなる学問分野なのだ。

　短期間で成果を求める理系の学問だけを重視し人間そのものを見ない社会の未来は決して明るいものではないだろう。人文系・社会系を軽視してはならない。

（「文系学部廃止を考える─文系学部の再編成」による）

（注1）文部科学省：教育や科学技術などの事務を扱う中央官庁。
（注2）通達：上の役所からの知らせ。
（注3）再編成：組織しなおすこと。
（注4）理系：理科や数学の系統。対するものは「文系」。
（注5）的を射た：うまく要点を捉えた。うまく言い表した。

64 通達の要点はどのようなことだったか。
1　これからの国立大学は、特色ある分野の研究を進めるべきだ。
2　国立大学の研究は、その地域に貢献するものでなければならない。
3　今後の社会の要請に応えるために人文系の学部を更に充実させるべきだ。
4　今ある人文・社会系の学部は廃止したり編成し直したりするべきだ。

65 筆者は、通達について、どのように考えているか。
1　人文系・社会系の学問を軽視するのは間違っている。
2　人口が減少している現代においては、当然のことだ。
3　教員養成学部を今のままの形で存続させるべきだ。
4　人文・社会系の学問は、いずれなくなるだろう。

66 <u>このような意見</u>とは、どのような意見か。

1　研究成果が明白で社会の役に立つ理系分野の学部を強化したほうがよい。

2　人文・社会系の学部も理系分野の学部と並行して強化すべきである。

3　人文・社会系の学部を存続させるのは難しい。

4　人文・社会系の研究成果は、論文として海外に発表できない。

67 この文章中で筆者が述べていることはどれか。

1　人文・社会系の学部をこのまま存続させるためには、社会の一人一人の知的水準を高めなければならない。

2　産業社会にすぐに役立つ理系の学問を強化したほうがいいというのは納得できるが、時期的に早すぎるだろう。

3　人文・社会系の学問は、人が一人で生きるために不可欠なものであるので、ますます重要になるだろう。

4　人文・社会系の学問は人間社会に不可欠なものであり、また、理系の学問で優れた成果を挙げる基礎でもある。

問題 13　右のページは女性の就業状態の推移を表したグラフである。下の問いに対
する答えとして最もよいものを 1・2・3・4 から一つ選びなさい。

68 グラフの説明として正しくないものはどれか。

1　平成 19 年と 24 年を比較すると、50 代、60 代の有業率は 24 年の方が高い。

2　平成 19 年、24 年ともに有業率が最も高いのは 20 代後半の女性である。

3　平成 19 年の 20 代から 40 代の女性で最も有業率が低いのは 30 代前半である。

4　平成 24 年の 20 代から 40 代の女性で最も有業率が低いのは 30 代後半である。

69 平成 24 年に 40 代未満の有業率が 19 年を下回った年代はどれか。

1　10 代後半と 20 代前半

2　10 代後半と 20 代後半

3　20 代前半と 30 代前半

4　20 代前半と 30 代後半

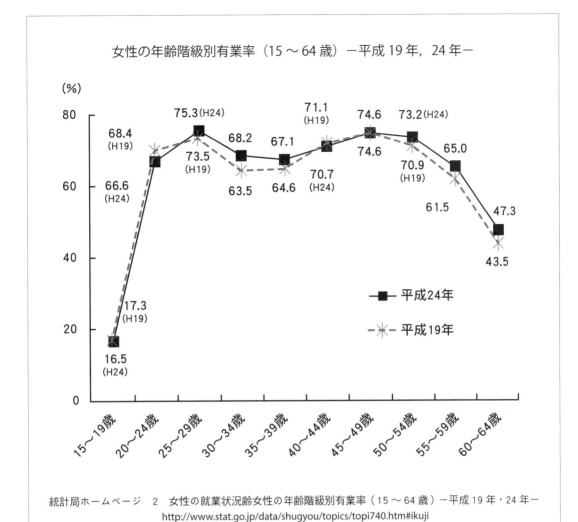

女性の年齢階級別有業率（15 ～ 64 歳）－平成 19 年，24 年－

(%)

- ■─ 平成24年
- ─＊─ 平成19年

68.4 (H19)
66.6 (H24)
17.3 (H19)
16.5 (H24)
75.3 (H24)
73.5 (H19)
68.2
63.5
67.1
64.6
71.1 (H19)
70.7 (H24)
74.6
74.6
73.2 (H24)
70.9 (H19)
65.0
61.5
47.3
43.5

15～19歳　20～24歳　25～29歳　30～34歳　35～39歳　40～44歳　45～49歳　50～54歳　55～59歳　60～64歳

統計局ホームページ　2　女性の就業状況齢女性の年齢階級別有業率（15 ～ 64 歳）－平成 19 年，24 年－
http://www.stat.go.jp/data/shugyou/topics/topi740.htm#ikuji

聴解

もんだい
問題 1

T4-1 〜 4-9

問題1では、まず質問を聞いてください。それから話を聞いて、問題用紙の1から4の中から、最もよいものを一つ選んでください。

れい
例

1 タクシーに乗る

2 飲み物を買う

3 パーティに行く

4 ケーキを作る

1番

1　破れてしまった制服を縫う

2　ポスターを作る

3　親に制服リサイクルの趣旨を説明する

4　子どもたちにリサイクルについて説明をする

2番

1　自分に自信を持つこと

2　絶対にミスをしないこと

3　謙虚になること

4　仲間との協調性を大切にすること

3番

1 近い場所の予約をする

2 日帰りの旅行に申し込む

3 息子に帰国後のスケジュールを聞く

4 妻に息子の予定を聞く

4番

1 デパートに行く

2 洗濯物を片付ける

3 父親を駅に送る

4 ガソリンスタンドに行く

5番

1 商品開発ができる仕事を探す

2 営業の仕事がしたいと上司に返事をする

3 食品関係の仕事を探す

4 マーケティングの仕事を探す

6番

1 地震の被害について論文を書く

2 地震の被害についてアンケート調査をする

3 地震で大きい被害が出た場所に行く

4 知人に調査への協力を頼む

もんだい
問題 2

問題2では、まず質問を聞いてください。そのあと、問題用紙のせんたくしを読んでください。読む時間があります。それから話を聞いて、問題用紙の1から4の中から最もよいものを一つ選んでください。

れい
例

1　パソコンを使い過ぎたから

2　コーヒーを飲みすぎたから

3　部長の話が長かったから

4　会議室の椅子が柔らかすぎるから

Check □1 □2 □3

1番

1 相手の男の人に対して申し訳ない

2 杉本さん一人でこの仕事ができるか心配

3 杉本さんに仕事をさせるのはかわいそうだ

4 相手の男の人に不信感を持っている

回數

1

2

3

4

5

6

2番

1 夫が帰るのを待っている

2 息子が帰るのを待っている

3 管理会社の人が来るのを待っている

4 お客が来るのを待っている

3 番

1 友達の夫

2 昔の同僚

3 昔の恋人

4 大学の先輩

4 番

1 料理がまずかったこと

2 料理を間違えていたこと

3 態度が悪い店員がいたこと

4 料理が来るのが遅かったこと

Check ☐1 ☐2 ☐3

5番

1 コンビニ

2 美容院

3 喫茶店

4 学習塾

6番

1 目的地まで歩く

2 反対側のバスに乗る

3 地下鉄の駅まで歩く

4 タクシーを呼ぶ

7番

1 女子学生の本を借りたい

2 女子学生が参考にしたページのコピーを見せてほしい

3 女子学生にレポートを書いてほしい

4 女子学生の出したレポートを読ませてほしい

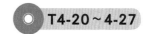

もんだい
問題 3

問題 3 では、問題用紙に何も印刷されていません。この問題は、全体としてどんな内容かを聞く問題です。話の前に質問はありません。まず話を聞いてください。それから、質問とせんたくしを聞いて、1 から 4 の中から、最もよいものを一つ選んでください。

<ruby>問題<rt>もんだい</rt></ruby> 4

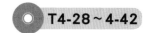 T4-28 〜 4-42

　<ruby>問題<rt>もんだい</rt></ruby> 4 では、<ruby>問題用紙<rt>もんだいようし</rt></ruby>に<ruby>何<rt>なに</rt></ruby>も<ruby>印刷<rt>いんさつ</rt></ruby>されていません。まず<ruby>文<rt>ぶん</rt></ruby>を<ruby>聞<rt>き</rt></ruby>いてください。それから、それに<ruby>対<rt>たい</rt></ruby>する<ruby>返事<rt>へんじ</rt></ruby>を<ruby>聞<rt>き</rt></ruby>いて、1から3の<ruby>中<rt>なか</rt></ruby>から、<ruby>最<rt>もっと</rt></ruby>もよいものを<ruby>一<rt>ひと</rt></ruby>つ<ruby>選<rt>えら</rt></ruby>んでください。

－メモ－

もんだい
問題 5

 T4-43～4-47

問題 5 では、長めの話を聞きます。この問題には練習がありません。

メモをとってもかまいません。

1番、2番

問題用紙に何も印刷されていません。まず話を聞いてください。それから、質問とせんたくしを聞いて、1から4の中から、最もよいものを一つ選んでください。

― メ モ ―

3番

まず話を聞いてください。それから、二つの質問を聞いて、それぞれ問題用紙の1から4の中から、最もよいものを一つ選んでください。

質問1

1　健康が気になるとき

2　時間がたっぷりあるとき

3　ゴルフをしているとき

4　災害の時

質問2

1　自分にはあまり役に立たないから欲しくない

2　高いから買わない

3　短時間で充電できれば買いたい

4　将来は役に立つかもしれないが、今はまだ欲しくない

Check □1 □2 □3

第5回

言語知識（文字・語彙）

問題1 　　　の言葉の読み方として最もよいものを、1・2・3・4から一つ選びなさい。

1 　電気製品の寿命は 10 年といわれている。
　　1　じゅめい　　　　2　じゅうめい　　　　3　じゅみょう　　　　4　じゅうみょう

2 　彼の話は建前ばかりで、本音がまるで見えてこない。
　　1　たてさき　　　　2　たてまえ　　　　　3　けんせん　　　　　4　けんぜん

3 　彼は小さいころから、打てば響くような子でしたよ。
　　1　ひびく　　　　　2　えがく　　　　　　3　きずく　　　　　　4　かがやく

4 　セーターを手洗いしたら、縮んでしまった。
　　1　からんで　　　　2　はずんで　　　　　3　のぞんで　　　　　4　ちぢんで

5 　景気回復の兆しが見えるというが、到底実感できない。
　　1　ふかし　　　　　2　しるし　　　　　　3　きざし　　　　　　4　こころざし

6 　料理人といっても、私なんて専ら皿洗いですよ。
　　1　もっぱら　　　　2　かたわら　　　　　3　やたら　　　　　　4　ひたすら

問題2 （　　）に入れるのに最もよいものを、1・2・3・4から一つ選びなさい。

7 最近の詐欺は、（　　　）が実に巧妙だ。

  1　手際　　　　　　2　手順　　　　　　3　手口　　　　　　4　手取り

8 こんな器じゃ、せっかくの料理が（　　　）だよ。

  1　あべこべ　　　2　由来　　　　　3　台無し　　　　4　色違い

9 電車の中で大声でけんかするなんて、（　　　）まねはやめろ。

  1　みっともない　2　めざましい　　3　にくらしい　　4　そそっかしい

10 この地域は、戦争中、敵国の支配（　　　）にあった。

  1　状　　　　　2　下　　　　　　3　圏　　　　　4　層

11 たまには授業を（　　　）、映画でも見に行きたいな。

  1　おしんで　　　2　まぎれて　　　3　はずして　　　4　サボって

12 30年続いた料理番組は、テレビ局の都合により、この秋で（　　　）こととなった。

  1　打ち切られる　　　　　　　　　2　取り組まれる

  3　受け止められる　　　　　　　　4　使い果たされる

13 どうしてもやるというなら、（　　　）君の責任においてやってくれ。

  1　ろくに　　　　2　どうせ　　　3　あくまで　　　4　案の定

問題 3 ＿＿＿ の言葉に意味が最も近いものを 1・2・3・4 から一つ選びなさい。

14 高速道路の建設は、この春着工の予定だ。

  1 開始   2 開業   3 着陸   4 完了

15 母親は、冷たくなった子どもの身体をさすり続けた。

  1 抱き   2 たたき   3 こすり   4 探し

16 現政権は、他よりまし、という理由で国民から支持されているそうだ。

  1 だいぶ強い   2 やや大きい   3 とても速い   4 少しよい

17 安価な農作物が海外から大量に輸入され、国産品は一段と売り上げを減らした。

  1 すぐに   2 ますます   3 いくらか   4 だんだん

18 開発された技術によって、長年にわたる問題はあっさり解決した。

  1 すんなり   2 きっぱり   3 しっかり   4 てっきり

19 支払い期限は今日だから、よかったら立て替えておくよ。

  1 直して   2 預けて   3 貸して   4 整えて

問題4　次の言葉の使い方として最もよいものを、1・2・3・4から一つ選びなさい。

20 過労

1　長時間労働による社員の過労は、会社の責任だ。

2　この業界はどこも人手不足で、職員は毎日深夜まで過労している。

3　今回の件では、過労をおかけし、誠に申し訳ございません。

4　成功したければ、寝る間を惜しんで過労しなさい。

21 さっさと

1　宿題をさっさと片付けて、遊びに行こう。

2　どうぞ、熱いうちにさっさとお召し上がりください。

3　配布した資料は、次の会議までにさっさと目を通しておくこと。

4　ようやく渋滞を抜けて、車はさっさと動き始めた。

22 もれる

1　彼女の目から一粒の涙がもれた。

2　夜の間に、小屋からニワトリがもれたようだ。

3　顧客データが社外にもれてしまった。

4　口の周りにケチャップがもれているよ。

23 オーバー

1　先生の本を読んで、オーバーに感動しました。

2　オーケストラによるオーバーな音楽を楽しむ。

3　オーバーした表現はかえって心に響かないものだ。

4　彼は何でもオーバーに言うから、信用できない。

24 ほぼ

1　この番組は、子供からお年寄りまで、ほぼ人気がある。

2　20年ぶりの同窓会には、クラスのほぼ全員が集まった。

3　今朝、家の猫がほぼ4匹の子猫を産んだ。

4　来年の今頃は、君もほぼ大学生か。

25 溶け込む

1 先月転校してきた彼女は、もうすっかりクラスに溶け込んでいる。

2 春になって、溶け込むような天気の日が続いている。

3 雨水が靴の中まで溶け込んできて、気持ちが悪い。

4 公共料金の相次ぐ値上げから1年がたち、国民の生活はすっかり溶け込んだ。

言語知識（文法）

問題5 （　　）に入れるのに最もよいものを、1・2・3・4から一つ選びなさい。

26 あの遊園地のお化け屋敷は、（　　　　）泣き出す人が続出していると評判だ。

1　あまりに怖さで　　　　　　　　　　2　怖いのあまりで

3　怖さあまりに　　　　　　　　　　　4　あまりの怖さに

27 複雑な過去を持つこの主人公を演じられるのは、彼を（　　　）他にいない
だろう。

1　よそに　　　　　2　おいて　　　　　3　もって　　　　　4　限りに

28 戦争の悲惨さを後世に（　　　）べく、体験記を出版する運びとなった。

1　伝わる　　　　　2　伝える　　　　　3　伝えられる　　　　4　伝わらない

29 子供（　　　）、帰れと言われてそのまま帰ってきたのか。

1　じゃあるまいし　　　　　　　　　　2　ともなると

3　いかんによらず　　　　　　　　　　4　ながらに

30 大成功とは言わないまでも、（　　　）。

1　成功とは言い難い　　　　　　　　　2　もう二度と失敗できない

3　次に期待している　　　　　　　　　4　なかなかの出来だ

31 この薬の開発を待っている患者が全国にいるのだ。完成するまで1分（　　　）
無駄にはできない。

1　なり　　　　　　　　　　　　　　　2　かたがた

3　たりとも　　　　　　　　　　　　　4　もさることながら

32 転勤に当たり、部下が壮行会を開いてくれるそうで、（　　　）限りだ。

1　感謝する　　　　2　参加したい　　　3　嬉しい　　　　　4　楽しみな

33 僕の先生は、頑固で意地悪、（　　　　）ケチだ。

　1　すなわち　　　　2　おまけに　　　　　3　ちなみに　　　　4　それゆえ

34 ボランティアの献身的な活動（　　　　）、この町の再建はなかったといえる。

　1　なくして　　　　2　をもって　　　　　3　をよそに　　　　4　といえども

35 私の過失ではないのに、彼と同じグループだという理由で、彼の起こした事
故の責任を（　　　　）。

　1　とられた　　　　2　とらせた　　　　　3　とらされた　　　　4　とられさせた

問題6　次の文の＿★＿に入る最もよいものを、1・2・3・4から一つ選びなさい。

（問題例）

あそこで＿＿＿＿　＿＿＿＿　＿★＿＿　＿＿＿＿　は山田さんです。

1　テレビ　　　2　見ている　　3　を　　4　人

（回答のしかた）

1.　正しい文はこうです。

> あそこで＿＿＿＿　＿＿＿＿　＿★＿＿　＿＿＿＿　は山田さんです。
>
> 1　テレビ　　　　3　を　　　　2　見ている　　　　4　人

2.　＿★＿に入る番号を解答用紙にマークします。

（解答用紙）　| （例） | ① ● ③ ④ |

36　この病気は＿＿＿＿　＿＿＿＿　＿★＿＿　＿＿＿＿　、毎日の生活習慣を改める必要があるのです。

1　という　　　　　2　治る　　　　　3　ものではなく　　　4　薬を飲めば

37　個人商店ですから、売り上げ＿＿＿＿　＿＿＿＿　＿★＿＿　＿＿＿＿です。

1　月に100万　　　　　　　　　2　せいぜい

3　といっても　　　　　　　　　4　といったところ

38　＿＿＿＿　＿＿＿＿　＿★＿＿　＿＿＿＿　、どの選手も緊張を隠せない様子だった。

1　とあって　　　　　　　　　　2　をかけた

3　試合　　　　　　　　　　　　4　オリンピック出場

39 彼が_____ _____ ____★____ _____なかった。

  1 ことは   2 までも

  3 がっかりしている   4 見る

40 森君に関しては、成績が下がったこと_____ _____ ____★____ _____こと

が心配です。

  1 最近   2 元気がない   3 まして   4 にも

問題7　次の文章を読んで、文章全体の趣旨を踏まえて、　41　から　45　の中に
　　　　入る最もよいものを、1・2・3・4から一つ選びなさい。

暦^{（こよみ）}

　　昔の暦は、自然と人々の暮らしとを結びつけるものであった。新月が満^{（注1）}
ちて欠けるまでをひと月としたのが太陰暦、地球が太陽を一周する期間を1
年とするのが太陽暦。その両方を組み合わせたものを太陰太陽暦^{（たいいんたいようれき）}(旧暦)と
いった。

　　旧暦に基づけば、1年に11日ほどのずれが生じる。それを　41　、数
年に一度、13か月ある年を作っていた。　42-a　、そうすると、暦と実際の
季節がずれてしまい、生活上大変不便なことが生じる。　42-b　考え出された
のが「二十四節気」「七十二候」という区分である。二十四節気は、一年を
二十四等分に区切ったもの、つまり、約15日。「七十二候」は、それをさ
らに三等分にしたもので、　43-a　古代中国で　43-b　ものである。七十二候の
方は、江戸時代に日本の暦学者^{（れきがくしゃ）（注2）}によって、日本の気候風土に合うように改訂
されたものである。ちなみに「気候」という言葉は、「二十四節気」の「気」
と、「七十二候」の「候」が組み合わさって出来た言葉だそうである。

　　「二十四節気」「七十二候」によれば、例えば、春の第一節気は「立春」^{（りっしゅん）}、
暦の上では春の始まりだ。その第1候は「東風氷を解く」^{（とうふう）}、第2候は「うぐ
いすなく」、第3候は「魚氷に上る」^{（うお）（のぼ）}という。どれも、短い言葉でその季節
の特徴をよく言い表している。

　　現在使われているのはグレゴリオ暦で、単に太陽暦(新暦)といっている。

　　この　44　では、例えば「3月5日」のように、月と日にちを数字で表す
単純なものだが、たまに旧暦の「二十四節気」「七十二候」に目を向けてみ
て、自然に密着した日本人の生活や美意識を再認識してみたいものだ。それ^{（注3）（注4）}
に、昔の人の知恵が、現代の生活に　45　とも限らない。

（注1）新月：陰暦で、月の初めに出る細い月。

（注2）江戸時代：1603年〜1867年。徳川幕府が政権を握っていた時代。

（注3）密着：ぴったりとくっついていること。

（注4）美意識：美しさを感じ取る感覚。

41

1　解決するのは

2　解決するために

3　解決しても

4　解決しなければ

42

1　a　それで／b　しかし

2　a　ところで／b　つまり

3　a　しかし／b　そこで

4　a　だが／b　ところが

43

1　a　もとは／b　組み合わせた

2　a　最近／b　考え出された

3　a　昔から／b　考えられる

4　a　もともと／b　考え出された

44

1　旧暦

2　新月

3　新暦

4　太陰太陽暦

45

1　役に立たない

2　役に立つ

2　役に立たされる

4　役に立つかもしれない

読解

問題8　次の (1) から (3) の文章を読んで、後の問いに対する答えとして最もよいも
　　　の を、1・2・3・4 から一つ選びなさい。

(1)

　アクティブシニアという呼び方がある。多くは戦後すぐに生まれた団塊の世代[注1]
で、定年退職後も趣味など多くの活動に意欲的で、とても元気だ。戦後の大きな変
化の中を生きてきただけあって新しいものを生み出す力も強く、従来のシニア像[注2]
を一新させた。

　ところで最近、国立機関による高齢者14,000人余りの4年にわたる追跡調査で、
「幸福感や満足度など、前向きな感情を多く持つ人ほど認知症になるリスクが減[注3]
る。」という研究結果が発表された。前向きな気持ちが行動や人との交流を活発
にして脳にいい刺激を与えるなら、アクティブシニアの老い方は超高齢社会を生
き抜くための知恵なのかもしれない。

（注1）団塊の世代：戦後の1947年～1949年に生まれた第一次ベビーブームの世代。
（注2）シニア像：高齢者のイメージ。
（注3）認知症：さまざまな理由で脳の細胞が壊れるなどして、生活に支障が出る
　　　　　障害。

46　筆者の考えに合うのはどれか。
　1　超高齢化が進む中、前向きで活動的な団塊の世代が多いのはもっともなこ
　　　とだ。
　2　前向きな気持ちの人と交流することで、脳は活性化され、認知症が改善さ
　　　れる。
　3　変化を楽しむ感情が行動を活発化させ、脳はより強い刺激を求めるように
　　　なる。
　4　戦後社会が豊かさを求め続けてきた結果、高齢者の幸福度や満足度が上
　　　がった。

　　　　　　　　　　　　　　　　　　　　　　　Check □1 □2 □3

(2)

　信号機のない円形交差点<u>ラウンドアバウト</u>が注目されている。これは、中央の円形地帯に沿った環状道路を車両が一方向に進んで目的の道へと抜け出る方式の交差点で、2013年には日本でも長野県飯田市で、従来の信号機を撤去して導入された。

　交通量の多い都市部では機能しにくいが、正面衝突など重大事故のリスクや、信号待ちによる渋滞などが減る、災害時に停電しても交通に支障が出にくいなど、メリットは多い。

　ラウンドアバウトの設計には、交通量の把握、十分なスペースの確保、構造上の工夫など課題も多いが、今後さらなる普及が見込まれている。

47 「ラウンドアバウト」の説明として合うのはどれか。

1　中央の円形地帯の周囲で道路を交差させるため、信号機は従来より少なくて済む。

2　交通量によって利便性が制限されないため、全国各地で導入が可能である。

3　従来より安全性が高く、電力消費も抑えられるため、導入が増えそうである。

4　十分なスペースさえあれば設計は容易なため、郊外を中心に導入されている。

(3)

　村上春樹の作品は 40 を超える言語に翻訳され、アジアはもとより、アメリカ、ロシア、ヨーロッパなど海外でも人気が高い。2006 年には、優れた現代文学作家に与えられるフランツ・カフカ賞を受賞した。毎年ノーベル賞の季節になると文学賞の候補に挙げられるものの受賞を逸し、そのたびにかえって本が売れるというような現象が繰り返されている。

　もちろん一読して、「合わない」という人も少なくない。しかし、自分のためだけに書かれたというような思いを抱き、たちまち魅了されてハルキストとなる人は、新たな彼の作品に手を伸ばさずにはいられなくなる。それが日本国内だけでなく、海外でも同じように起きているのである。

(注) ハルキスト：小説家村上春樹のファン。

48 「それ」は何を指しているか。

1　村上春樹の作品が、国内だけでなく海外の読者のためにも書かれているということ。

2　村上春樹の作品の世界に引き込まれて、彼の作品を読まずにいられなくなること。

3　村上春樹が毎年ノーベル賞候補に挙げられては、受賞を逃していること。

4　村上春樹の作品が多くの言語に翻訳され、海外でも人気を博していること。

問題 9　次の (1) から (3) の文章を読んで、後の問いに対する答えとして最もよいものを、1・2・3・4 から一つ選びなさい。

(1)

　昨年 (2015 年)、二人の日本人科学者がノーベル賞を受章した。そのうちの一人が、ノーベル医学生理学賞の大村智さんである。

　大村さんは、地中の微生物が作り出す「エバーメクチン」という化合物を見つけ、それをもとに寄生虫病に効く薬を開発し、アフリカなどで寄生虫病に悩む多くの人々を、失明の危険性から救った。

　大村さんは、会見で、「微生物の力で何か役に立つことができないかと考え続けてきた。微生物がいいことをやってくれているのを頂いただけで、自分が偉い仕事をしたとは思っていない。ノーベル賞を受賞するとは思っていなかったが、今日ではこの病気のために失明する子どももいない。多くの人々を救えたと思っている。」と語った。

　大村さんは科学研究者であるだけでなく、いろいろな才能を持つ。ゴルフが好きで、また、美術への造詣も深い。40 年以上にわたって絵画や陶器などを収集し、そのコレクションを、故郷に自ら創立した美術館に寄付したという。そんな大村さんは「科学と芸術は創造と想像が不可欠で、根本は同じ。両者の融合が人類を好ましい方向に導く。」と言っている。

　そのほか、故郷山梨県の発展にも力を尽くしている。20 年前、「山梨科学アカデミー」を創立。そこで、多くの子どもたちが科学者たちの講義をうけてきたという。

　よく、例えば「科学者ばか」とか「役者ばか」と言って、専門のこと以外何にも知らない人がいるが、それでは、専門の分野についても底が浅いものになってしまう。大村さんのように、多方面に興味や関心を持つことが出来る人こそ、専門分野でも深い研究が出来るのかもしれない。

（注1）微生物：単細胞生物など、目には見えない非常に小さい生物。

（注2）寄生虫病：寄生虫（他の生物の体から栄養を取って生きる虫）による病気。

（注3）失明：目が見えなくなること。

（注4）造詣：知識が深く、優れていること。

（注5）融合：一緒になってとけあうこと。

49 大村智さんは、どのような功績によりノーベル医学生理学賞を受賞したか。

1 地中から失明を防ぐ薬「エバーメクチン」を発見し、寄生虫病の人々を救った。

2 長年、地中にいる微生物を採集し、新しい微生物を発見した。

3 地中の微生物が作り出す化合物を発見し、それで寄生虫病に効く薬を開発した。

4 「エバーメクチン」という微生物を発見して寄生虫病に効く薬を作った。

50 両者とは、何と何か。

1 創造と想像

2 科学と芸術

3 科学と想像

4 芸術と創造

51 筆者は、優秀な科学者である大村さんが美術などへの造詣も深いことに対して、どのように思っているか。

1 多方面にわたる知識が豊富だということは、才能に恵まれているということだ。

2 専門分野にのみ力をそそぐことで、もっと深い研究ができるのではないだろうか。

3 多方面において才能があるということは、すべてにおいて底が浅いということだ。

4 多方面に興味や関心を持つ人だからこそ、専門分野の研究が深いものになるのだ。

(2)

　「児童労働」とは、教育を受けるべき年齢の子ども (14、5 歳まで) が教育を受けずに働くこと、及び、18 歳未満の子どもが危険で有害な仕事をすることである。

　世界の子どもの 9 人に 1 人、1 億 6800 万人が、児童労働に従事していると言われている。そのうち、子ども兵士や人身売買を含む危険・有害労働に従事する子どもは、なんと、8534 万人にのぼるということである。(2013 年 ILO 報告書による。2012 年において。)

　児童労働が多いのはアジアやアフリカで、アフリカでは、5 人に 1 人の子どもが児童労働に従事している。どの産業でいちばん多く働いているかというと、「農林水産業」が 58.6％で、コーヒーや紅茶、ゴム、タバコなどの農場で雇われている。次に「サービス業」が 32.3％で、道路で物を売ったり、市場で物を運んだり、人の家で家事を手伝ったりして働いている。そして、縫製工場やマッチの製造工場工業で働いている「工業・製造業」が 7.2％である。

　ほとんどの国が、児童労働を禁止する法律を持っているだけでなく、国際条約でも定義・禁止されている。1989 年に国連で採択された「子どもの権利条約」には、18 歳未満を「子ども」と定義すること、子どもには教育を受ける権利や、経済的搾取を含むあらゆる搾取や暴力、虐待から保護される権利があることなどを、54 の条文ではっきり記している。

　例えば、ガーナでは、カカオ農園で働く子どもの 64％が 14 歳以下で、人身売買などで働かされていると指摘されたため、2002 年、国際機関や民間の団体などが共同で児童労働予防プロジェクトを発足させ、日本の NPO 法人なども支援している。

　このような努力の結果、児童労働は年々減少しているとは言え、世界的に見ればまだ多くの子どもたちが労働を強いられている。企業が海外に進出し、輸入に頼っている日本も世界の児童労働と無関係ではない。企業が利益のためにコストを削減すれば、そのしわ寄せは途上国の生産者が受けることになり、果ては子どもが働かされることになるからだ。

チョコレートの向こうには、カカオ農園で働かされているガーナの子どもたちがいることを私たちは忘れてはならない。

（『世界の児童労働』による）

（注1）人身売買：人間をお金で売り買いすること。
（注2）搾取：労働者の利益などを独り占めすること。
（注3）NPO法人：利益を目的としない法人で、福祉的な活動をする。
（注4）しわ寄せ：無理や矛盾の悪い影響が他に及ぶこと。
（注5）途上国：発展の途中にある国。

52 「児童労働」について、間違っているのはどれか。
1 義務教育を受けながら働くこと。
2 子どもが危険・有害な仕事をすること。
3 2012年には、世界の子どもの9人に1人が児童労働に従事している。
4 児童労働が多いのは、アジアやアフリカである。

53 児童労働が最も多いのはどの産業か。
1 サービス業
2 農林水産業
3 工業・製造業
4 土木・建設業

54 筆者は、児童労働と日本の関係についてどのように考えているか。
1 児童労働についての法律が整っている日本は、児童労働とは関係がない。
2 日本企業が海外に進出することで途上国の児童労働を増やしている。
3 日本企業の姿勢が途上国の児童労働を増やす結果となっていることもある。
4 日本のNPO法人などの活動の結果、世界の児童労働は激減している。

(3)

　「貧困の連鎖」が心配されている。生活が苦しい家庭の子どもは、進学のため
の塾に行くことや、必要な本を買うことができず、十分な教育を受けることがで
きない。その結果、卒業しても待遇がよくない企業に就職することになり、結婚
しても貧困家庭を作ることになってしまうのだ。

　このような問題に対して、自治体での取り組みが始まっている。滋賀県の野洲市
では、母子家庭などの貧困家庭の子どもに勉強を教える仕組みを作り、連鎖を断
ち切ることを目指している。無料で学べる中学生の塾を作ったのだ。先生は、大
学生や現場の教員だ。

　お腹がすいていたら勉強ができないだろうということで、ボランティアの女性
を募集。塾の日には簡単なおやつを作って中学生に食べさせる。費用をどうする
かが問題になったが、地元の農業青年団が、米を寄付してくれることになった。
塾に入ることができるのは、母子家庭を中心に、児童扶養手当を受けている市内
の中学生である。

　また、2015年6月に発足した「子どもの貧困対策センター・あすのば」の若者
たちは、貧困家庭の子どもたちのために募金活動を始めた。目標は来年春までに
600万円。それを全国の160人の子供たちに3〜5万円ずつ送るという計画だっ
たが、この3月の時点で、目標を上回る756万円の寄付が集まったということだ。

　政府も、寄付や募金を集めて「子供の未来応援基金」をつくり、貧困対策に取
り組む計画だという。しかし、なぜ、政府が「寄付や募金」に頼らなくてはなら
ないのか。

　日本の将来にとって最も大切な子どもの教育がおろそかにされているような気
がしてならない。

（『貧困の連鎖』による）

（注1）連鎖：鎖のように、同じことがつながること。
（注2）児童扶養手当：一人親家庭などの児童のために自治体が支給するお金。

55 「貧困の連鎖」とはどういうことか。

1 貧困家庭の子どもが親になって、また貧困家庭を作ること。

2 貧しい家庭の子どもは、大人になっても相変わらず貧しいということ。

3 生活が貧しい家庭の子どもは待遇が悪い企業に就職することが多いこと。

4 貧困家庭の子どもは、十分な教育を受けることができないこと。

56 無料で学べる中学生の塾は、どのような人のどんな協力によってなされたかについて、本文で書かれていないものはどれか。

1 大学生や現場の教員が塾の先生を引き受けた。

2 ボランティアの女性が塾に来る中学生のおやつを作った。

3 地元の青年団がおやつに使う米を寄付してくれた。

4 市内の青年たちが貧困家庭の子どもたちのために募金活動をした。

57 筆者が本文で最も言いたいことは何か。

1 貧困の連鎖を断ち切るためには、自治体や民間の協力が必要だ。

2 貧困対策として政府が寄付や募金を集めるのはよいことだ。

3 大切な子どもの未来のために、もっと国の予算を使うべきだ。

4 貧困対策として寄付や募金に頼るのは、限りがある。

問題10　次の文章を読んで、後の問いに対する答えとして最もよいものを、1・2・3・4から一つ選びなさい。

　読書の大切さについては、いまさら言うまでもないだろう。昔から哲学者のショウペンハウエルや小説家の丸谷才一が、また最近では評論家の松岡正剛や内田樹など内外の多くの識者が読書の効用について述べている。読書は知識を得るために、教養を身に付けるために、よりよく生きるために、そして楽しむために、まさに誰もが手軽に取り組むことが出来る最良のものである。

　だからと言って、読書はどんな本でもただ読めばいいというものではない。特に学術書や専門書の場合、読む前に自分は何のために読むのかという目的を確認することだ。今から読もうとしている本は自分の目的に合う本なのか、果たして自分が選んだ本が真に読むに値する本なのかを知る必要がある。そのために、①著者はどんな経歴の人なのか、この本の他にどんな本を書いているのか、その本はいつ発行されたのか等を調べた方がよい。

　そして、書評や周囲の意見などを参考にして読む本が決まったら、実際に読書に取りかかる前に②幾つかの準備作業をすることが大切である。まず本を開き、目次と前書きや後書きに目を通し、本書で著者はどんなことを言おうとしているかを知ることである。なぜなら、そこにはこの本が書かれた理由が必ず述べられているからである。そして出来たら章の見出しや興味が持てそうな本文の短い一章でも目を通すのがよい。

　読書に入る前に十分な準備作業をして取り掛かれば、実際に読み終わった後、本の内容を表面だけの理解にとどまらず、著者の主張を真に生きたものとして吸収出来るようになるだろう。

　このように、本と真剣に対峙する姿勢があれば、結果として語彙や知識が増え、考える力が自分のものになる。さらにこの読書で得た情報や知識を活用することにより表現力も養われる。表現力が豊かになれば、他人と協調して物を見ることや考えることも出来るようになる。他人と協調出来れば、期せずして良好な人間関係を築くことにも繋がっていくのである。

また、読書を通して自分と向き合うことは、自分を高めるだけでなく想像力、発想力を養うことにも役立ち、新たな自己発展のヒントも得られ、未知の新たな世界へ旅立つきっかけも与えてくれる。

このように見てくると、読書は自分の学ぶ姿勢によって知識だけでない新たな道を開き、人生を楽しむ最高の手引きともなる。改めて読書がいかに多くの効用を生み出すかに驚くだろう。読書の効用は限りなく大きいと言える。

（池永陽一『読書の効用』による）

（注1）識者：知識が深く、物事を判断する力が優れている人。知識人。

（注2）効用：効果。

（注3）前書き・後書き：書物の前と後に書かれている文章。

（注4）対峙：向き合うこと。

58 学術書や専門書を読む場合、まず、しなければならないのはどんなことか。

1 著者がどんな経歴の人であるか確認すること。

2 自分がその本を読む目的を確かめておくこと。

3 著者の主張や考えを書評からとらえておくこと。

4 著者が有名な人かどうかを確認すること。

59 ①著者はどんな経歴の人なのか、この本の他にどんな本を書いているのか、その本はいつ発行されたのか等を調べたほうがいいのは何のためか。

1 選んだ本が最近書かれた新しい本であるかどうかを知るため。

2 選んだ本の著者が多くの著書がある偉い人であるかどうかを知るため。

3 選んだ本が自分の目的に合い、読む価値があるかどうかを知るため。

4 選んだ本の著者が自分と同年代の人であるかどうかを知るため。

60 読む本が決まったら、読み始める前に②幾つかの準備作業をすることが大切であると書かれているが、そうすることで、読書後、どのような効果があるか。

1 内容の表面的な理解だけでなく、著者の主張を真に吸収できる。

2 著者の主張をあらかじめ知ることで、自分の主張と比べることができる。

3 著者が前書きで述べたことと後書きで述べたことを比較できる。

4 自分がこの本を選んだのが本当に正しかったかどうかわかる。

61 筆者は③読書の効用は限りなく大きいと述べているが、それは、どのような読書について言えることか。

1 手当たり次第にどんな本でも読むことで、語彙や知識が増えるような読書。

2 本と真剣に向き合うことを通じて自分を高め、新たな道を開くきっかけともなるような読書。

3 自分に興味のない分野の本を読むことで、広い知識を得ることができるような読書。

4 気軽に本と向き合うことを通じて、教養を身に付け人生を楽しむことができるような読書。

問題11　次のＡとＢは、早期教育についてのＡとＢに意見である。後の問いに対する答えとして最もよいものを、1・2・3・4から一つ選びなさい。

A

　　子供が3、4歳ぐらいになると、先を争うかのようにピアノや英語など色々の習い事を子供にやらせ始める親は多い。確かに音楽や絵画などの芸術分野や各種のスポーツ、英語などは、なるべく早い時期から始める方が、後で始めた子供よりも上達が早いようである。

　　子供を早くから専門的な指導者の下で教育すると、子供の脳の働き、特に右脳の発達が促進され、直観的、空間的な認識が必要とされる芸術やスポーツなどで特に目覚ましい成果が見られるという。そこで早期教育は多少親からの強制^(注1)であっても、教育の最中に子供が興味を覚え、やる気も出てくればその後の各種の技能の習得にも大きな力となる。

　　早期教育が子供の成長・発達に大いに役立つことを知れば、親ならば誰もが子供のための習い事は出来るだけ早くから始めたいと思うのは当然のことである。

B

　果たして子供の早期教育は、いいことばかりであろうか。世阿弥の有名な『花伝書』のなかに「芸に於いて、大方（おおかた）七歳をもてはじめとす。さのみに、善し悪しきとは教ふべからず。あまりにいたく諌れば　気を失いて、能ものぐさくなり」とあるように、「教えることは7歳から始めても、いいとか、悪いとかは教えてはいけない。期待するあまりひどく怒ったりすれば、子供はやる気を失い、いい加減になってしまう」と言っているほどである。

　早期教育は子供からの自発的なものでないため、ともすれば子供は受け身とならざるを得ず、また親の過度の期待が子供の発達段階を越える押し付けにもなる。さらに親から他の人よりも「早く、上手に、正しく」と競争させられることで習い事がいやになったりして興味を失くしかねない。そしてまた、本来の自由な子供らしさが失われ、子供の心が傷ついてしまうかもしれない。このように見てくると早期教育にはかなり問題が多いと言える。

（注1）目覚しい：目に見えて素晴らしい。

（注2）さのみに：それだけで。

（注3）自発的：自分から進んでする様子。

62　AとBは、早期教育について、どのような観点から見ているか。

1　AもBも、早期教育の是非について述べている。

2　AもBも、早期教育における親の役割について述べている。

3　AもBも、早期教育のもたらす弊害について述べている。

4　AもBも、早期教育をした結果を報告している。

63 早期教育について、AとBはどのように述べているか。

1 Aは専門的な指導者のもとで早期教育をすれば効果があると述べ、Bは子供
　に競争させてでも早期教育をすべきだと述べている。

2 Aは、子供にやる気があればなるべく小さいうちに早期教育をしたほうがい
　いと述べ、Bは、早期教育は子供らしさをなくすものだと述べている。

3 Aは、子供のためには早期教育をすべきだと述べ、Bは、早期教育はよいと
　ばかりは言えず、いろいろな弊害があると述べている。

4 Aは、早期教育をするのは親として当然の義務であると述べ、Bは、早期教
　育は、むしろ子供をいい加減な性格にしてしまうと述べている。

問題 12　次の文章を読んで、後の問いに対する答えとして最もよいものを、1・2・3・4から一つ選びなさい。

　毎年、桜咲く 4 月になると、日本のあちこちで入学式が行われる。高レベルの難しい入学試験を乗り越えた明るい笑顔の新入生たちはキラキラと目を輝かせ、何の悩みもなく幸せそのもののように見える。

　しかし、彼等の笑顔の前には、実は見過ごすことの出来ない厳しい社会の現実が待ち受けている。彼等がここまで来るために親が費やした費用は、塾の費用を初めとして半端ではない。それは全て子を思う親心あればこそなのだが、これで終わりではない。子供にとっても親にとっても入学は、これまで以上の出費を伴う新たなる出発なのだ。決して安くない入学料と授業料、学生生活を送るための生活費や住居費など、これからの何年間にも渡って多額の出費が必要となる。

　これを賄える高額収入の家庭だったら問題は少ないかもしれないが、現在の厳しい社会状況では、入学後の経済負担は大変なものだ。最近の調査によると、親元を離れて学生生活を送る子供に、ひと頃月 8 万円を超えていた仕送りも現在では月平均 6 万 8 千円程度しかなく、これでは授業料だけで精一杯で、住居費、食費等の生活費まではとても賄いきれない。

　そこで学生は仕方なくアルバイトをして生活費を稼ぐ必要に迫られる。でも少々のアルバイトの収入では、とても補えるものではない。授業を捨てて長時間のアルバイトに精を出せば、本来の学業がおろそかになる。実際どんな優秀な学生でも、他からの経済的援助を受けられなければ学業を諦めざるを得ない。

　そこで学生が頼らざるを得ないのが奨学金である。現在 2 人に 1 人が奨学金に頼って大学生活を送っており、日本学生支援機構によると、2014 年度の奨学金利用者は 141 万人で、その奨学金の多くが卒業したら返還することを前提とした貸与型である。(注1) つまり、運よく奨学金を貰えて卒業出来ても厳しい取り立てが待っているのだ。思うように就職が出来ないとか、賃金が低いとか、病気とかで、返済を 3 か月以上延滞している人は 17 万人もいるという。毎月の返還が出来ない者がそれだけ多いということは、卒業後に降りかかる現実が予想以上に厳しい状況にあるということだ。

　そもそも奨学金は、本来我われの国の将来を担う人物を育てるために役立てるべきものである。それも意欲ある優秀な学生なら誰にもただで支給され、返還義務のない給付型であるべきものである。現在のような貸与型の奨学金は単なる貸付金(注2)に過ぎず、とうてい奨学金とは言えない。米英独などの諸外国と比べても日本の奨学金制度はあまりにも不十分である。入学時キラキラした目を輝かせた学生たちが、お金の心配なく勉学に専心(注3)できるような国を挙げての奨学金制度を早急に作り直さなければならない。

（「奨学金問題を考える」による）

（注1）貸与型：返してもらうことを前提として貸すタイプ。
（注2）貸付金：貸すお金。
（注3）専心：目的に向かって、ひたすら突き進むこと。

64 半端ではないとは、ここではどういうことか。

1　多いとも少ないとも言えないということ。

2　よくわからないということ。

3　とても多いということ。

4　だんだん増えているということ。

65 親元を離れて学生生活を送る子供に対する仕送りがひところより減ったということは、どのようなことを表しているか。

1　学校生活にかかる費用が減ってきているということ。

2　社会の経済的状況が厳しくなってきているということ。

3　授業料や入学金が高くなったということ。

4　親の生活費が高くなったということ。

66 筆者は、奨学金についてどのように考えているか。

1 貸与型でもいいので、返還期間を長くするべきだ。

2 卒業後の返還を無利子にするべきだ。

3 全て変換する義務がない給付型にするべきだ。

4 貸与型のままで、取立てを厳しくするべきだ。

67 この文章で筆者が言いたいのはどんなことか。

1 学生がお金の心配なく勉強できるように、親からの仕送りを多くするべきである。

2 若者たちがアルバイトなどしないで勉学に専心できるように、大学の授業料を無料にするべきである。

3 国の援助などに頼らず、若者はもっと自立した学生生活を目指すべきである。

4 国の将来を担う若者たちが勉学に専心できるように、奨学金制度を至急作り直すべきである。

問題 13　右のページは書道教室からのメールである。下の問いに対する答えとして
　　　　最もよいものを 1・2・3・4 から一つ選びなさい。

68　メールの件名として正しいものはどれか。

1　展示会のお知らせ

2　新年会のお知らせ。

3　情報交換会のお知らせ

4　書道教室のお知らせ

69　メールに書いていないことは、次のうちのどれか。

1　一年に一度のチャンスなのでぜひ参加してほしい。

2　新年会に出席できるかどうかを書いて返信してほしい。

3　出席する場合、乾杯の飲み物を選んでほしい。

4　銀座教室にあるお茶をおみやげとして持って帰ってほしい。

宛先 http://www.bibo.com
件名

書道教室会員の皆様

今年もはや12月となりました。

毎年多数の方々にご参加いただいております書道教室新年親睦会を、下記のとおり開催いたします。

ぜひご一緒に会食をしながら、おしゃべりや情報交換を楽しみましょう。

年に一度顔合わせができる貴重な機会ですので、ぜひご出席くださいますよう、お願い申し上げます。

なお、新年会の後、銀座教室にてお茶の用意をいたしますので、あわせてご参加いただければ幸いです。

.... 記 ....

日時 平成28年　1月24（日）　午後12時〜14時半頃

会費 3,000円（乾杯の飲み物代含む）
＊2杯目以降は、各自注文してください。

場所 白菊 (日本料理)
中央区銀座2-18-12 ワラクビル101
TEL(03)xxxx－5511
地図　www://xxxx.xxxxxxxx

＊ご出欠を下記にご記入の上12月23日迄にinfo@waraku.xxxへご返信ください。

＊1月20日以降のキャンセルにつきましては会費全額をいただく場合がありますのでお気をつけください。

平成27年　師走
スタッフ一同

- -

お名前＿＿＿＿＿＿＿＿＿＿＿＿＿＿＿＿

★　1月24日（日）の　新年会に
□出席　　　　　□欠席　　　　します。

なお、ご出席の方は、乾杯のお飲物をお選びください。

★　お飲物：□ ビール
□ ソフトドリンク（ウーロン茶、ジンジャエール、リンゴジュース）

もんだい
問題 1

　問題1では、まず質問を聞いてください。それから話を聞いて、問題用紙の1から4の中から、最もよいものを一つ選んでください。

例

1　タクシーに乗る
2　飲み物を買う
3　パーティに行く
4　ケーキを作る

　　　　　　　　　　　　　　　　　　　　　Check □1 □2 □3

1番

1　イラストの修整をする
2　イラストを課長に送る
3　会議の報告書を部長に送る
4　香港に出発する

2番

1　昼ご飯を食べる
2　電車に乗って市内に行く
3　博物館に行く
4　ラーメン屋を探す

3 番

1　男の人が失礼だから

2　引っ越し料金が高いから

3　希望の時間に予約できないから

4　男の人がうそをついたから

4 番

1　傘を買う

2　図書館へ行く

3　女子学生を待つ

4　女子学生に傘を借りる

5番

1 薬を飲みながらしばらく様子をみる

2 薬を飲んでから検査を受ける

3 すぐ総合病院に行く

4 仕事を休んで禁酒、禁煙する

6番

1 スキー靴と靴下

2 手袋と靴下

3 靴下とスキーパンツ

4 帽子とスキーパンツ

もんだい 問題 2

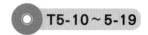

問題 2 では、まず質問を聞いてください。そのあと、問題用紙のせんたくしを読んでください。読む時間があります。それから話を聞いて、問題用紙の1から4の中から最もよいものを一つ選んでください。

れい 例

1　パソコンを使い過ぎたから

2　コーヒーを飲みすぎたから

3　部長の話が長かったから

4　会議室の椅子が柔らかすぎるから

1番

1 元同僚が活躍していたから

2 期待していた契約ができないことがわかったから

3 元同僚に失礼なことを言われたから

4 契約したかった会社の担当者に会えなかったから

1
2
3
4
5
6

2番

1 時代ものに感動した

2 悲しい話ばかりだった

3 よく理解できたのでおもしろかった

4 内容がよくわからなかった

Check □1 □2 □3

229

3番

1　帰りの電車がなくなりそうだから

2　出張が増えるから

3　仕事が増えるから

4　男の人がまじめに仕事をしないから

4番

1　京都

2　鎌倉

3　日光

4　広島

5番

1 宴会に行けなかったから

2 早く酔っぱらったから

3 宴会の途中で帰ったから

4 料理がおいしい店を選んだから

6番

1 どんな場所でも早く話せるようにすること

2 ふだんから人と多く接するように心がけること

3 パソコンのソフトを使いこなすこと

4 説明する準備と練習を十分行うこと

7番

1 日本語学校の欠席が多かったから

2 志望理由がはっきりしないから

3 学校のことをよく知らなかったから

4 緊張しすぎていたから

Check □1 □2 □3

もんだい
問題 3

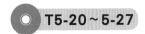

問題 3 では、問題用紙に何も印刷されていません。この問題は、全体としてどんな内容かを聞く問題です。話の前に質問はありません。まず話を聞いてください。それから、質問とせんたくしを聞いて、1から4の中から、最もよいものを一つ選んでください。

<ruby>問題<rt>もんだい</rt></ruby> 4

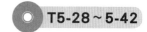

　<ruby>問題<rt>もんだい</rt></ruby>4では、<ruby>問題用紙<rt>もんだいようし</rt></ruby>に<ruby>何<rt>なに</rt></ruby>も<ruby>印刷<rt>いんさつ</rt></ruby>されていません。まず<ruby>文<rt>ぶん</rt></ruby>を<ruby>聞<rt>き</rt></ruby>いてください。それから、それに<ruby>対<rt>たい</rt></ruby>する<ruby>返事<rt>へんじ</rt></ruby>を<ruby>聞<rt>き</rt></ruby>いて、1から3の<ruby>中<rt>なか</rt></ruby>から、<ruby>最<rt>もっと</rt></ruby>もよいものを<ruby>一<rt>ひと</rt></ruby>つ<ruby>選<rt>えら</rt></ruby>んでください。

－メモ－

Check □1 □2 □3

もんだい
問題 5

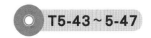

問題 5 では、長めの話を聞きます。この問題には練習がありません。

メモをとってもかまいません。

1 番、2 番

問題用紙に何も印刷されていません。まず話を聞いてください。それから、質問とせんたくしを聞いて、1 から 4 の中から、最もよいものを一つ選んでください。

―メモ―

3番

まず話を聞いてください。それから、二つの質問を聞いて、それぞれ問題用紙の1から4の中から、最もよいものを一つ選んでください。

質問1

1　法律的に正しいのはどちらか裁判で決める

2　トラブルが起きたらすぐにコミュニケーションを図る

3　早めに第三者に判断してもらうように努力する

4　今後も付き合いがあることを忘れず、まずよく話し合う

質問2

1　不愛想でぶっきらぼうなので付き合いにくい

2　世話好きで親切なので感謝している

3　子どもに厳しい人だが尊敬できる

4　口うるさい人なのでなるべく距離を置きたい

第6回

言語知識（文字・語彙）

問題1 ＿＿＿の言葉の読み方として最もよいものを、1・2・3・4から一つ選びなさい。

1 選挙が正しく行われるためには、制度の是正が不可欠だ。
　　1 ていせい　　　　2 だいせい　　　　　　3 しょうせい　　　　4 ぜせい

2 山に響く不気味な音の正体は、噴火による爆発だった。
　　1 ふぎみ　　　　　2 ふきみ　　　　　　　3 ぶぎみ　　　　　　4 ぶきみ

3 両親は小さな雑貨屋を営んでいます。
　　1 いとなんで　　　2 いどんで　　　　　　3 つつしんで　　　　4 あゆんで

4 船から下をのぞくと、海底が透き通って見えた。
　　1 すきとおって　　　　　　　　　　2 ひきとおって
　　3 ときとおって　　　　　　　　　　4 いきとおって

5 運がよければ、と淡い期待を抱いていたが、結果は厳しいものだった。
　　1 あらい　　　　　2 ゆるい　　　　　　　3 うすい　　　　　　4 あわい

6 データの値をコンピュータに入力する仕事をしています。
　　1 わざ　　　　　　2 ふだ　　　　　　　　3 あたい　　　　　　4 おつり

問題2 （　　　）に入れるのに最もよいものを、1・2・3・4から一つ選びなさい。

7 企業はもっと利益を社会に（　　　）すべきだ。
1 回収　　　　　2 出資　　　　　3 譲歩　　　　　4 還元

8 住民の（　　　）は、ゴミ処理場の移転に反対している。
1 最大数　　　　2 多大数　　　　3 大多数　　　　4 超過数

9 A：あなたは世界一美しい。
　　B：そんな（　　　）には騙されないわよ。
1 お世辞　　　　2 愚痴　　　　　3 お説教　　　　4 お節介

10 部下からは頼られ、上司からは期待される。課長という（　　　）は辛いよ。
1 プレゼン　　　2 ポジション　　　3 レギュラー　　　4 エリート

11 A社の倒産が噂されている。A社との共同事業からは（　　　）を引くべきだ。
1 手　　　　　2 足　　　　　3 腰　　　　　4 頭

12 薬局へ行くなら、（　　　）シャンプー買ってきて。
1 ひいては　　　2 ついでに　　　3 そもそも　　　4 てっきり

13 私の言い方が気に（　　　）ら、ごめんなさい。
1 やんだ　　　　2 かかった　　　3 さわった　　　4 しみた

問題 3　＿＿の言葉に意味が最も近いものを 1・2・3・4 から一つ選びなさい。

14 退職してからは、植木の手入れをするのが父の日課です。

1　購入　　　　　　　2　処分　　　　　　　3　分担　　　　　　　4　世話

15 映像を見て、子どもの頃の記憶が一挙に蘇った。

1　ようやく　　　　　2　一度に　　　　　　3　素速く　　　　　　4　簡単に

16 絶対安静のため、家族以外の面会は控えてください。

1　やめて　　　　　　2　ことわって　　　　3　待って　　　　　　4　延期して

17 団体旅行ですので、勝手な行動は謹んでください。

1　わがままな　　　　2　一人だけの　　　　3　別方向の　　　　　4　危険な

18 実際に営業部を仕切っているのは、部長じゃなくて鈴木主任らしいよ。

1　紹介して　　　　　2　昇進して　　　　　3　まとめて　　　　　4　進めて

19 責任者としては、この企画を投げ出すことはできない。

1　断る　　　　　　　2　他の人に頼む　　　3　安く売る　　　　　4　途中でやめる

問題4　次の言葉の使い方として最もよいものを、1・2・3・4から一つ選びなさい。

20 順調

1　問題は全部で5問あります。1番から5番まで順調に答えてください。

2　新製品は順調に売り上げを伸ばしている。

3　景気の悪化に伴い、失業者数は順調に増加している。

4　この湖には、水を求めて野性のシカが順調に集まってくる。

21 重んじる

1　我が校には、個性を重んじる伝統がある。

2　未成年者の犯罪は、近年重んじる傾向にある。

3　無理をしたので、腰痛が重んじてしまった。

4　たくさんの失敗を重んじて、人は成長する。

22 費やす

1　子供の教育のため、無理をしてでも学費を費やす親は多い。

2　大学の寮で暮らしていた頃は、友人たちと有意義な時間を費やしたものだ。

3　新薬の開発に、莫大な費用を費やした。

4　ダムの建設には、多くの作業員を費やした。

23 きっかり

1　この車は小さいから、4人乗ったらきっかりだ。

2　会議は10時きっかりに始められた。

3　この料理には赤ワインがきっかりですね。

4　彼女はいつもきっかりした服装をしている。

24 取り組む

1　会社のお金をこっそり取り組んだのが知られ、首になった。

2　この村では、毎年秋に盛大な収穫祭が取り組まれる。

3　息子は、学校が休みの日は、朝から晩までゲームに取り組んでいる。

4　ボランティアで、被災地の支援活動に取り組んでいます。

25 引き返す

1 家を出てから忘れものに気づいて、引き返した。

2 問い合わせの電話があったので、すぐに調べて引き返した。

3 意地悪をされたので、倍にして引き返してやった。

4 このチケットは 1000 円相当の品物と引き返すことができます。

文法

問題 5 （　　）に入れるのに最もよいものを、1・2・3・4から一つ選びなさい。

26 「母は強し」というが、守るものができる（　　　　）、人は強くなるものだ。

1　と　　　　　　　2　には　　　　　　　3　とは　　　　　　　4　ゆえ

27 体の温まる味噌味の鍋は、寒さの厳しい北海道（　　　　）の郷土料理です。

1　ばかり　　　　　2　ならでは　　　　　3　なり　　　　　　　4　あって

28 高校で国語の教師をする（　　　　）、文芸雑誌にコラムを連載している。

1　かたわら　　　　2　そばから　　　　　3　からには　　　　　4　ともなく

29 今さら後悔した（　　　　）、事態は何も変わらないよ。

1　ことで　　　　　2　もので　　　　　　3　ところで　　　　　4　わけで

30 遅刻厳禁と言った手前、（　　　　）。

1　私が遅れるわけにはいかない　　　　2　10分遅れてしまった

3　みんな早く来るだろう　　　　　　　4　早めに家を出てください

31 （　　　　）ともなると、母親の言うことなんか、全然聞かないですよ。

1　子供　　　　　　2　男の子　　　　　　3　息子　　　　　　　4　中学生

32 多くの犠牲者が出る（　　　　）、国はようやく法律の改正に動き出した。

1　べく　　　　　　2　に至って　　　　　3　をもって　　　　　4　ようでは

33 移民の中には、学ぶ機会を与えられず、自分の名前（　　　）書けない者もいた。

1　だに　　　　　　2　こそ　　　　　　　3　きり　　　　　　　4　すら

34 なんとか入賞することはできたが、コンクールでの私の演奏は、満足（　　　　）ものではなかった。

1　に足る　　　　　2　に堪える　　　　　3　に得る　　　　　　4　による

Check □1 □2 □3

35 この店は、本場の中華料理を（　　　）。

1 食べさせられる

2 食べさせてもらう

3 食べさせてくれる

4 食べられてくれる

問題6　次の文の＿★＿に入る最もよいものを、1・2・3・4から一つ選びなさい。

（問題例）

あそこで＿＿＿　＿＿＿　＿★＿　＿＿＿　は山田さんです。

1　テレビ　　　2　見ている　　　3　を　　　4　人

（回答のしかた）

1.　正しい文はこうです。

> あそこで＿＿＿　＿＿＿　＿★＿　＿＿＿　は山田さんです。
>
> 1　テレビ　　　3　を　　　2　見ている　　　4　人

2.　＿★＿に入る番号を解答用紙にマークします。

（解答用紙）　（例）　① ● ③ ④

36　点字とは、視覚障害者の＿＿＿　＿＿＿　＿★＿　＿＿＿ことである。

1　指で触れて　　2　文字の　　　3　読む　　　4　ための

37　全財産を失ったというのなら＿＿＿　＿＿＿　＿★＿　＿＿＿落ち込むとはね。

1　そんなに　　　　　　　　　2　くらいで

3　いざ知らず　　　　　　　　4　宝くじがはずれた

38　突然の事故で＿＿＿　＿＿＿　＿★＿　＿＿＿。

1　彼女の悲しみは　　　　　　2　かたくない

3　想像に　　　　　　　　　　4　母親を失った

39 逆転に次ぐ逆転で、＿＿＿ ＿＿＿ ★ ＿＿＿試合が続いている。

1 気を抜くことの　　　　　　　　2 できない

3 たりとも　　　　　　　　　　　4 一瞬

40 娘の好きなアニメ映画を見たが、＿＿＿ ＿＿＿ ★ ＿＿＿素晴らしいものだった。

1 鑑賞に　　　　2 大人の　　　　3 堪える　　　　4 も

問題7　次の文章を読んで、文章全体の趣旨を踏まえて、 **41** から **45** の中に入る最もよいものを、1・2・3・4から一つ選びなさい。

若者言葉

　いつの時代も、若者特有の若者言葉というものがあるようである。電車の中などで、中・高生グループの会話を聞いていると、大人にはわからない言葉がポンポン出てくる。 **41** 通じない言葉を使うことによって、彼らは仲間意識を感じているのかもしれない。

　携帯電話やスマートフォンでのSMSやラインでは、それこそ暗号のような若者言葉が飛び交っているらしい。(注1)

　どんな言葉があるか、ネットで **42** 覗いてみた。

　「フロリダ」とは、「風呂に入るから一時離脱する」という意味だそうだ。(注2)お風呂に入るので会話を中断するよ、という時に使うらしい。似た言葉に「イチキタ」がある。「一時帰宅する」の略で、1度家に帰ってから出かけよう、というような時に使うそうだ。どちらも漢字の **43-a** を組み合わせた **43-b** だ。

　「り」「りょ」は、「了解」、「おこ」は「怒っている」ということ。こまで極端に **44** と思うのだが、若者はせっかちなのだろうか。

　「ディする」は、英語disrespect（軽蔑する）を日本語の動詞的に使って「軽蔑する」という意味。「メンディー」は英語っぽいが「面倒くさい」という意味だという。(注3)

　「ガチしょんぼり沈殿丸」は、何かで激しくしょんぼりしている状態を表すそうだが、これなどちょっと可愛く、センスもあると思われる。(注4)(注5)

　これらの若者言葉を使っている若者たちも、何年か後には「若者」でなくなり、若者言葉を卒業することだろう。 **45** 、言葉の遊びを楽しむのもいいことかもしれない。

（注1）暗号：秘密の記号。

（注2）離脱：離れて抜け出すこと。

（注3）せっかち：短気な様子。

（注4）しょんぼり：がっかりして元気がない様子。

（注5）沈殿：底に沈むこと。

41

1　若者にしか　　　　　　　　2　若者には

3　若者だけには　　　　　　　4　若者は

42

1　じっと　　　　　　　　　　2　かなり

3　ちらっと　　　　　　　　　4　さんざん

43

1　a　読み／b　略語

2　a　意味／b　略語

3　a　形／b　言葉

4　a　読み／b　熟語

44

1　略してもいいのでは

2　組み合わせてもいいのでは

3　判断してはいけないのでは

4　略しなくてもいいのでは

45

1　困ったときには　　　　　　2　しばしの間

2　永久に　　　　　　　　　　4　さっそく

読解

問題 8　次の (1) から (3) の文章を読んで、後の問いに対する答えとして最もよいものを、1・2・3・4 から一つ選びなさい。

(1)

　マチュピチュは南米ペルーのアンデス山脈の尾根にある古代インカ帝国の遺跡で、とがった絶壁の山々に囲まれた、「空中都市」ともいわれる世界遺産である。

　2015 年、その麓にあるマチュピチュ村と福島県大玉村との間で友好都市協定が締結された。なんでも、かつてマチュピチュ村の開発に尽力した村長が、大玉村出身の日本人野内与吉さんだったことによるらしい。野内さんは 1917 年、21 歳で移民としてペルーに渡り、線路拡大工事に携わった後、水力発電の設備や観光ホテルの建設などを手がけたそうだ。およそ 100 年もの昔に日本から地球の反対側まで出かけ、地元のために貢献した野内さんの開拓者魂に頭が下がる。

（注 1 ）友好都市：国同士の外交関係とは別に、文化交流や親善を目的とした地方
　　　　　　同士の関係。「姉妹都市」「親善都市」などともいう。
（注 2 ）貢献：何かのために役立つように力をつくすこと。

[46]　「頭が下がる」のは何に対してか。
　1　南米ペルーの絶壁の山々に囲まれたマチュピチュ遺跡の壮大な世界遺産。
　2　日本の福島県大玉村と南米ペルーのマチュピチュ村との意外な親善関係。
　3　一世紀も前に、祖国から遠いマチュピチュ村の発展に供した進取の精神。
　4　水力発電、ホテル建設などマチュピチュ村の奇跡ともいえる急速な開発。

(2)

　「ひとりカラオケ」の人気が高まり、専門店や専門ルームも増え、若者から高齢者まで幅広い層が楽しんでいる。仲間と歌う前にこっそり練習する、誰にも邪魔されずに好きな歌を好きなだけ歌う、ストレス発散するなど、動機はさまざまだ。一方で、複数でわいわいと楽しむイメージの強いカラオケに一人で行くのは、寂しい人だと思われそうで気が引けるという声も少なくない。

　一昔前なら、人目を気にして一人で外食することさえためらう女性が少なくなかったが、そんな母親が「うちの高校生の娘、昨日ひとりカラオケにデビューして、ランチのあと三時間も歌ってきたのよ。」と複雑な表情で語る。

(注) 発散：体の外にまき散らすこと。

47　「複雑な表情」から読み取れない気持ちはどれか。

　1　娘がカラオケ大会で上手に歌えるようになったかしら。

　2　娘が自分のペースで思いきり歌が歌えてよかったわ。

　3　娘が友達のいない女子高校生だと思われなかったかしら。

　4　娘が高いお金をかけて夜遊びするのは危険だわ。

(3)

以下は、大学の夏期講座担当者から来たメールである。

小林 恵美 様

先日は、今年度の夏期講座の日本画コースについてお問い合わせいただき、どうもありがとうございました。その後の情報について、ご連絡いたします。

テーマは、「日本画と風景」。前半3回は、風景をモチーフにした日本画作品を鑑賞して時代別に考証するとともに、日本人の自然観も探ります。後半3回では、庭園での写生をもとに日本画を制作します。なお、どちらか半分のみの受講も可能ですが、後半の講座を受講の場合、日本画画材は各自で用意していただきます。講師は、新東京美術大学教授の山田明子先生です。

お申込みは、6月10日から30日まで。小林様のように昨年度の冬期講座を受講された方には、山田ゼミの学生と同様、優先的に受け付けさせていただきますので、20日までにお申し込みいただければ幸いです。

ご質問等ございましたら、メールにてご連絡ください。

新東京美術大学 夏期講座担当
田中 正夫

---

48 このメールの内容について、正しいものはどれか。

1 写生の講座受講のためには画材を自分で準備しなければならない。

2 昨年度の冬期講座の受講者は20日間優先的に受け付けてもらえる。

3 日本画の制作より鑑賞に興味のある者は受講することができない。

4 山田ゼミの学生はこの講座を必ず申し込まなければならない。

問題9　次の (1) から (3) の文章を読んで、後の問いに対する答えとして最もよいものを、1・2・3・4から一つ選びなさい。

(1)

　「もったいない」という日本語がある。もともとは仏教用語で、「神や仏に対してよくないことである。」という意味で使用されていたということだが、現在では、「そのものの値打ちが生かされず無駄になることが惜しい。」（広辞苑）(注1)という意味で使われている。例えば、「まだ使えるのに、捨てるのはもったいない。」などというように使う。

　日本生まれのこの言葉は、今では、「MOTTAINAI」という世界に通用する言葉になっているらしい。その主なきっかけとなったのは、2004 年、環境分野で初めてノーベル賞を受賞したケニアのワンガリ・マータイ氏(1940 〜 2011)の活動によると思われる。

　氏は、2005 年来日の際「もったいない」という言葉を知って深く感動した。そして、この言葉のように自然や物に対する敬意や愛などが込められている言葉が他にないか探したが、見つからず、また、この言葉のように、消費削減、再利用、再生利用、地球資源に対する尊敬の概念 を一言で表すことができる言葉も見つからなかった。そこで、「MOTTAINAI」を世界共通の言葉として広める活動を続けた。

　その後、ブラジルの環境保護活動家マリナ・シルバ氏(1958 〜)は、「『もったいない』は、『新たな発展モデルを創る心の支えとなる言葉だ』として、「もったいないキャンペーン」に強く賛同し、(注2)ワンガリ・マータイ氏の後継者として、(注3)このキャンペーンを世界に広げることを約束した。

　このように、日本で生まれ、「日本人の知恵」とも言われた「もったいない」という言葉が、近年ではその日本で忘れられようとしているように感じる。特に、IT 機器の業界でそれが感じられる。次々に新しいモデルが販売され、消費者はそれに飛びつく。古いモデルは、棚の上や机の中に眠ったままであるのを見ると、本当に「もったいない」と思ってしまうのだ。

（『「もったいない」という言葉』）より）

（注1）広辞苑：日本の有名な国語辞典の名前。

（注2）賛同：考えに同意すること。賛成すること。

（注3）後継者：前の人の仕事などのあとをつぐこと。

49 「もったいない」という言葉の使い方として、正しいのはどれか。

1　もったいないケーキね。みんなで食べましょう。

2　彼はスポーツマンで頭もいいから学校でももったいないようよ。

3　そんなくだらないことにお金を使ったらもったいない。

4　彼女の性格はもったいないので、人気者よ。

50 ワンガリ・マータイ氏が、「MOTTAINAI」を世界共通の言葉として広める活動を続けたのはなぜか。

1　この言葉が既に世界共通の言葉として通用していたから。

2　この言葉のように自然や物に対する敬愛が込められている言葉が他になかったから。

3　この言葉が、消費削減や再生利用に役立つと思ったから。

4　地球資源がそろそろなくなりそうで危機感を感じたから。

51 筆者は「もったいない」という言葉についてどのように思っているか。

1　これからの日本人の心の支えともなる言葉だから大事にしたい。

2　普段この言葉は忘れているが、日本人の特徴をよく表している言葉だ。

3　今や、「もったいない」という感覚は日本でも時代遅れである。

4　日本人の知恵とも言えるこの言葉が、日本で忘れられているのは残念だ。

(2)

　今年 (2016 年) も 2 月 28 日に東京マラソンが、3 月 13 日に名古屋ウイメンズマラソンが行われた。前者には国内外の一流選手や市民ランナーを含め 36,647 人が、後者には 21,465 人が参加した。ほかにも、全国各地で一般ランナー参加のマラソン大会が年に二百以上も開催されているということである。ランナーの数は増え続け、今やマラソンブームである。十数年前には、マラソン人口がこれほど増えるとは考えられなかったそうである。

　マラソンは厳しく苦しいというイメージがあるはずなのに、なぜマラソンに挑戦する人がこれほど増えたのだろうか。

　ある新聞の社説によると、マラソンが苦しいスポーツから楽しむスポーツに変わったからだという。つまり、ゴールまで 42,195 キロを走る制限時間を 7 時間と設定する大会が増えたことによって、時間的なハードルが低くなったことが挙げられるという。それによって、走者は楽しみながら走ることができるようになった。例えば、車道を走りながら見る街の景色はいつもと全く違って新鮮だし、沿道からの声援を受けるという経験もうれしい、という参加者たちの感想も聞かれるそうだ。

　しかしながら、いったい人はなぜ走るのだろうか。

　昔、ある有名な登山家は、「なぜ山に登るのか」と問われて、「そこに山があるからだ」と答えたそうだが、走る理由も同じようなものかもしれない。何のためということもなく、自分の足を動かして走っているとき、人は、確かに自分の自由な存在を確認することができるからだ。さらに、苦しみを乗り越えてゴールに達した時、目的を達成した喜びと同時に自分自身に対して確かな満足感を覚えることができるからではないだろうか。

（「人はなぜ走るのか」による）

(注 1) ハードル：越すべき障害。
(注 2) 声援：声をかけて応援すること。

52 <u>後者</u>は何を指しているか。

1 東京マラソン

2 名古屋ウイメンズマラソン

3 一般ランナー参加のマラソン大会

4 市民ランナー

53 ある新聞の社説によると、マラソンが「厳しく苦しいスポーツ」から「楽しむスポーツ」に変わった一番の原因は、どんなことだと言われているか。

1 ランナーの数が増え続けて、マラソンブームになったこと。

2 車道を走るとき、街の景色がいつもと違って新鮮に映ること。

3 マラソンの制限時間が7時間に設定されるようになったこと。

4 沿道から応援されるという、うれしい体験をすることができること。

54 「人はなぜ走るのか」という疑問に対して、筆者はどう考えているか。

1 走るという厳しく苦しい行動を通して、自分の心や体を鍛えるから。

2 市民参加のマラソン大会に一度は参加してみたいと思うから。

3 走ることに夢中になることによって自分の存在を忘れることができるから。

4 自分自身の自由を確認し、目標達成の満足感を覚えることができるから。

(3)

　①その当時、いわゆる商店街というところには、いろいろな店が並んでいた。魚屋、肉屋、八百屋などの食料品の店をはじめ、花屋に下着屋、電気店、等などで、商店街で揃わない物はないくらいだった。つい、10数年前のことである。

　私は、会社の帰りには毎日この商店街を通り、夕飯の買い物などをした。魚屋では刺身の作り方や魚の見分け方を聞いたり、花屋では季節の花の名前を聞いたり、…毎日、店の人と会話をしない日はなかった。それぞれの店の人は、その店の商品に関するプロでもあったのだ。一人暮らしをしていた私は、いくつかの店に寄って、ほんの少量の食料品を買った。魚をひと切れ、りんごを一個、お肉を100ｇ、などである。②それでも店の人は嫌な顔一つしないで、にこにこと話し相手になりながら、時にはいくらかおまけをして、品物を渡してくれたものだ。

　ところが、今はどうだろう。商店街にあるのは、携帯電話のショップといろいろな食堂や居酒屋、本屋などで、食料を売る店はほとんどない。その代わり駅ビルや商店街の真ん中に大きなスーパーができた。

　スーパーにはいろいろな食料品が揃っている。肉も魚も野菜も果物も。客は店内をカートを押して周り、必要な品物をかごに入れる。決まった量がプラスティックのパックに入れられているので、ほんの一人分を買うことはなかなか難しい。買い物が済んだらレジに向かう。レジでの計算は素早いし、正確だ。

　しかし、私は時に懐かしく思い出すのだ。あの店は、あの店のおじさんおばさんは、いったいどこに行ってしまったのだろう、と。

（注1）居酒屋：簡単な料理を出してお酒を飲ませる店。

（注2）カート：買った品物を入れて押しながら店内をまわる、車付きのかご。

55 ①その当時とは、いつのことか。

1　数十年前

2　私が子供だったころ

3　5、6年前

4　15、6年前

56 ②それでもとは、どのような内容を指しているか。言い換えた言葉を選べ。

1　多くの店に寄って買い物をしても。

2　少しずつしか買わなくても。

3　代金を負けてもらわなくても。

4　店の人にいろいろなことを聞いても。

57　スーパーで買い物をすることに関して、筆者が困っているのはどのようなことか。

1　レジでの計算が、たまに間違っていたりすること。

2　食料品は売っているが、花や本は売っていないこと。

3　パックに入っている量が決まっていて、必要な量だけ買えないこと。

4　売り場の人にわからないことを聞くことができないこと。

問題10　次の文章を読んで、後の問いに対する答えとして最もよいものを、1・2・3・4から一つ選びなさい。

　日本の象徴と言えば、誰もが第一に挙げるのが富士山である。日本の最高峰の山として、そして①頂きから東西南北360度、どの方向にも麓まで滑らかな傾斜を見せる優美な姿は人々をひきつけずにはおかない。日本人なら誰もがその美しさを愛し、心が洗われる思いがするだろう。まさに富士山は日本人皆の誇りなのである。

　なお、富士山は2013年、世界遺産に登録されたことでこれまで以上に世界の人々の注目を集め、日本を訪れる外国人旅行者の行ってみたい観光地の人気ナンバーワンに挙げられている。

　さらに、富士山は春夏秋冬、どの季節もそれぞれに美しい。なかでも真白い雪をかぶった冬の富士山は、他にたとえようもなく美しく輝き厳かな感じさえする。

　その富士山の美しさに心を奪われた多くの歌人や文人が、富士山を歌に詠み、また、物語にしている。

　奈良時代の『万葉集』に、山部赤人が「田子の浦ゆ　うち出でて見ればにぞ富士のに　雪は降りつつ」（注1）（田子の浦に出て富士山を眺めると、真っ白な山頂に、今、しきりに雪が降り続いている。）と詠んだのを初め、多くの歌人がその美しさを歌に詠んできた。

　また、富士山は、日本最古の物語だと言われる『竹取物語』等にも登場し、近代では、小説家の太宰治は「富士には月見草がよく似合う」（注2）等の言葉で富士を賞賛している。

　絵画にも富士山は数多く登場しているが、中でも江戸時代の浮世絵師葛飾北斎は、富士山を36枚の「富嶽三十六景」に見事に描き、安藤広重は「東海道五十三次」の浮世絵の中に富士の素晴らしさを描き、私たち日本人の心を捉えてきた。それだけではない。彼らの絵画はモネやゴッホなどのヨーロッパの画家たちに大きな影響を与えてきたのだ。

富士山はただ美しいだけではない。あの見事に均整のとれた山の形は、実は地下のマグマが大噴火して作ったことを忘れてはならない。しかも富士山は今も生きている火の山である。②そのため、地域の人々はこの火の山が噴火して被害をもたらすことのないよう、富士山の霊を祭る神社を造り、神の加護を願って季節ごとに祭りを行っている。人々は富士山を神の山、信仰の山として怖れ敬いながらも、富士山を見て移り行く季節を感じ、富士にかかる雲の様子で明日の天気を知るという。つまり、富士山はいつも人々の心の中、 Ⅰ の中に生きているのだ。まさに人々の Ⅱ は富士山とともにある。

それだけにとどまらない。富士山から遠く離れた鹿児島や北海道でも、富士山の姿に似た開聞岳を薩摩富士、羊蹄山を蝦夷富士等と呼ぶなど日本中の人々が富士山を愛し憧れている。それほど富士山に対する日本人の思いは深いのである。

（『日本人と富士山』による）

（注1）『万葉集』：7世紀後半〜8世紀にできた日本で最も古い歌集。

（注2）月見草：花の名前。夏、夕方から咲く山野草で、黄色い花。

（注3）均整のとれた：調和がとれて美しい様子。

（注4）加護：神様や仏様が助け守ること。

58 ①頂きから東西南北360度、どの方向にも麓まで滑らかな傾斜を見せるとは、富士山の何を描いたものか。

1　均整のとれた山の形。

2　真っ白に雪をかぶった姿。

3　四季のどの季節でも美しい姿。

4　日本で一番高い山であること。

59 ②そのためとはどういうことを指しているか。

1 富士山は地下のマグマの噴火によりできた山であること。

2 富士山が現在でも生きている火山であること。

3 富士山は危険な山であるということ。

4 富士山の形は素晴らしく調和がとれているということ。

60 人々が、富士山を祭る神社で季節ごとに祭りをしているのは、なぜか。

1 富士山が神様の怒りにふれて大噴火をしないように願うため。

2 富士山がいつまでも美しく人々から敬われるように祈るため。

3 富士山に登る人々の安全を神様に祈るため。

4 富士山の噴火による被害から人々を守ってくれるように神様に祈るため。

61 　Ⅰ　・　Ⅱ　には同じ言葉が入る。それは次のどれか。

1 信仰

2 賞賛

3 象徴

4 生活

問題11　次のＡとＢは、社会の発展と幸福について述べた文章である。後の問いに
　　　　対する答えとして最もよいものを、1・2・3・4から一つ選びなさい。

A

　　私たちの日常を改めて見渡してみると、衣食住はもちろん現代を象徴する
テレビや車、スマートフォン等生活の全てが、人々の長年に渡る工夫と努力、
科学技術の発達が生み出した成果の上に成り立っていることに気付く。そし
て朝起きてから夜寝るまで、私たちはこれらの贈り物を特に意識すること
もなくごく当たり前の物として享受し、豊かに生きている。

　　私たちは今これらの贈り物をただありがたく受け取っているだけでいいの
だろうか。私たちが今なすべきことは、先人が与えてくれたいろいろな成果
に敬意を払い感謝することである。そして私たちは、この豊かな生活に満足
することなく、優れた科学技術者たちとともに人々が築き上げた多くの成果
をはるかに凌ぐ、生活の便利さ、快適さ、豊かさを生み出す工夫と努力をし
ていかねばならない。これは未来の子どもたちのためにも今を生きる私たち
としては当然の責務で、一日も油断することなく早急に取り組まなければな
らない最も大切な課題である。

　　私たちに課せられた責任は大きい。

B

　有史以来人々は豊かな生活を目指して生きてきた。このところの目覚ましい科学技術の発達によって私たちの生活は大きく変化し、誰もがその成果を享受し、豊かで便利な世の中になったと言えるだろう。しかしこれまで先人たちが取り組んだ科学技術の発達は、私たちが本当に心から喜べる成果をもたらしたと言えるのだろうか？　答えは、「否」である。

　科学技術の発達の陰には、いつも全てを破壊する戦争があった。そして戦争はいつも多くの人の命を奪った。さらに科学技術の成果とともに絶えず利益を追求する資本は、多くの自然を破壊し続けている。山や川が、そして海が汚され傷つけられている。核開発で生み出された放射能は空気を汚し、万人の生命さえも奪いかねない。今や科学技術の発達は人びとの間で深刻な対立を生んでいる。それでも科学技術信奉者たちは、あくまでも成果を求める活動を止めないのだろうか。

　もう十分ではないか。ここらで皆一度立ち止まって考えてみたらどうだろうか。

（注1）有史以来：人類の歴史が始まって以来。

（注2）科学技術信奉者：科学技術を最高のものと信じて大事に思う人たち。

62　社会の発展に関して、AとBで共通して述べていることは何か。

1　科学技術の発達によって私たちの生活は便利で豊かになった。

2　科学技術の発達は、私たちに幸福をもたらした。

3　科学技術は、これからも際限なく発達するに違いない。

4　科学技術の発達は、有史以来人類すべての望みであった。

63 科学技術の発達に関して、AとBはどのように述べているか。

1 Aは、これからも科学技術はますます発達するだろうと述べ、Bは、科学技術の発達は、もうそろそろ限界に来ていると述べている。

2 Aは、科学技術の発達はこれからの子どもたちが責任をもって取り組むべきだと述べ、Bは科学技術の発達については、考え直すべきだと述べている。

3 Aは、さらに科学技術の発達を目指すのが我々の責任であると述べ、Bは、科学技術は人間に不幸をもたらすこともあるので、改めて考えるべきだと述べている。

4 Aは、人間の幸福や生活の快適さは科学技術者の功績によるものだと述べているが、Bはその恩恵を享受することができる人がいることが問題だと述べている。

問題12　次の文章を読んで、後の問いに対する答えとして最もよいものを、1・2・3・4から一つ選びなさい。

　今年から選挙権が20歳から18歳に引き下げられることになった。これは将来の社会を担う若者に早くから社会の一員としての自覚を促し、社会に対する責任を持つことを期待するということであろう。

　しかしながら、果たして今の若者はこの期待に応えることが出来るのだろうか。最近の若者についてよく言われていることは、「周囲にほとんど関心がない」ということである。仲間と酒を飲んだり、彼女とデートをしたり、旅行やドライブに出かけることも少なく、もっぱら家でゲームやメールをしたりして自分一人で時間を過ごすことが多いという。すべてが自分個人の時間優先で、他人と触れ合うことにはほとんど興味がないと言われている。

　ある時期、若者の憧れであった車についても関心は薄く、かつては早く自分の車で彼女とドライブをしたいと思い、飲み会に誘われれば喜んで参加し、仲間と大騒ぎをするなど、社会は若者たちの活気で溢れていた。大人たちは、そんな若者たちを、ときには苦々しく思いながらもその活気を頼もしくも思っていたものだ。

　若者はいつからそのように変わってしまったのだろうか。それには幾つかの原因が挙げられるだろう。最大の原因として考えられるのは、何よりも社会構造の変化ではないだろうか。今日の社会は階層化がはっきりして、一個人の力では社会で活躍することはまず不可能な状況になっていると思われるからである。

　例えば教育の面で考えても、偏差値の高い有名大学に進学出来るのは経済的に恵まれた家庭の子弟が大部分である。試験に合格するためには、多額の塾費や入学金が賄える家庭の子弟でなければ難しくなっている。このことはどの大学を出たかが若者の就職や結婚などにも関係し、場合によれば卒業後どの社会階層に属するかまで決定することもある。そこで恵まれない階層の子供たちは、たとえ少々の努力をしたところで、いまさら自分には新たな道は開けないという現実に直面し、始めから競争から降りている、いや降りざるをえないのである。

　それは大学進学だけのことではない。中学、高校進学さえもままならない子供が多くなっているのが現実である。いや今や日本の社会に、家庭が貧しくて三食さえ食べることの出来ない子供たちが増え続けている。社会が豊かな階層とそうでない階層に分離して、周囲に気を配るだけの余裕が無くなってきているのが現実なのだ。

　自分の力ではどうにもならず、将来の希望が持てない社会であれば、他人のことよりもまず自分だ。とにかく自分さえよければと考える若者が多くなるのは当然のことだ。そんな若者たちが、社会のことや選挙のことなど考えるはずがないではないか。

　しかし、このままでいいのだろうか。これは日本の将来にとって、いや今日の日本社会の極めて憂慮すべき問題である。では、どうすれば若者が希望の持てる社会にすることが出来るのだろうか。果たしてこの社会状況を変えることが出来るのか。今、我われ一人ひとりが真剣に考えなければならない時に来ているのだ。

（「若者の無関心」による）

（注）偏差値：その人のテストなどの得点が、全体のどの辺りにあるかを示す数値。

64　若者が、周囲に関心をなくした最大の原因を、筆者はどんなことだと考えているか。

1　社会の構造が変化して、階層化が明白になったこと。

2　経済状況が悪化して、好きなことをする余裕がなくなったこと。

3　選挙権が20歳から　18歳に引き下げられたこと。

4　社会全体よりも個を重んじる傾向が強くなったこと。

65 教育の面での階層化は、どのようなことに現れているか。

1 偏差値の高い有名大学に進学できた子弟と、そうではない大学に進学した子弟は、お互いに付き合うことが少ないということ。

2 卒業後属する階層によって、子供を有名大学に進学させることができるかどうかが決まってくること。

3 経済的に恵まれているため有名大学に進学できた子弟と、そうではない子弟は、卒業後属する社会の階層が決まってくること。

4 偏差値の高い大学を卒業した人と、そうではない人とは、周囲への関心の持ち方が違ってくるということ。

66 社会の階層化は、人々の心にどのような影響をもたらすか。

1 経済的に恵まれないことを不安に感じる。

2 周囲の人に気を配る余裕がなくなる。

3 その階層に属することに満足する。

4 上の階層の人をねたむようになる。

67 筆者は、選挙権が20歳から18歳に引き下げられることについて、どのように考えているか。

1 今の若者の状況では、選挙権を得ることで社会の一員として自覚し、責任を持つことができるかどうか、疑問に思っている。

2 現代の若者は周囲のことに無関心ではあるものの、選挙権を得ることになれば、社会にも関心を持つに違いないと思っている。

3 今の若者の自分本位な態度は、社会から認められないことによるので、選挙権が引き下げられれば、徐々に改善されるに違いないと思っている。

4 現代の若者の状況は選挙権を得ることではなんの変化もなく、どうしようもないことだ。

問題 13　右のページは南市役所の相談窓口のリストである。下の問いに対する答えとして最もよいものを 1・2・3・4 から一つ選びなさい。

68　長嶋さんは、マンションの上の階に住む人が深夜に大きい音をたてるので困っている。次のうち、相談できる時間帯はどれか。

1　月曜日の 13 時から 16 時まで。

2　火・木・金曜日の 10 時から 12 時。

3　第 1・3 火曜日の 13 時から 16 時。

4　平日の 8 時 45 分から 17 時。

69　南市役所の相談窓口で、できないことはどれか。

1　法律についての相談。

2　専門家による相談。

3　相談者の代わりに書類を書くこと。

4　仕事を紹介すること。

南市役所特別相談

相談名 （相談員）	相談内容	相談日時
法律相談 （弁護士）	困りごと、争いごとの法律的見解、解決方法について **（予約必要・面談のみ）**	第2・4月曜日 相談日当日9時から電話xxx-xxxxにて先着順で受付（定員8名）。 相談は面談で、午後からです。 指定の時間までに、市役所へお越しください。
行政相談 （行政相談委員）	国やその関係機関などの仕事に関すること	月曜日 13時00分〜16時00分
家庭生活相談 （家庭生活カウンセラー）	家庭生活、生き方、地域関係、育児、夫婦関係、心情、悩みごと	火・木・金曜日 10時00分〜12時00分
交通事故相談 （交通事故相談員）	交通事故の解決、保険金請求などに関すること	第1・3水曜日 9時30分〜12時15分 13時00分〜16時00分
わいワーク東 （ハローワーク相談員・職業相談員）	求人探索機（4台）設置 ハローワークの就職支援ナビゲーターによる職業相談、紹介 市の職業相談員による職業相談、情報提供	平日 8時45分〜17時

※書類作成などの具体的な業務は行いません。
※いずれの相談も、祝日・年末年始はお休みします。

聴解

聴解

もんだい
問題 1

　問題 1 では、まず質問を聞いてください。それから話を聞いて、問題用紙の 1 から 4 の中から、最もよいものを一つ選んでください。

れい
例

1　タクシーに乗る

2　飲み物を買う

3　パーティに行く

4　ケーキを作る

1番
1 薄地のジャケットを買う
2 今日中に資料の印刷をする
3 富士工業に請求書を送る
4 企画書を書いて松松井設計に出す

2番
1 やきそば

2 ラーメン

3 カレー

4 お弁当

3番

1 洋服

2 帽子

3 靴

4 靴下

4番

1 本社へ行く

2 薬局へ行く

3 会社の1階にある医院へ行く

4 自宅の近くの内科へ行く

Check □1 □2 □3

5番

1 茶

2 赤

3 黄色

4 紺

6番

1 病院へ行って薬をもらう

2 デスクワークを減らす

3 スポーツクラブへ行く

4 家から駅までバスに乗るのをやめて歩く

もんだい
問題 2

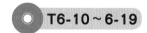

　問題 2 では、まず質問を聞いてください。そのあと、問題用紙のせんたくしを読んでください。読む時間があります。それから話を聞いて、問題用紙の 1 から 4 の中から最もよいものを一つ選んでください。

れい
例

1　パソコンを使い過ぎたから

2　コーヒーを飲みすぎたから

3　部長の話が長かったから

4　会議室の椅子が柔らかすぎるから

Check □1 □2 □3

1番

1 高齢者が子どもを嫌いな理由
2 保育園建築計画への反対が起きる社会について
3 母親の自転車事故が多い理由について
4 保育園は本当に不足しているかどうか

2番

1 使っていない机の上のものを棚に移動する
2 パソコンを修理する
3 資料の入った棚を移動する
4 新しい企画の仕事を終わらせる

3番

1 高層ビル
2 橋
3 公園
4 海

4番

1 買い物に行ってアルバイトに行く
2 買い物に行って歯医者に行く
3 引っ越しの準備をしてアルバイトに行く
4 引っ越しの準備をして歯医者に行く

5番

1　資料の翻訳

2　パンフレットの書き直し

3　新製品を持ってくること

4　新製品の撮影

6番

1　牧場

2　動物園

3　スキー

4　美術館

7番

1 アンケートの回答数が少なかったこと

2 回答者に名前を書いてもらわなかったこと

3 調査のデータにミスがあったこと

4 アンケートの内容が不適切だったこと

Check □1 □2 □3

もんだい
問題 3

T6-20 ～ 6-27

　問題 3 では、問題用紙に何も印刷されていません。この問題は、全体としてどんな内容かを聞く問題です。話の前に質問はありません。まず話を聞いてください。それから、質問とせんたくしを聞いて、1 から 4 の中から、最もよいものを一つ選んでください。

もんだい
問題 4

問題 4 では、問題用紙に何も印刷されていません。まず文を聞いてください。それから、それに対する返事を聞いて、1 から 3 の中から、最もよいものを一つ選んでください。

ーメモー

もんだい
問題 5

問題 5 では、長めの話を聞きます。この問題には練習がありません。

メモをとってもかまいません。

1番、2番

問題用紙に何も印刷されていません。まず話を聞いてください。それから、質問とせんたくしを聞いて、1 から 4 の中から、最もよいものを一つ選んでください。

―メモ―

3番

まず話を聞いてください。それから、二つの質問を聞いて、それぞれ問題用紙の1から4の中から、最もよいものを一つ選んでください。

質問1

1 女性の教育に関する実態
2 女性の活躍推進に関する世論
3 育児に関する世論
4 高齢化社会の実態

質問2

1 兄も妹も、働きづらいと思っている
2 兄は働きづらいと思っているが、妹は働きやすいと思っている
3 兄も妹も、とても働きやすいと思っている
4 兄は働きやすいと思っているが、妹は特に女性にとって働きづらい会社だと思っている

JLPTN1

- ## 解答用紙
- ## 正答表
- ## 聴解スクリプト

STS

日本語能力試験 解答用紙

N1

言語知識(文字・語彙・文法)・読解

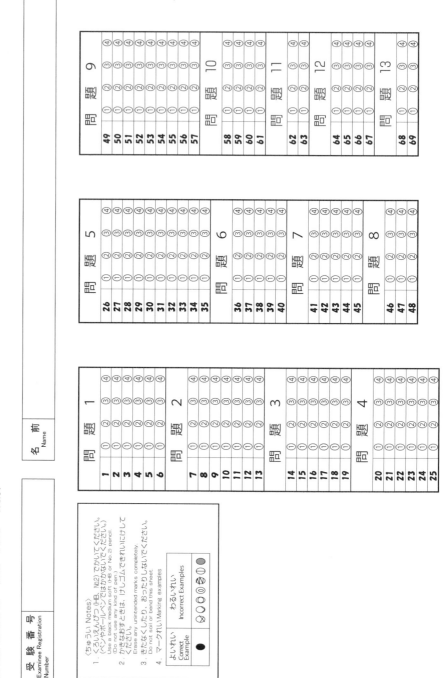

日本語能力試験 解答用紙

N1
聴解

受験番号
Examinee Registration Number

名前
Name

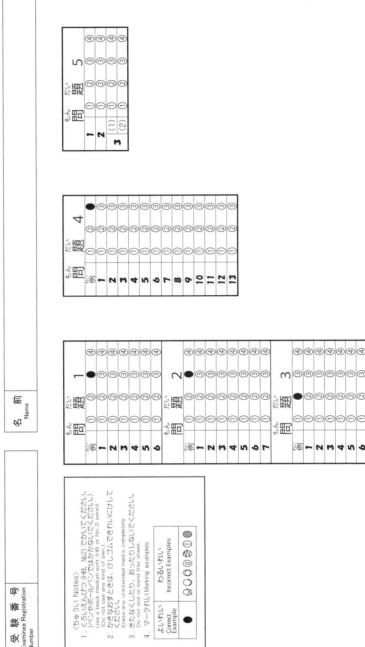

もんだい 題 1	①	②	③	④
例	①	●	③	④
1	①	②	③	④
2	①	②	③	④
3	①	②	③	④
4	①	②	③	④
5	①	②	③	④
6	①	②	③	④

もんだい 題 2	①	②	③	④
例	①	●	③	④
1	①	②	③	④
2	①	②	③	④
3	①	②	③	④
4	①	②	③	④
5	①	②	③	④
6	①	②	③	④
7	①	②	③	④

もんだい 題 3	①	②	③	④
例	①	●	③	④
1	①	②	③	④
2	①	②	③	④
3	①	②	③	④
4	①	②	③	④
5	①	②	③	④
6	①	②	③	④

もんだい 題 4	①	②	③
例	①	②	●
1	①	②	③
2	①	②	③
3	①	②	③
4	①	②	③
5	①	②	③
6	①	②	③
7	①	②	③
8	①	②	③
9	①	②	③
10	①	②	③
11	①	②	③
12	①	②	③
13	①	②	③

もんだい 題 5		①	②	③	④
1		①	②	③	④
2		①	②	③	④
3	(1)	①	②	③	④
	(2)	①	②	③	④

第1回 正答表

●言語知識（文字・語彙・文法）・読解

問題1

1	2	3	4	5	6
3	3	2	1	4	4

問題2

7	8	9	10	11	12	13
1	3	4	3	2	4	1

問題3

14	15	16	17	18	19
4	2	1	3	1	4

問題4

20	21	22	23	24	25
3	1	2	3	2	2

問題5

26	27	28	29	30	31	32	33	34	35
1	3	4	4	2	1	2	4	2	1

問題6

36	37	38	39	40
1	2	1	4	1

問題7

41	42	43	44	45
2	1	4	3	2

問題8

46	47	48
3	3	2

問題9

49	50	51	52	53	54	55	56	57
2	4	1	2	3	4	1	4	2

問題10

58	59	60	61
2	1	3	4

問題11

62	63
1	2

問題 12

64	65	66	67
4	1	3	3

問題 13

68	69
2	4

●聴解

問題 1

例	1	2	3	4	5	6
2	3	3	1	4	4	2

問題 2

例	1	2	3	4	5	6	7
4	3	4	3	2	3	4	1

問題 3

例	1	2	3	4	5	6
3	4	1	3	4	1	3

問題 4

例	1	2	3	4	5	6	7	8	9	10
1	1	3	2	2	1	2	1	2	1	2

11	12	13
2	2	3

問題 5

1	2	3	
		質問1	質問2
2	2	1	4

第 2 回 正答表

●言語知識（文字 ・ 語彙 ・ 文法） ・ 読解

問題 1

1	2	3	4	5	6
1	3	4	2	4	2

問題 2

7	8	9	10	11	12	13
3	1	2	1	3	4	4

問題 3

14	15	16	17	18	19
2	4	1	4	3	3

問題 4

20	21	22	23	24	25
4	3	2	2	4	3

問題 5

26	27	28	29	30	31	32	33	34	35
2	3	4	2	1	4	2	2	3	1

問題 6

36	37	38	39	40
2	4	2	2	1

問題 7

41	42	43	44	45
3	2	2	4	3

問題 8

46	47	48
4	2	1

問題 9

49	50	51	52	53	54	55	56	57
3	1	4	3	4	2	1	3	4

問題 10

58	59	60	61
3	2	1	4

問題 11

62	63
3	4

問題 12

64	65	66	67
2	2	3	4

問題 13

68	69
3	1

●聴解

問題 1

例	1	2	3	4	5	6
2	3	4	3	2	3	3

問題 2

例	1	2	3	4	5	6	7
4	2	1	4	4	2	3	1

問題 3

例	1	2	3	4	5	6
3	3	4	2	3	4	1

問題 4

例	1	2	3	4	5	6	7	8	9	10
1	2	1	3	2	1	3	1	2	1	2

11	12	13
3	1	2

問題 5

1	2	3	
		質問1	質問2
3	4	2	3

第3回 正答表

●言語知識（文字・語彙・文法）・読解

問題1

1	2	3	4	5	6
2	4	1	2	3	2

問題2

7	8	9	10	11	12	13
4	2	1	2	3	4	1

問題3

14	15	16	17	18	19
3	1	3	4	4	2

問題4

20	21	22	23	24	25
2	4	2	1	3	3

問題5

26	27	28	29	30	31	32	33	34	35
3	2	4	1	1	3	4	4	2	3

問題6

36	37	38	39	40
4	2	3	4	1

問題7

41	42	43	44	45
3	4	2	3	2

問題8

46	47	48
4	1	3

問題9

49	50	51	52	53	54	55	56	57
2	3	4	4	4	1	1	3	3

問題10

58	59	60	61
2	3	4	3

問題11

62	63
2	4

問題 12

64	65	66	67
2	4	1	3

問題 13

68	69
3	2

●聴解

問題 1

例	1	2	3	4	5	6
2	3	4	3	1	3	2

問題 2

例	1	2	3	4	5	6	7
4	4	3	2	3	4	4	1

問題 3

例	1	2	3	4	5	6
3	4	1	3	2	2	3

問題 4

例	1	2	3	4	5	6	7	8	9	10
1	1	2	1	3	2	1	3	1	1	2

11	12	13
3	1	1

問題 5

1	2	3	
		質問 1	質問 2
1	4	2	4

第4回 正答表

●言語知識（文字・語彙・文法）・読解

問題1

1	2	3	4	5	6
1	2	4	1	3	4

問題2

7	8	9	10	11	12	13
2	4	2	2	1	3	1

問題3

14	15	16	17	18	19
2	1	4	4	1	2

問題4

20	21	22	23	24	25
2	4	1	3	1	2

問題5

26	27	28	29	30	31	32	33	34	35
2	1	2	3	4	1	4	4	1	3

問題6

36	37	38	39	40
2	4	1	3	3

問題7

41	42	43	44	45
2	1	4	3	2

問題8

46	47	48
2	1	4

問題9

49	50	51	52	53	54	55	56	57
3	4	1	1	4	1	2	4	3

問題10

58	59	60	61
4	3	3	1

問題11

62	63
4	2

問題12

64	65	66	67
4	1	1	4

問題13

68	69
2	1

●聴解

問題1

例	1	2	3	4	5	6
2	2	4	3	3	2	3

問題2

例	1	2	3	4	5	6	7
4	2	1	1	3	2	4	2

問題3

例	1	2	3	4	5	6
3	4	2	2	4	1	3

問題4

例	1	2	3	4	5	6	7	8	9	10
1	2	2	1	3	1	3	3	1	1	2

11	12	13
3	1	3

問題5

1	2	3	
		質問1	質問2
1	4	4	1

第5回 正答表

●言語知識（文字 ・ 語彙 ・ 文法）・ 読解

問題1

1	2	3	4	5	6
3	2	1	4	3	1

問題2

7	8	9	10	11	12	13
3	3	1	2	4	1	3

問題3

14	15	16	17	18	19
1	3	4	2	1	3

問題4

20	21	22	23	24	25
1	1	3	4	2	1

問題5

26	27	28	29	30	31	32	33	34	35
4	2	2	1	4	3	3	2	1	3

問題6

36	37	38	39	40
1	1	3	4	1

問題7

41	42	43	44	45
2	3	4	3	1

問題8

46	47	48
1	3	2

問題9

49	50	51	52	53	54	55	56	57
3	2	4	1	2	3	1	4	3

問題10

58	59	60	61
2	3	1	2

問題11

62	63
1	3

問題 12

64	65	66	67
3	2	3	4

問題 13

68	69
2	4

●聴解

問題 1

例	1	2	3	4	5	6
2	3	1	3	4	1	3

問題 2

例	1	2	3	4	5	6	7
4	2	4	2	3	3	4	1

問題 3

例	1	2	3	4	5	6
3	2	4	3	4	2	4

問題 4

例	1	2	3	4	5	6	7	8	9	10
1	1	2	3	2	1	2	1	3	2	1

11	12	13
2	1	3

問題 5

1	2	3	
		質問 1	質問 2
3	1	4	2

第6回 正答表

●言語知識（文字・語彙・文法）・読解

問題1

1	2	3	4	5	6
4	4	1	1	4	3

問題2

7	8	9	10	11	12	13
4	3	1	2	1	2	3

問題3

14	15	16	17	18	19
4	2	1	1	3	4

問題4

20	21	22	23	24	25
2	1	3	2	4	1

問題5

26	27	28	29	30	31	32	33	34	35
1	2	1	3	1	4	2	4	1	3

問題6

36	37	38	39	40
3	2	3	1	4

問題7

41	42	43	44	45
1	3	1	4	2

問題8

46	47	48
3	4	1

問題9

49	50	51	52	53	54	55	56	57
3	2	4	2	3	4	4	2	3

問題10

58	59	60	61
1	2	4	4

問題11

62	63
1	3

問題12	64	65	66	67
	1	3	2	1

問題13	68	69
	2	3

●聴解

問題1	例	1	2	3	4	5	6
	2	3	3	2	2	1	4

問題2	例	1	2	3	4	5	6	7
	4	2	1	2	3	4	1	1

問題3	例	1	2	3	4	5	6
	3	4	2	1	3	2	3

問題4	例	1	2	3	4	5	6	7	8	9	10
	1	1	2	3	1	3	1	2	3	2	2

11	12	13
1	3	1

問題5	1	2	3	
			質問1	質問2
	3	1	2	4

<ruby>聴解<rt>ちょうかい</rt></ruby>スクリプト

<ruby>日本語能力試験聴解<rt>にほんごのうりょくしけんちょうかい</rt></ruby> N1　<ruby>第一回<rt>だいいっかい</rt></ruby>

（M：<ruby>男性<rt>だんせい</rt></ruby>　F：<ruby>女性<rt>じょせい</rt></ruby>）

<ruby>問題<rt>もんだい</rt></ruby>1

<ruby>例<rt>れい</rt></ruby>

<ruby>男<rt>おとこ</rt></ruby>の<ruby>人<rt>ひと</rt></ruby>と<ruby>女<rt>おんな</rt></ruby>の<ruby>人<rt>ひと</rt></ruby>が<ruby>話<rt>はなし</rt></ruby>をしています。<ruby>二人<rt>ふたり</rt></ruby>はこれから<ruby>何<rt>なに</rt></ruby>をしますか。

M：ごめんごめん。もうみんな、<ruby>始<rt>はじ</rt></ruby>めてるよね。

F：（<ruby>少<rt>すこ</rt></ruby>し<ruby>怒<rt>おこ</rt></ruby>って）もう。きっとおなかすかせて<ruby>待<rt>ま</rt></ruby>ってるよ。<ruby>飲<rt>の</rt></ruby>み<ruby>物<rt>もの</rt></ruby>がなくちゃ<ruby>乾杯<rt>かんぱい</rt></ruby>できないじゃない。<ruby>私<rt>わたし</rt></ruby>たちが<ruby>買<rt>か</rt></ruby>って<ruby>行<rt>い</rt></ruby>くことになってたのに。

M：<ruby>電車<rt>でんしゃ</rt></ruby>が<ruby>止<rt>と</rt></ruby>まっちゃって<ruby>隣<rt>となり</rt></ruby>の<ruby>駅<rt>えき</rt></ruby>からタクシーだったんだよ。なんか、<ruby>人身事故<rt>じんしんじこ</rt></ruby>だって。

F：ああ、そうだったんだ。また<ruby>寝坊<rt>ねぼう</rt></ruby>でもしたんじゃないかと<ruby>思<rt>おも</rt></ruby>ったよ。

M：ええっ。それはないよ。<ruby>朝<rt>あさ</rt></ruby>は<ruby>早<rt>はや</rt></ruby>く<ruby>起<rt>お</rt></ruby>きて、<ruby>見<rt>み</rt></ruby>てよ、これ。

F：すごい。<ruby>佐藤<rt>さとう</rt></ruby>君、ケーキなんて<ruby>作<rt>つく</rt></ruby>れたんだ。

M：まあね。とにかく<ruby>急<rt>いそ</rt></ruby>ごう。あのスーパーならいろいろありそうだよ。

<ruby>二人<rt>ふたり</rt></ruby>はこれからまず<ruby>何<rt>なに</rt></ruby>をしますか。

1<ruby>番<rt>ばん</rt></ruby>

<ruby>会社<rt>かいしゃ</rt></ruby>で<ruby>男<rt>おとこ</rt></ruby>の<ruby>人<rt>ひと</rt></ruby>と<ruby>女<rt>おんな</rt></ruby>の<ruby>人<rt>ひと</rt></ruby>が<ruby>話<rt>はな</rt></ruby>しています。<ruby>女<rt>おんな</rt></ruby>の<ruby>人<rt>ひと</rt></ruby>は<ruby>男<rt>おとこ</rt></ruby>の<ruby>人<rt>ひと</rt></ruby>がこれからどうすべきだと<ruby>言<rt>い</rt></ruby>っていますか。

M：<ruby>課長<rt>かちょう</rt></ruby>、<ruby>契約<rt>けいやく</rt></ruby>がとれなくて<ruby>申<rt>もう</rt></ruby>し<ruby>訳<rt>わけ</rt></ruby>ありませんでした。

F：まあ、<ruby>初<rt>はじ</rt></ruby>めてにしてはなかなかよくやったと<ruby>思<rt>おも</rt></ruby>いますよ。<ruby>確<rt>たし</rt></ruby>か、<ruby>二<rt>に</rt></ruby>か<ruby>月前<rt>げつまえ</rt></ruby>からでしたね。<ruby>準備<rt>じゅんび</rt></ruby>したのは。

M：はい。<ruby>自分<rt>じぶん</rt></ruby>としては<ruby>早<rt>はや</rt></ruby>く<ruby>始<rt>はじ</rt></ruby>めたつもりだったんですが。<ruby>次<rt>つぎ</rt></ruby>はもっと<ruby>早<rt>はや</rt></ruby>く<ruby>準備<rt>じゅんび</rt></ruby>をします。

F：ただ、<ruby>準備<rt>じゅんび</rt></ruby>には<ruby>時間<rt>じかん</rt></ruby>さえかければいいというものでもないんですよ。

M：はい。<ruby>競争相手<rt>きょうそうあいて</rt></ruby>に<ruby>勝<rt>か</rt></ruby>つには、<ruby>相手<rt>あいて</rt></ruby>についてどれだけ<ruby>知<rt>し</rt></ruby>っておくかということですね。

F：それもあるけど、まずは<ruby>自分<rt>じぶん</rt></ruby>の<ruby>側<rt>がわ</rt></ruby>、つまり<ruby>自社<rt>じしゃ</rt></ruby>の<ruby>強<rt>つよ</rt></ruby>みや<ruby>弱<rt>よわ</rt></ruby>みについても、<ruby>十分<rt>じゅうぶん</rt></ruby>にわかっておくことが<ruby>大事<rt>だいじ</rt></ruby>なんですよ。

M：あ、…はい。<ruby>私<rt>わたし</rt></ruby>の<ruby>勉強不足<rt>べんきょうぶそく</rt></ruby>でした。これからは<ruby>気<rt>き</rt></ruby>をつけます。

女の人は男の人がこれからどうすべきだと言っていますか。

2番

会社で男の人と女の人が話しています。女の人は明日何時までに出勤しなければなりませんか。

F：明日は直接本社に行くから、よろしくね。

M：10時に着いていなきゃならないんだったら、15分前には着いていたほうがいいね。10時からでしょ。明日の委員会は。

F：それが、そうはいかないの。明日は私が議長なんで30分前には着いてないと。家から一時間半以上はかかるから、早起きしなきゃ。ここからだったら30分で着くんだけどね。

M：ああ、そりゃ大変だ。会場の準備もしなくちゃいけないんでしょ。

F：そっちは本社の山口さんに頼んだから、明日の9時半には出来てると思う。

M：でもさ、山口さん、お子さんを保育園に連れて行ってるから、最近はぎりぎりに出勤することもあるみたいだよ。

F：ああ、そうか。じゃ、今日のうちにやってもらおう。そうすればなんとかなるから。

女の人は明日何時までに出勤しなければなりませんか。

3番

病院の受付で男の人がパソコンの画面を見ながら説明を聞いています。男の人はどの部屋にしますか。

F：ご入院されるお部屋ですが、この画面をご覧ください。こちらは大部屋で、4人から6人の部屋になります。ベッド代はかかりません。トイレや洗面台、冷蔵庫は共同で部屋の外で使います。

M：ええと、テレビは。

F：テレビは、レンタル料は無料ですが、テレビカードを買って見ていただきます。今はベッドも…はい、空いています。

M：はあ。

F：で、こちらは三人部屋で一日3000円ですね。トイレはないですが、洗面台はついてます。二人部屋は8000円で、トイレと洗面台、あとお一人ずつ冷蔵庫がついています。

M：一人部屋はどうですか。

F：いくつかの種類がございます。こちらの写真の通り、個室には基本的にトイレと洗面台、それにインターネットにつながるテレビもついているんですが、シャワーとお客様用ソファーセットとキッチンもついている100,000円の部屋から、もっと小さめの20,000円の部屋もあります。見学されますか。

M：一日 100,000 円ですか。すごいなあ…。まあ、僕はテレビさえあればいいんです。共同のトイレや洗面台もそんなに遠くないし。これに決めます。

F：ええ。トイレまで歩くのも、運動ですからね。

男の人はどの部屋にしますか。

4番

女の学生が男の学生と話しています。女の人はこれから何をしますか。

F：ふう。ずいぶん整理できたね。でも、こんなに紙を処分しなきゃならないなんて、もったいない。リサイクルもできないなんて。

M：まだまだあるよ。みんな個人情報が書かれているんだからしょうがないよ。

F：そうね。名前や住所、年齢。

M：それだけじゃないよ。学歴や収入まで書かれてる。もしこの情報が外に漏れようものなら大変だよ。明日回収だから今日中に全部箱の中の書類を分別した上で業者に出さないと。でも、とりあえず、夕飯に行こうよ。

F：ええー。このままここを離れるなんて無理だよ。私、この箱ぐらいやっておくから、行ってきていいよ。

M：そうか。じゃ弁当でも買って、ここで食べるしかないか。俺、行ってくるよ。

女の人はこれから何をしますか。

5番

テレビの料理番組で男の人と女の人が話しています。男の人は次に何をしますか。

F：この料理は、野菜が柔らかくなりすぎるとおいしくないんです。だから、今炒めたものを皿に移しておいて、肉に火が通ったらまたフライパンに戻して炒めるんです。

M：わかりました。さっと炒めただけだから、色もいいし、シャキシャキしてますね。

F：ええ。それにほら、しばらくおいといても、たっぷりの油で炒めてあるので冷めないでしょ。

M：で、こうして肉を炒めて、最後に調味料と混ぜるんですね。

F：いえいえ、今ここで調味料を入れるんです。こうして。肉にね、たっぷり味が染みこむように。はい、味がつきましたね。

M：なるほど。じゃ、ここでもう一度こちらをフライパンに戻すんですね。

F：ええ。そうです。どうぞ、お願いします

男の人は次に何をしますか。

6番

旅行会社で店員と客が話しています。客はどんな交通手段を選びましたか。

F：こちらの日は、あいにく連休前で大変混雑しています。今からですと、飛行機の運賃は、この
　　ようになっております。

M：ああ、これ、片道ですか。

F：はい。いちばんお安い料金でも、38,000円ですね。往復ですと 76,000 円です。

M：新幹線はどうですか。席はありますか。

F：指定席は売り切れです。でも、グリーン車ならございます。あとは、自由席で乗っていただくか…。
　　通常ですと、長距離バスもあるんですが、直前ですととれるかどうか…。

M：ただ、とれたとしても、万が一雪でも降って途中で止まったり、動かなかったりしたら台無し
　　ですからね。かといって贅沢もできないし、…いいや、早めに行って並ぶことにします。

客はどんな交通手段を選びましたか。

問題2

例

男の人と女の人が話しています。男の人はどうして肩がこったと言っていますか。

M：ああ肩がこった。

F：パソコン、使いすぎなんじゃないの？

M：今日は2時間もやってないよ。30分ごとにコーヒー飲んでるし。

F：ええ？　何杯飲んだの？

M：これで4杯めかな。眼鏡だって新しいのに変えてから調子いいんだ。ただ、さっきまで会議だっ
　　たんだけど、部長の話が長くてきつかったよ。コーヒーのおかげで目が覚めたけど。あの会議
　　室は椅子がだめだね。

F：そうなのよ。私もあそこで会議をした後、必ず背中や肩が痛くなるの。椅子は柔らかければい
　　いというわけじゃないね。

M：そうそう。だから会議の後は、みんな肩がこるんだよ。

男の人はどうして肩がこったと言っていますか。

1番

大学で男の学生と女の学生が話しています。女の学生はどうして笑っているのですか。

F：ああ、おかしい（笑い声）。

M：なに？　何かおもしろいことあったの。

F：さっきね。木村君と話していたんだけど、おかしいの。私は山口先生の話をしていたの。ほら、経済学のね。

M：うん。

F：木村君、急に、先生がひげをそったから若くなったとかって言うの。

M：えっ、山口先生は、女の先生だろう？…ああ、山崎先生と間違えていたんだ。

F：そうなの。で、ちょうどそのとき山口先生がいらっしゃって、あら、楽しそうね、って。その時の木村君の顔を思い出すと…ふっふっふ（笑い声）。すごく慌ててたんだよ。

M：先生にその話、したの。

F：まさか。

女の学生はどうして笑っているのですか。

2番

会社で男の人と女の人が話しています。男の人はどんな気持ちですか。

M：本当なら今頃は完成していたはずなんですが、第1回目のシステムテストが明日になりました。

F：わかりました。本社からの指示が遅れたので、それはしかたないですよ。

M：この仕事の最終的な締め切りは、延ばしてもらえるんでしょうか。

F：むずかしいでしょうね。ただ、手が足りない場合は、何人かに手伝ってもらうように手配します。

M：何も変更がないにせよ、うちの部だけでプログラム開発を進められるわけではないので、人を増やしたところで、これから計画通り行くかどうか。

男の人はどんな気持ちですか。

3番

パソコンのカメラとマイクを使って男の人と女の人がオンラインで話しています。二人は何について話していますか。

M：おはようございます。あのう、昨日送ったファイル、どうですか。

F：ああ、設計図ですね。ざっと目を通しましたけど、色は、結局どうしますか。

M：そうか。ちょっと待ってください。今、見本を…これ。これは一冊しかないからそちらに送れないんですよ。今、いっしょに見てもらえますか。

F：いいですよ。

M：これなんてどうでしょう、パソコンだと見にくいかな。

F：うーん、調理場と同じにしてほしいっていうことでしたね。もう少し明るい方がよくないですか。昔は水に強いペンキは限られた色しかなかったけど、今はいろいろ選べるし、それに、お客さんは若い女性が多いし、メニューも若い人向けだしね。もっと軽い感じで。次のページはどうですか。見せてもらえます？

二人は何について話していますか。

4番

店員と客が話しています。客が掃除機を返品したい理由は何ですか。

F：これ、昨日こちらで買った掃除機なんですけど、返品できますか。

M：はい。何か問題がありましたでしょうか。

F：きのう、うちは犬がいるから吸い込む力が強力じゃないとだめだ、って言ったら、こちらの店員さんにこれを勧められたんだけど、これ、前のより吸い込まなくて。デザインはとってもおしゃれだし、軽いし、気に入っていたんですが。

M：そうでしたか。ご説明が足りず、申し訳ありません。やはり、このタイプの掃除機は音が静かで、空気を汚さない分、吸い込む力が若干弱くなっておりまして。

F：そうですよね。とにかく選びなおしたいので、とりあえず返品してもいいですか。パワーがあるのを選び直しますから。

客が品物を返品したい理由は何ですか。

5番

母親と男の子が話しています。男の子はどうして今日学校に行きたくないのですか。

M：ああ、行きたくない。

F：どうして。早く行かないと遅れるよ。今日、数学のテストなんでしょ。

M：約束しちゃったんだよね。70点以上取るって、お父さんと。そしたら新しいゲーム買ってくれるって。

F：ああ、そうなの。じゃ、がんばれば。

M：無理に決まってるよ。まあ、それはともかく、もし60点以下だったら、ゲーム機を取り上げられ
　　るんだって。

F：あらあら。

M：50点さえとったことないのにさ。お父さん、ひどいよ。

F：うーん、毎日10分も勉強しない方がひどいと思うけど。

男の子はどうして学校に行きたくないのですか。

6番

男の人と女の人が動物病院で話しています。女の人がこの病院を選んだ理由は何ですか。

M：かわいい子猫ですね。まだ小さいんですか。

F：ええ。4月生まれです。あのう、この近くには結構ペットの病院がありますけど、どうしてこ
　　こにいらっしゃってるんですか。

M：ああ、うちの犬は小さいころからずっとここでお世話になっててね。先生が丁寧なんですよ。
　　この前なんか、うちの孫がカメを連れてきたんだけど、ものすごく丁寧に見てくれて。

F：そうですか。よかった。ペットを飼うの初めてなんで、あちこち電話して、予防注射の値段を
　　聞いたんです。もっと安いところもあったんですけど、ここは値段だけじゃなくて子猫の飼い
　　方についても教えてくれて、なんか安心できそうで。

M：ああ、そうでしたか。

F：やっぱり、人間と違って保険も使えないから、ずっとお世話になるなら、こんなところがいい
　　んだろうなって思って。

M：ええ、いいと思いますよ。ここ。

女の人がこの病院を選んだ理由は何ですか。

7番

男の人と女の人が会社で話しています。男の人が今打ち合わせをしたい理由は何ですか。

M：中村さん。あさっての件、打ち合わせしておきたいんだけど。

F：あ、申し訳ないんですが、あと10分ほどで出たいんです。差し支えなければ明日の午前中にお
　　願いしたいんですが。

M：そうか。わかった。じゃ、明日までに報告書を見ておいてくれる？そうすれば打ち合わせの時
　　間も短縮できるから。

F：はい、承知しました。もし問題点が見つかったら、メールでお知らせしましょうか。

M：そうですね。お願いします。

F：本当なら今日中に打ち合わせを終わらせられたらよかったのですが、申し訳ありません。

M：そうすれば明日は田中産業の仕事に時間が使えるからね。まあ、いいよ。あっちは今週中にできさえすればいいと言われているし。

男の人が今打ち合わせをしたい理由は何ですか。

問題3

例

テレビで男の人が話しています。

M：ここ2、30年のデザインの変化は著しいですよ。例えば、一般的な4ドアのセダンだと、これが日本とアメリカ、ドイツとロシアの20年前の形と比較したものなんですけど、ほら、形がかなりなだらかな曲線になっています。フロントガラスの形も変わってきていますね。これ、同じ種類なんです。それと、もう一つの大きい変化は、使うガソリンの量が減ったことです。中にはほとんど変わらないものもあるんですが、ガソリン1リットルで走れる距離がこんなに伸びている種類があります。今は各社が新しい燃料を使うタイプの開発を競争していますから、消費者としては、環境問題にも注目して選びたいものです。

男の人は、どんな製品について話していますか。

1. パソコン
2. エアコン
3. 自動車
4. オートバイ

1番

会社の会議で、男の人が話しています。

M：昨年以来、わが社の売り上げが下降していることは、皆さんご承知のとおりです。材料の値上げに加え、石油価格の上昇に伴った輸送燃料費の値上げなど、楽観的にはなれない状況ですから、社員が力を合わせて業務に取り組んでいることは頼もしく思っています。ただ、そのような中で、昨年度ののべ残業日数、時間は、かつてないほどでありました。これは、全社員を家

族と考える私としては、危機感を抱かずにはいられません。わが社にも、家族の介護や育児などといった問題を抱えている方もおられるはずです。新入社員も例外ではありません。各課、各部署の責任者は、日頃の仕事の効率を考え、一人一人の業務の量や、能力の適正さを把握するという職務を、責任をもって果たしてもらいたいと思います。

男の人は、誰に何を指示していますか。

1. 社員に、遅刻や欠勤をしないように指示している。
2. 社員に、節電をするように話している。
3. 課長や係長に、もっとサービスを改善して売り上げを伸ばすように指示している。
4. 課長や係長に、社員の仕事量や内容が適当かよく注意するように指示している。

2番

女の人が、テレビで話しています。

F：最近、野菜ジュースを飲む人が増えているようです。コンビニでは、カップヌードルと一緒に買っている人もよく見かけます。市販の野菜ジュースの中には、ジュースにした方が摂りやすい栄養もあるのですが、気をつけなければならないのは、砂糖と塩の摂りすぎです。ずいぶん砂糖が入っているものもあるし、塩で味がついているものは、野菜自体に含まれている分も含めると一日の必要量を超えてしまいます。栄養が偏る危険性もあります。いくら日本人が野菜不足だからと言っても、たくさん飲めば健康にいいというわけではないのです。ご家庭で作ればこの点は調整できますね。キャベツとリンゴ、トマトとオレンジなど、いろんな組み合わせも楽しいです。しかし、冷たいものは内臓を冷やすことになりますから、何事もほどほどがいちばんです。

女の人は野菜ジュースについてどう考えていますか。

1. 市販の野菜ジュースの飲みすぎは、体によくない。
2. カップヌードルを食べるときは、野菜ジュースが必要だ。
3. 砂糖や塩が多く含まれるので、飲まない方がいい。
4. 家で作ったものなら、いくら飲んでもいい。

3番

駅で、駅員と女の人が話しています。

F：あのう、すみません。

M：はい。

F：たった今なんですが、電車の中に忘れ物をしてしまいまして。

M：上りの電車ですか。

F：ええ。棚の上にのせたまま降りてしまって。黒い猫の絵のバッグに入ってるバイオリンです。バッグはいいんですけど、中身は思い出のあるもので…。

M：何両目か覚えていますか。

F：ええっと…何両目の車両かはちょっと…ああ、でも前の方です。前から二両目だと思います。

M：わかりました。もしかしたら終点の駅で回収できるかもしれませんので連絡します。もし回収できなかったとしても、誰かが届けてくれるかもしれません。その場合は少し時間がかかります。こちらにあなたの電話番号をお書きください。あと、ご住所とお名前もお願いします。

駅員は、これから何をしますか。
1. 終点の駅に行く。
2. 終点の駅から連絡が来るのを待つ。
3. 終点の駅に連絡して、忘れ物を探してもらう。
4. 見つけた人が連絡してくれるのを待つ。

4番

テレビで、レポーターが話しています。

F：人工知能、すなわちAIが病気の診断を支援するシステムが、医科大学と企業の共同で開発され、昨日、都内で試験が行われました。このシステムは、患者の症状を入力すると、人工知能が病名とその確率を計算して示す仕組みになっていて、来年度から実験が始まります。どんなシステムかというと、まず、普通なら患者が紙にペンで記入する質問票は書かないで、人型ロボット相手に言葉で伝えます。その後、医師の診察が行われ、さらに患者の症状などが電子カルテに追加され、それらの情報を受けた人工知能は、患者の診療データなどを集めたデータバンクをもとに、可能性のある病名とその確率、必要な検査などを提示します。
このシステムが実用化されれば、見落としてはならない病気に医師が気付くことができ、新人の医師の経験不足を補うことも期待されます。

新しいシステムの開発によって、何が期待されると言っていますか
1. 早く病名がわかること。
2. 医師不足が解消されること。
3. 今まで治らなかった病気の薬ができること。
4. 病気を見逃すことが少なくなること。

5番

でんしゃ なか おんな ひと おとこ ひと はな
電車の中で、女の人と男の人が話しています。

M：久しぶり。

F：ほんと。いつ以来かな。最後に会ったの。

M：もうずいぶん前だよね。たけしの結婚式？

F：うーん、そうかなあ、同窓会じゃなかったっけ。一昨年の堀内先生が退職されるからって、集まっ
た。

M：ああ、六年の時の担任だった堀内先生、そうか退職なんだ。みんな小学生の時、「ほりっち先生」っ
て呼んでたよな。なつかしいなあ。俺、あの日、ちょうど出張中で行けなかったんだよ。山下
は何やってんの？今から仕事？

F：ああ、私、去年転勤したんだ。週末は実家に帰ってきてて、今から新幹線で出勤。鈴木君もこ
れから仕事？中学校で教えてるんだよね。

M：あれ？言ってなかったっけ。俺、去年転職しておやじの店、継いだんだ。今営業中だよ。

F：えっ、そうなんだ。知らなかった。

ふたり かんけい
二人は、どんな関係ですか。
しょうがくせい とき どうきゅうせい
1．小学生の時の同級生
ちゅうがくせい とき どうきゅうせい
2．中学生の時の同級生
もとどうりょう
3．元同僚
どうりょう
4．同僚

6番

だいがく せんせい がくせい はな
大学で、先生と学生が話しています。

M：一度先輩に会いに行くといいと思いますよ。

F：はい。商品開発のできるところであれば、ぜひうかがってみたいです。

M：食品関係がいいと言っていたね。卒業した中島さん、覚えていますか。お菓子を作る会社でが
んばってるよ。彼女なら仕事のことも詳しく教えてくれるでしょう。

F：中島さんがいらっしゃったのは、かなり有名な企業でしたが、私の成績で、どうでしょうか。

M：ええと、語学が少し苦手だと言っていたけど、専門科目はがんばっていますね。確か、論文も
採用されたんじゃなかったっけ。

F：はい。語学も英語は大丈夫です。先生、中島先輩にぜひお話を伺いたいです。

M：わかった。じゃ、今日にでも連絡をとってみよう。ただ、彼女も忙しいかもしれないから、自分でも引き続きがんばってください。

二人は、何について話していますか
1. 大学の授業について
2. 学生の進学について
3. 学生の就職について
4. 先輩の仕事について

問題4

例

M：張り切ってるね。
F：1. ええ。初めての仕事ですから。
　　2. ええ。疲れました。
　　3. ええ。自信がなくて。

1番

M：弱いチームだからって、なめちゃだめだよ。
F：1. はい。もちろん、全力で戦います。
　　2. はい。もちろん、自信を持ちます。
　　3. はい、もちろん、あきらめます。

2番

M：どうしたの。げっそりして。
F：1. 最近、休みが多くて。
　　2. 最近、太っちゃって。
　　3. 最近、残業ばかりで。

3番

M：そういうことは、あらかじめ言ってよ。
F：1. ありがとう。助かる。
　　2. そうだね。ごめん、ぎりぎりになって。
　　3. いいよ。私が言っておくよ。

4番

M：君は本当に恵まれてると思うよ。

F：1. そうですか。気をつけます。

2. はい。自分でも感謝しています。

3. いいえ。まだまだです。

5番

F：このファイルの名前、まぎらわしいね。

M：1. そうですか。じゃ、はっきりわかるようにします。

2. そうですか。じゃ、もっと短くします。

3. そうですか。じゃ、もっと長くします。

6番

M：君がやってくれたらありがたいんだけど。

F：1. いいえ、それは結構です

2. わかりました。何とかやってみます。

3. こちらこそ、ありがとうございます。

7番

F：今日は一段と冷えますね。

M：1. うん、春はまだ遠いね。

2. うん、昨日ほどではないね。

3. いや、昨日よりは寒いよ。

8番

M：この部屋、ちょっと窮屈になってきたね。

F：1. ああ、もう古いですからね。

2. ああ、人が増えましたからね。

3. ああ、掃除しないとだめですね。

9番

F：これは外部には漏らさないでください。

M：1. 承知しました。情報管理を徹底します。

  2. 承知しました。窓を閉めておきます。

  3. 承知しました。ビニールシートを用意します。

10番

F：自分さえよければいいのね？

M：1. そうだよ。いっしょにがんばろうよ。

  2. そんなことないよ。みんなのことだって考えてるよ。

  3. いいよ。そんなに無理しなくても。

11番

F：部長のことだから、何か計画があるのでしょう。

M：1. 自分のことだから、きっと考えがあるよ。

  2. そうだね。考え深い人だからね。

  3. うん。みんな部長のために何か考えているはずだよ。

12番

M：木村さんに頼まないことには何も始まらないよ。

F：1. だから、頼まなければよかったのに。

  2. じゃあ、すぐ頼んでみるよ。

  3. 頼んだことがないよ。

13番

M：新人ならいざ知らず、山口さんがこんなミスをするなんて驚いたよ。

F：1. ええ、山口さんは入社したばかりですからね。

  2. ああ、きっと、新人社員はまだ知らないんですね。

  3. ええ、山口さんらしくないですね。

問題5

1番

電話で男の人と女の人が話しています。

F：ノートパソコンの画面にひびが入ったということですが、原因はどのようなことでしょうか。

M：床に落としてしまったんです。

F：もう見えない状態ですか。

M：いえ、映りますし、操作もできます。ただ、見づらいし、このまま使うのもいやなので。

F：そうしますと、保証対象外になりますが。

M：はい、しょうがないですね。修理代はいくらになりますか。

F：弊社のホームページからオーダーしていただくと、クレジットカード払いで28,000円、電話で承りますと他にコンビニ払い、銀行振り込み、代金引換が選択できて、30,000円と、プラス、それぞれの手数料になります。

M：けっこうしますね。ちょっと考えてみます。あ、日数はどうですか。

F：工場の予定もありますので、なんとも申し上げられないのですが、通常ですと、ご注文をいただいてから二週間から一か月でお届けできるかと思います。

M：仕事で使ってるんで少しでも早い方がいいから、サイトから自分で今やります。

男の人は、どうすることにしましたか。

1. 自分で修理する
2. インターネットで修理を注文する
3. 電話で修理を頼む
4. 工場にパソコンを持っていく

2番

会社で、社員がパソコンを見ながら同僚の結婚祝いについて話しています。

M：市川さんって料理はほとんどしない、ラーメンさえ作らないって言ってたよね。

F1：そう。あ、じゃあ、缶詰のセットなんてどうかな。ふつうの缶詰じゃなくて、世界中のおいしいものを集めたセットになってるやつ。

F2：楽しいと思うけど、缶詰って、どうかなあ。一応、結婚祝いだよ。もうちょっと夢があるものにしない。

M：缶詰、僕だったらうれしいけどね。じゃ、そうだ、料理を保存できる入れものってどう？

F2：だから、料理はしないんだって。

M：ああ、そうか。それじゃ何にもならないね。

F1：ねえねえ、でもさ、ご主人はどうなのかな。意外と料理、好きだったりして。

M：そうだよね。

F2：ねえねえ、ちょっとこれ見て。二人で仲良く協力して料理ができるように、こんなの、どう。

F1：ああ、いいね。あの二人なら似合いそう。

M：ああ、ピンクと白か。いかにも新婚って感じだね。いいんじゃない。

3人は何を贈ることにしましたか。

1. 高級食器のセット

2. おそろいのエプロンセット

3. ペアのワイングラス

4. キッチンに飾る写真

3番

テレビで、コンビニエンスストアの変化について話しています。

M：コンビニの売り上げ競争が激しくなってきています。ラーメン、うどん、スパゲティの種類を増やしたり、ケーキやシュークリーム、ドーナツなどのデザートに力を入れたりしている店が増えています。これは、じわじわと値段が上がっている5000億円のラーメン市場、昔からほぼ値段の変わらない2500億円のピザ市場を狙ったもので、コンビニならこれらの値段設定より安くできるのです。また最近は、店内で飲食ができるイートインコーナーを設ける店も増えており、外食産業も改革を迫られています。

M1：もちろん高校生はコンビニに行くよ。だって、ラーメン屋は高いもん。

M2：そりゃそうだけど、うまいのか。

M1：味はわかんないけどさ。みんなで食べるときは便利だよ。ラーメン嫌いなやつもいるし。

F：ああ、女の子がいっしょだと特にそうかもね。

M1：女子とは行かないけど、男子もラーメンよりドーナッツとコーヒーとかっていうやつ、多いよ。

F：ふうん。

M1：僕は、塾の前にちょっと宿題やりたいときも行くよ。コーラ飲みながらとか。

M2：ああ、それは便利だね。書類を確認したいときや、喫茶店に入るほど時間がないけど、ちょっとひと休みしたいとき、便利だな。だけど、おいしいものを食べたいときは、入らないよ。

F：二人とも帰りが遅いときは、コンビニに行っているわけね。でも、安いからってしょっちゅう行くと、レストランで食べるより高くついたりするから気をつけてね。

質問1．息子は、どんな時にコンビニを利用すると言っていますか。

質問2．母親は、コンビニについてどう考えていますか。

（ M：男性　F：女性 ）

問題 1

例
男の人と女の人が話をしています。二人はこれから何をしますか。

M：ごめんごめん。もうみんな、始めてるよね。

F：（少し怒って）もう。きっとおなかすかせて待ってるよ。飲み物がなくちゃ乾杯できないじゃない。私たちが買って行くことになってたのに。

M：電車が止まっちゃって隣の駅からタクシーだったんだよ。なんか、人身事故だって。

F：ああ、そうだったんだ。また寝坊でもしたんじゃないかと思ったよ。

M：ええっ。それはないよ。朝は早く起きて、見てよ、これ。

F：すごい。佐藤君、ケーキなんて作れたんだ。

M：まあね。とにかく急ごう。あのスーパーならいろいろありそうだよ。

二人はこれからまず何をしますか。

1番
市役所で男の人と女の人が話しています。男の人はこれから何をしなければなりませんか。

M：出生届を出したいんですけど。

F：失礼ですが、お子さんのお父さんですか。

M：はい。

F：おめでとうございます。母子手帳と、病院から出された、この用紙はお持ちですか。

M：はい。これですね。

F：はい。では、こちらの用紙にご記入ください。医療費の助成も受けられますか？　これは所得制限がなく、どなたでもお子さんが 15 歳になるまで医療費が免除になるという制度なのですが、子育て支援課に届け出が必要です。また、児童手当を受けるのも申請がいります。

M：はい。書類はあります。子どもはまだ病院にいるのですが。

F：大丈夫です。健康保険証と、昨年の収入が証明できるもの、それに、身分証明書と、印鑑が必要です。

M：あ、仕事が変わったばかりなので保険証がまだ手元にないんです。職場には届いているはずな
　　のですが。保険課に行った方がいいですか。

F：いえ、保険証はできてからでも大丈夫ですよ。書類の不備があっても支給は開始されます。ただ、
　　近日中には提出していただかなければならないのですが。

M：わかりました。今日、申請していきます。

男の人はこれから何をしなければなりませんか。

2番

男の人と女の人が引っ越しの荷物を片付けています。女の人はこれから何をしますか。

F：あとは、テーブルと椅子が入ったら終わりね。私、食器を片付けるね。そろそろ食事の時間だから。

M：ちょっと待って。その前に、カーペットを敷いておかないと。

F：それは、まだ届いてないよ。注文したのは昨日の夕方だもん。明日になるんじゃない。

M：ええっ、テーブルや棚を置いちゃった後だと、敷くの大変だよ。僕が車でもらってくるよ。大
　　きい荷物が来る前に。

F：それなら私が行くわよ。ほら、買い物もしたいし。

M：君が行くと長くなるから、買ってくるもの書いてよ。僕がついでにすませるから。

F：そう。わかった。

女の人はこれから何をしますか。

3番

不動産会社で女の人が店員と話しています。女の人はどの部屋を見に行きますか。

M：こちらのAのお部屋は建てられてから10年未満です。駅からは少し遠いですが、静かでいいで
　　すよ。もう少し駅に近い所だと、こちらのBは、30年前にできたマンションですが中はきれい
　　です。徒歩20分ですね。

F：ああ、この新しい部屋はバスなんですね。駅から…うーん。

M：駅の近くは、他に、…ああ、このCは、徒歩5分でエレベーターなしの5階。できたのは40
　　年前ですけど、まあ部屋の中はきれいになってます。

F：あれ？　このマンションって、3階も空いてるんですか。

M：ええ、ちょっと狭いですし、実はまだ居住中なんですよ。

F：ああ、今月中には引っ越したいから、じゃ、そこはだめですね。

M：駅から少し遠いんですけど、15分ぐらい歩けば、こんな部屋もありますよ。このDです。そんなに古くないです。ただ、1階なので、ちょっと日当たりがよくないんですけどね。こちら、ご覧になりますか。

F：いえ、駅の近くを見たいです。この部屋、見せていただけますか。

女の人はどの部屋にしますか。

4番

女の学生が男の学生と話しています。男の人はこれから何をしますか。

F：明日、出発だよね。

M：うん。荷物は全部自分で持っていくし、区役所にも行ったし、準備はできてるよ。

F：本当？ 私の時はめちゃくちゃ忙しかったよ。電気や水道、それにガスと電話を止める手続きとか、図書館に借りていた本やDVDを返したりとか、それと、持って行く本を買い込んだりね。

M：それだけじゃないんじゃない？ 食べ物もずいぶん買ってたよね。

F：そうそう。ラーメンとか、お菓子とか、お米まで。あっちでどれぐらいのものが手に入るかわからなかったから、生もの以外はなんでも持って行こうとして買ったんだけど、結局は缶詰とカレーと、カップ麺ぐらいしか持って行かなかったんだ。あと、薬ね。

M：まあ、虫よけとか、かゆみ止めとか頭痛薬は持って行くか。

F：そう。じゃ薬屋に行く？

M：それぐらいは、用意してるよ。それより、頭をさっぱりしたいんだ。短くして、当分切らなくてもいいようにしたい。

F：ああ、それがいいよ。

男の人はこれから何をしますか。

5番

学校で、先生と母親が話しています。母親はこれから何をしますか。

F：これからどうぞよろしくお願いします。

M：きっと、転校したばかりで緊張していると思います。早く友達ができるといいですね。

F：先生、体育着とか運動靴は…。

M：それは、今まで使っていたものをそのままお使いになって結構です。もったいないですから。ただ、帽子だけはご購入ください。この門を出て、右に行ったところにある文房具店で売っています。

F：わかりました。帰りに行きます。体育着も運動靴もそこにあるでしょうか。少しきつくなって

きたので、すぐじゃなくても買った方がよさそうなので。

M：いえ、それはまた別の店です。隣の町の靴屋さんなんですけど、他の書類と一緒に、地図を入れて、

今日、お子さんにお渡しします。

F：ありがとうございます。

女の人は次に何をしますか。

6番

男の人と女の人がカタログを見ながら話しています。二人は何を注文しますか。

F：これ、災害が起こった時のために必要なものなんだけど、全部そろえたら重くて持てないんじゃ

ない？

M：家に置いておくものと、持ち出すものと分けて考えようよ。家にあるものもあるし。まず水だね。

F：一日に一人３リットル必要だっていうから、３日分だとペットボトルあと２本。これは私がスー

パーで買ってくるよ。

M：うん。保存食は缶詰ぐらいしかないな。５年食べられるパンか…これも買っておこうよ。

F：お湯を入れるだけで食べられるごはんもいるんじゃない？

M：そうだね。あと、ここに大きく書いてあるラジオ付き懐中電灯は？

F：懐中電灯もラジオも小さいのが前から家にあるよ。

M：じゃ、これはいいか。それなら、今はとりあえず…。

二人は何を注文しますか。

問題２

例

男の人と女の人が話しています。男の人はどうして肩がこったと言っていますか。

M：ああ肩がこった。

F：パソコン、使いすぎなんじゃないの？

M：今日は２時間もやってないよ。30分ごとにコーヒー飲んでるし。

F：ええ？　何杯飲んだの？

M：これで4杯めかな。眼鏡だって新しいのに変えてから調子いいんだ。ただ、さっきまで会議だっ
　　たんだけど、部長の話が長くてきつかったよ。コーヒーのおかげで目が覚めたけど。あの会議
　　室は椅子がだめだね。

F：そうなのよ。私もあそこで会議をした後、必ず背中や肩が痛くなるの。椅子は柔らかければい
　　いというわけじゃないね。

M：そうそう。だから会議の後は、みんな肩がこるんだよ。

男の人はどうして肩がこったと言っていますか。

1番

駅で駅員と女の人が話しています。女の人はどうして困っているのですか。

M：警察に連絡をしますか。

F：どうしたらいいでしょうか。もしかしたら、定期券を出すときとかに駅で落としたのかもしれ
　　ないし…。財布と定期券はいつも別々のポケットに入れていますけど。

M：財布だけがなくなっているのなら、やはりスリにとられたのかもしれません。

F：電車で立っているときに、スマートフォンを見ていて、なんだか横の人がのぞき込んでるよう
　　な気がして嫌だな、と思ったんです。あ、でも、電車賃は大丈夫です。定期券がありますし。
　　ただ、財布の中にクレジットカードが入っているので、すぐカード会社に連絡しないと。

M：それだけはすぐに連絡した方がいいですね。

F：ええ。でも、本当にどっちなのか…。ああ困った。

女の人はどうして困っているのですか。

2番

講演会の後で女の人と男の人が話をしています。男の人は講師についてどう思っていますか。

F：時間、短かったね。

M：うん。さすが、今人気の作家だね。1時間半だったけど、あっという間だった。

F：いい小説を書く人って、人との対話も上手なのかな。内容も楽しかった。

M：ことば遣いも丁寧で、聞きやすかったね。ちょっと変な質問にも、相手の立場に立って誠実に
　　答えていたのには感心したな。あんなに売れている作家だし、もっと偉そうな人かと思ってい
　　たけど。

F：子どものころの話を聞くと、苦労してきたんだな、と思うけど、ぜんぜん偉そうに聞こえなくて、
　　なんだか聞いてて元気が出ちゃった。

M：「人を敬うことが学びのはじめ」という言葉にも、反省させられたよ。あんな先生に教わっている学生たちは幸せだね。

男の人は講師についてどう思っていますか。

3番

会社で男の人と女の人が話しています。男の人がダンスを習っている理由は何ですか。

M：部長、今日はお先に失礼します。

F：ああ、お疲れさま。あ、練習の日でしたね。

M：ええ。もうすぐ大会なんですよ。そうだ、部長もよかったら、いかがですか。今、メンバーを募集中なんです。

F：私は遠慮しますよ。でも、なんで池田さんがダンス？ 前から聞きたかったんですけど。奥さんはなんて？ 怒らない？

M：ええ、応援してくれてます。大会の衣装も作ってくれたりして。

F：へえ。

M：姿勢がよくなって、背中がピンとするんですよ。会社ではパソコンばっかりだから。この前娘に背中が丸まってるって言われまして、それで始めたんですが、なんだか、どんどん体が軽くなって、このままやってたら学生時代の自分を取り戻せるんじゃないかって。

F：なるほど。なんだか私も興味がわいてきたわ！

男の人がダンスを習っている理由は何ですか。

4番

花屋で店員と客が話しています。客は何を買いますか。

F：いらっしゃいませ。

M：野菜を育ててみたいんですけど、初めてで。どんなのがいいでしょうか。

F：そうですね。キュウリやナスなんかは比較的育てやすいですよ。

M：うん。だけど場所をとるでしょう。うちはベランダなんでね。

F：日当たりと水はけさえよければ、できないことはないですよ。あと…赤ピーマンとか。色があざやかで楽しいですよ。

M：へえ。家で作れるの？ きれいなのはいいね。ただピーマンは苦手だからな。

F：じゃ、これなんていかがですか。ミニトマトはいろいろ種類があるんですよ。黄色と赤、オレ

ンジも。キュウリもナスも小さいものがあるにはあるんですけど、やっぱりスペースはいりま

すね。

M：そうですよね。家で作るならおいしく食べるだけじゃなくて見ていて楽しめるのがいいな。こ

れなら場所もそんなにとらなそうだし、うん、これにしよう。オレンジと赤と黄色のやつ、三

種類ください。

客は何を買いますか。

5番

父親と娘が話しています。娘はどうして怒っているのですか。

F：(鼻歌を歌っている)。

M：楽しそうだね。あ、誕生日プレゼント、気に入った？

F：え？

M：ずいぶん選んだんだよ。クマの人形なんて子どもっぽいかと思ったんだけどね。お母さんとも

相談して洋服とか、新しいゲームとかさんざん見て回ったんだけど。しかし、お母さん、もう

渡しちゃったんだね。そうだよね、昨日だったもんな。お父さん、昨日は残業で遅かったから。

F：お父さん！

M：何？

F：ひどいよ、もう！　私の誕生日って、明日なんだけど。

M：えっ。

娘はどうして怒っているのですか。

6番

銀行で銀行員と客が話しています。客は何を勧められましたか。

F：銀行口座を作りたいんですけど。

M：はい、ありがとうございます。普通でよろしいでしょうか。

F：いえ、普通の口座はあるんで定期を。

M：はい。ではこちらの用紙に、ご住所と、お名前、電話番号をお願いします。

F：はい。(間)これでよろしいですか。

M：はい。ありがとうございます。こちらは、1年でよろしいですか。

F：ええ。とりあえず。

M：…あのう、失礼ですが、こういった商品もございますが、いかがでしょうか。こちらは、病気や
けがなどに備えたものでして、入院や手術の時は何回でも支給されることになっているんです。

F：ああ、今日はちょっと時間がないんで…それに、うちはみんな主人の会社の保険に入っている
から。

M：そうでしたか。失礼しました。一応、毎月のお支払いが2000円からと、大変お安くなってい
ますので、またお時間があるときにでも、ぜひご覧になってください。

客は何を勧められましたか。

男の学生と女の学生が話しています。男の人が留学できない理由は何ですか。

F：あ、平野君、すごいね。大学推薦の留学生に選ばれたんだね。おめでとう。

M：ああ、ありがとう。たまたまだよ。でも、辞退することにしたんだ。さっき、田山先生にも話
してきた。先生も、残念だけどこれも運命だからしかたがないねって。

F：どうして。せっかくのチャンスなのに。奨学金も出るんでしょう。

M：うん。実は先週受けていた会社の役員面接に合格したんだ。

F：ああ、そうだったの。

M：子どものころからずっと憧れていた会社だし、親の年齢を考えると、ここで就職しないで留学
しても、帰ってきた時にどうなんだろうって思ってさ。

F：それは、確かに悩むよね。まあ、あの会社なら社内留学制度もあるだろうから、またチャンス
はあるかもしれないしね。

男の人が留学できない理由は何ですか。

問題3

例

テレビで男の人が話しています。

M：ここ2、30年のデザインの変化は著しいですよ。例えば、一般的な4ドアのセダンだと、これ
が日本とアメリカ、ドイツとロシアの20年前の形と比較したものなんですけど、ほら、形が
かなりなだらかな曲線になっています。フロントガラスの形も変わってきていますね。これ、
同じ種類なんです。それと、もう一つの大きい変化は、使うガソリンの量が減ったことです。
中にはほとんど変わらないものもあるんですが、ガソリン1リットルで走れる距離がこんなに

伸びている種類があります。今は各社が新しい燃料を使うタイプの開発を競争していますから、消費者としては、環境問題にも注目して選びたいものです。

男の人は、どんな製品について話していますか。

1. パソコン
2. エアコン
3. 自動車
4. オートバイ

1番

テレビで、女の人が話しています。

F：着物は大きく分けると「礼装」と「礼装以外」に分けられます。礼装は、結婚式やお葬式、入学式、また、改まったパーティなどに着ていくものですから、洋服の場合と同じように、自分の好みだけではなく、守らなければならない決まりもあります。たとえば、素材や、足袋、草履などとのバランスですね。しかし「礼装以外」の、ちょっと友達と会ったり、出かけたりするときに着るものは、自分の好みで選ぶことができます。特に浴衣の着方などはだいぶ自由になってきているようです。着物を選ぶうえで大事なことは、着ている姿の調和と、周囲との調和だけです。この二つに気をつけて、もっと多くの人に日本の伝統文化である着物を楽しんでいただきたいと思っております。

女の人は、着物を着るときに大切なことは何だと言っていますか。
1. 礼儀を守ることと約束をやぶらないこと。
2. 年齢と、時代に合っているかということ。
3. 見た目のバランスと、その場に適当かどうか。
4. 普段から自分の趣味に合ったものを着ること。

2番

男の人と女の人が、テレビで話しています。

M：最近、眼鏡はかけてないんですね。
F：ええ、私はもともと目がよくないんですけど、特に、読書用の眼鏡を使うようになってから、どんどん悪くなるような気がして、眼鏡をかけないようにしています。
M：仕事の時は困りませんか。

F：まあ、償れですね。とにかく目に悪いと思うことをなるべくやめてます。

M：ブルーベリーがいいって言いますね。

F：ただ、ブルーベリーなんて毎日そんなに食べられないじゃないですか。もっとも、食生活には結構気をつけていますよ。ただ、何より目をいたわることではないでしょうか。ごしごしこすったり、パソコンやスマートフォンを長時間使ったりせず、本を読むにしても優しい明るさの下で読むように、とか。

女の人は目を悪くしないためにいちばん大事なことは何だと考えていますか。

1. 眼鏡をかけないこと。
2. 食生活に気をつけること。
3. よく洗うこと。
4. 目を使いすぎないこと。

3番

会社で男の人と女の人が話しています。

F：部長、新製品のパンフレットの原稿を直しましたので、目を通していただけますか。

M：ああ、もう見ましたよ。うーん、まだだめだね。まず、他社とわが社の製品との違いがはっきりわからない。しつこく書いてもよさは伝わらないけど、わが社の製品を購入する理由がわからなくては始まらないでしょう。パンフレットを読むのは親でも、この椅子を使うのは子どもなんだから、見ただけでこの椅子の特別さが伝わるように。

F：写真を増やすってことですか。

M：増やすというより、目を引くようなものをしっかり選んでください。パッと視線を集めて、忘れないような。

F：承知しました。あと、この商品の名前はいかがでしょう。やっぱり、片仮名の方がいいという意見も出ているんですけど。

M：片仮名にしてもひらがなにしても、どうも平凡な気がするけど、あまりわかりにくいのはいけないな。名前はこれで行きましょう。

男の人は女の人にどんな指示をしましたか。

1. パンフレットの文字を少なくする。
2. 印象に残る写真をよく選んで使う。
3. イラストや写真の数を多くする。
4. 漢字をもっと多く使うようにする。

4番

大学で教授が話しています。

F：現代社会で子どもたちはかつてないほどのさまざまな刺激を受けています。社会の国際化が進み、デジタル化が進み、家族の在り方が変わっていくと同時に、人の価値観、道徳観も変わってきています。その中にあって、子どもは保護をうける存在であると同時に、未来を担うべき存在である、という二つの側面を踏まえて、教育の形を考えなければならないのではないでしょうか。このどちらかに偏った考え方は、この国そのものの未来をゆがめてしまうし、実際、教育に携わる人々の偏った考え方は、多くの問題をうんできました。だからこそこの授業では、時代の移り変わりの中で、この二点における我が国の教育制度がどのように作られてきたのかを学ぶことを第一の目標にしていきたいと思います。

どんな授業についての説明ですか。

1. 教育の国際化
2. 子どもの健康
3. 教育制度の歴史
4. 道徳教育

5番

車の中で、女の人と男の人が話しています。

M：まさか、こんなに降るとは思っていなかったよね。

F：ほんと。でも、助かったよ。乗せてもらって。タクシーの列すごく長かったから。でも、お酒飲めないね。

M：ああ、もともとアルコールは苦手なんだ。それに今日はこの後仕事でさ。

F：そうなんだ。実は私も上海に出張で、今朝戻ったんだ。

M：運がよかったね。今はこの雪でもう飛行機は飛んでないよ。北海道からくる佐藤先生とか、大丈夫かな。健二、スピーチを頼んだらしいよ。

F：うん。まなみは優しいから、昨日からみんなのこと心配してると思う。今もきっと、真っ白なドレス着るて、立ったり座ったりしてるよ。

M：健二はまなみのそういうところが好きなんだろうな。

F：きっといい夫婦になるね。よかったね。

二人は、どこへ行きますか。

1. 会議
2. 同窓会
3. コンサート
4. 結婚式

6番

道で、警察官と女の人が話しています。

F：あっ、あぶない（自転車の倒れる音）。

M：大丈夫ですか。けがはなかったですか。

F：ええ、大丈夫です。でも、ひどい、あの自転車。その角から急に曲がって来たかと思ったら。私のバッグを…。

M：盗られたんですね。

F：ええ。でも、たいしたものは入っていませんでしたけどね。財布もポケットだったし。すごい速さで坂を下りてったけど…こわい！

M：何かほかに気付いたことはありませんか。

F：子どもでしたよ。高校生かな。なんか、見たことのある顔だったけど、思い出せないです。

M：お手数ですが、被害届けを出しに来ていただきたいんですが…。

F：特にけがはないですけど、…ああ、だんだん腹が立ってきた。まったくあぶない。何てことをするんでしょ。いいですよ。行きます。

女の人はこれからどこへ行きますか。

1. 警察署
2. 自宅
3. 病院
4. 子どもの家

問題4

例

M：張り切ってるね。

F：1. ええ。初めての仕事ですから。

　　2. ええ。疲れました。

　　3. ええ。自信がなくて。

1番

M：新人なんだから、もっと温かい目で見てあげたら

F：1. そうね。もっと大きい声で言う。

　　2. そうね。厳しく言い過ぎたかも。

　　3. そうね。もっと厳しく教えなきゃね。

2番

M：僕が約束をやぶったなんて、人聞きの悪いこと言わないでよ。あの日はひどい熱だったんだから。

F：1. ごめん、ごめん。

　　2. そんなに遠慮しないで。

　　3. 心から感謝してるよ。

3番

M：やっとテストが終わったけど、難しいなんてもんじゃなかったよ。

F：1. 簡単でよかったね。

　　2. それならきっと合格できるね。

　　3. えーっ、どうするの。合格できなかったら。

4番

M：そんなに口やかましく言わないほうがいいんじゃない。

F：1. そうね。簡単すぎるよね。

　　2. そうね。ガミガミ言い過ぎたかも。

　　3. そうね。甘やかしすぎたかも。

5番

F：田中君、さっき会ったとき、なんかそっけない態度だったんだけどどうしたのかな。

M：1. なんかひどいこと言ったんじゃない。

2. 今日はひまだからじゃない。

3. 話したいことがたくさんあるからだよ。

6番

M：このドラマも、もう打ち切りだね。最初は注目されてたのに。

F：1. うん。楽しみだね。

2. うん。人気があるからね。

3. うん。つまらないからね。

7番

F：今日ね。タカシにねだられて、これ…。

M：1. また、ずいぶん高いものを買ったね。

2. あーあ。修理しないとだめだね。

3. もらったの？ タカシはやさしいね。

8番

M：いくらかっとしたからって、それを言ったらおしまいだよ。

F：1. そうね。もう話し続けないようにする。

2. うん。これからは冷静に話すよ。

3. えっ？もう終わりなの？

9番

F：こんな大まかな説明で、ご理解いただけたでしょうか。

M：1. ええ。だいたいわかりました。詳細は後日お知らせください。

2. はい。はっきり聞こえました。

3. そうですね。少し大げさですね。

10番

M：あ、まつげになんか付いてるよ。取るからちょっとじっとしてて。

F：1. うん。すぐ疲れちゃうんだ。ごめん。

2. えっ、ほんと？ ありがとう。

3. よく見えなくて。こすってみるよ。

11番

F：あの人、言っていることがあやふやだね。

M：1. うん。信頼できそうで安心したよ。

2. うん。すごくユーモアがあるね。

3. うん。もう一度別の人に確認してみようか。

12番

F：そんな見え透いたお世辞言われても、何も出ないから。

M：1. いや、本当にすごくきれいだよ。

2. 見えなくても、少しは出してよ。

3. 信じてくれて、ありがとう。

13番

M：こんな仕事をさせられるとわかっていたら、もっと動きやすい服を着てきたのに。

F：1. ああ、スーツを着て来てよかったね。

2. ああ、ジーンズとTシャツで来てもよかったね。

3. ああ、ネクタイをして来ればよかったね。

問題5

1番

会社で、男の人と女の人が話をしています。

F：スポーツ大会は、どんな競技を入れましょうか。

M：冷房が効いた体育館だから、たいていのものはできるよ。

F：バレーボールは外しときませんか。みんなが同じレベルで楽しめるように。

M：うん。社内にクラブがあるからね。チームワークが試されるものを入れて、日頃交流のない社員でチームを作るようにしたら、社内でのコミュニケーションに役立つんじゃない？
バスケットボールや、バドミントンなんか。ただ、バドミントンと卓球は一度に競技できる人数が少ないよね。

F：まあそうですけど、みんなで誰かを応援するっていうのもいいんじゃないですか。

M：審判はどうする。審判がいないと話にならないよ。

F：私、中、高とやってたんで、バドミントンのルールならわかります。

M：バスケは山崎君がわかるよ。高校の時、県大会に出たって。じゃ、これでいい？

F：うーん、なんかちょっともの足りないような。綱引きはどうですか。

M：いいね。審判はだれでもできるし、それこそ、チームワークだよ。賛成。

スポーツ大会の競技はどれにしますか。

1. バレーボール、バスケットボール、バドミントン

   2. 卓球、バスケットボール、綱引き

   3. バドミントン、バスケットボール、綱引き

   4. バドミントン、バスケットボール、卓球

2番

大学で学生が新入生歓迎会について話しています。

F1：今年の新入生歓迎会、どこにする？

M：駅の南口の焼き鳥屋でいいんじゃない。

F1：今年は女子が多いから、焼き鳥屋って感じでもないような。

F2：ご飯ものとかデザートとかが充実してればいいんだけどね。

F1：そうそう。公園のところにできたカフェみたいなところはどうかな。

M：ああ、だけどあそこ、ランチでもめちゃくちゃお金がかかるよ。ピザ屋はどうかな。ほら、二つ目のバス停の。

F2：時間制限があるけど大丈夫？　きっちり2時間。あと、セット料金が意外と高いよ。

M：うーん、いっそ、ここまで届けてもらおうか。飲み物はこっちで買ってきて。6時から始めるんだったら授業が終わってすぐだから、出席者も多いよ、きっと。

F1：それ、いいんじゃない。三階の学生ルーム、予約できないか聞いてみるよ。お酒はだめだけど、まあ、それは終わってから自由に行けばいいし。カフェやら寿司屋やら、駅に行けばいくらでもあるよ。

F2：そうするとかえって高くなるんじゃない？

F1：でも、最近はあまり飲まない人が多いよ。男子でもノンアルコール頼む人が結構いる。それに、新入生は未成年だから、お酒、だめだしね、元々。

M：よし、今年は配達。それで行こう。

歓迎会の場所はどこになりましたか。
1. 焼き鳥屋
2. 新しいカフェ
3. ピザ屋
4. 大学の学生ルーム

3番

テレビでレポーターが話をしています。

M： 今日は、会社の株価の動きに合わせて、イベントや、メニューが変わるというユニークな社員食堂を紹介したいと思います。こちらは、ある食品メーカーの社員食堂です。普段は、そばや寿司、ラーメンコーナー、洋食コーナーなどが設けられ、IC カードで注文するメニューのほか、羊の肉の丸焼きや北京ダック、バーベキューなどのイベントも行われる、充実した食堂です。働く人も 100 人近く、ということです。しかし、なんと驚いたことに、会社の売り上げが下がったときは、メニューがカレーややきそば、定食など簡単なものばかりになります。さらに社長以下、部長までの役員たちが、社員にごはんやみそ汁、おかずをよそって、配膳を行うのです。社員たちはとても恐縮してしまい、食べた気にならないと言った声も聞かれるようですが、なんともおもしろい仕組みですね。

M： これは嫌だな。絶対嫌だ。

F1： なんで？ 面白くていいじゃない。うちの会社はそもそも社員食堂なんてないから、うらやましいよ。

F2： うちもないけど、これはおもしろいし、いい仕組みだね。会社の売り上げが下がったら、上の責任を問うというところが気に入ったな。

M： 役員たちの責任だと考えるなら、社員に食事ぐらいはのんびり普通に食べさせてほしいよ。部長にご飯をよそってもらうなんて冗談じゃない。かたくなっちゃって、ろくにのどに通らないよ。

F2： そこまで上の人に気を遣ってるってことなんだね。私はないな、それは。だって業績の悪化はやっぱり上の責任だと考えてほしい。

F1： 上の人の責任と見せて、そうさせたのはお前たちだぞっていう、心理的なプレッシャーを与える効果もあるってことかな。

質問1． 男の人は、この社員食堂についてどう考えていますか

質問2． 女の人たちのこの社員食堂に対する共通した意見はどれですか

問題 1

例

男の人と女の人が話をしています。二人はこれから何をしますか。

M：ごめんごめん。もうみんな、始めてるよね。

F：（少し怒って）もう。きっとおなかすかせて待ってるよ。飲み物がなくちゃ乾杯できないじゃない。私たちが買って行くことになってたのに。

M：電車が止まっちゃって隣の駅からタクシーだったんだよ。なんか、人身事故だって。

F：ああ、そうだったんだ。また寝坊でもしたんじゃないかと思ったよ。

M：ええっ。それはないよ。朝は早く起きて、見てよ、これ。

F：すごい。佐藤君、ケーキなんて作れたんだ。

M：まあね。とにかく急ごう。あのスーパーならいろいろありそうだよ。

二人はこれからまず何をしますか。

1 番

大学で、男の学生と女の学生が話しています。女の学生は来年、何をしますか。

F：いよいよ卒業だね。

M：うん。四年間、あっと言う間だったね。

F：田中君は国に帰るんだってね。

M：うん。こっちに残って金融の仕事をしたくて、一社は決まりかけてたんだけど、実家もいろいろ大変みたいでさ。兄も東京だし。だから、僕が家業を継ぐことにしたんだ。

F：えらいわね。私はもう少し学生を続けることになりそう。

M：聞いたよ。大学院、合格したんだってね。おめでとう。

F：ありがとう。それでね。私の研究テーマって、日本の酒造りについてなの。だから来年…。

M：ああ、もちろん。親父も大歓迎するはずだよ。小さい蔵だけど、うちで造ってるのはなかなか人気があるんだ。

F：心強いわ。調査の内容が決まったら、連絡するね。

女の人は卒業後に何をするつもりですか。

2番

家で男の人と女の人が話しています。男の人は今日、仕事の後でどこへ行きますか。

M：僕、顔色悪くない？最近、なんか胃がもたれるんだよね。

F：食べ過ぎ飲み過ぎが続いているもん。しょうがないよ。出張も多いし。

M：そんなことないよ。昨日だって早く帰ってきて、12時には寝てたし。

F：そうね。酔っぱらって帰ってきて、ラーメン二杯食べてからね。

　　もう、せっかくスポーツクラブに通い始めたのに、その後飲みに行くからかえってお腹が出て

　　きたみたいよ。

M：いや、昨日はたまたま、前にうちの会社で働いていた植田君に会って、家が近くだからって誘

　　われちゃってさ。そういえば、植田君にも顔色よくないって言われたんだよ。

F：じゃ、今日は帰りに内科へ行かないとね。田口医院、予約しておこうか。

M：えっ、まあ、まず、もう少しまじめにスポーツクラブへ行ってみて、病院はそれからにしたほ

　　うがいいんじゃないかな。

F：わかった、わかった。でも夕飯は家で食べてね。

M：もちろん。

男の人は今日、仕事の後でどこへ行きますか。

3番

家具屋で店員と男の人が話しています。男の人は何を買いますか。

F：いらっしゃいませ。お子さんの机をお探しですか。

M：ええ。今度小学校に入るんですけど、どんなのがいいのかなと思って。

F：最近はたんすやベッドなどと一体になった机をお求めになるご家庭も多いですね。

M：家が狭いんで、ベッドはちょっと。

F：それですと、この、リビングにちょっと置けるタイプもあります。引き出しなどはついていな

　　いんですが。

M：一応子供部屋におきたいんです。

F：それでしたら、こちらのタイプはいかがでしょう。パソコンをしまうスペースなどもついてい

　　るので、大人になっても使えます。

M：ああ、いいですね。落ち着いていて。

F：椅子は別になりますが。女のお子さんですか。

M：ええ。

F：それでしたら、椅子や、机の下のスペースに置く収納ボックスをかわいい模様にされるといいですね。

M：そうですね。じゃ、とりあえずこれにします。収納ボックスはまた後で娘を連れて来て選ばせますよ。椅子はサイズもみないといけないし。

F：かしこまりました。ありがとうございます。

男の人は今、何を買いますか。

4番

息子と母親が話しています。息子はこれから何をしますか。

M：ちょっと出かけてくるよ。

F：ねえ、これ明日持っていく荷物でしょ。ずいぶん小さいけど、これで足りるの？

M：じゅうぶんだよ。一週間だけなんだから。ちょっと歯医者に行ってくる。今日で治療終わりなんだ。

F：着るものは何日分入っているの？

M：1日分。下着は1枚。あっちで洗濯できるし、すぐ乾くよ。旅行に行くわけじゃないんだし、だいたいボランティアに行くのに余計なものを持って行ったってじゃまなだけだから。

F：髭剃りや歯磨きは？

M：歯磨きは持ったよ。さっき薬屋へ行って買ってきた。髭剃りは必要ならあっちで買うけど、そってる暇なんてなさそうだから。

F：それはそうね。向こうで自分が助けられる側にならないように気をつけなさいよ。

M：もちろん。だから、今、行ってくるんだよ。いざという時のために痛み止めさえ持っていけばいいんだけどね。

F：そんなのだめよ。いってらっしゃい。

息子は今日、これから何をしますか。

5番

先生と留学生が話しています。留学生はこれからまず何をしますか。

F：チンさんは、卒業後にどうするか決めましたか。

M：私は、もともと帰国するつもりだったんですが、日本語を勉強すればするほど楽しくなってきて、今は進学を考えているんです。夏休みには帰国して両親に話すつもりです。

F：そうですか。大学へ行くためにはいろいろな書類の準備をしなければなりません。高校の卒業証明書や成績証明書、推薦書なども必要です。

M：いろいろいるんですね。今から準備します。

F：12月の留学試験は受けていますか。

M：はい。でもあまりいい点数ではなかったので、6月にもまた受けます。

F：そうですか。ではひとまず留学試験に集中しましょう。あと2か月ですからね。書類は留学試験が終わり次第、用意を始めてください。帰国してからでは間に合わないかもしれませんから。

M：はい、わかりました。

留学生はこれからまず、何をしますか。

6番

店員と男の人が話しています。男の人はリビングのカーテンをどんな色にしますか。

F：リビングには緑色を使う方が多いですね。リビングだけでなく、落ち着く場所、休む場所にはよく使われます。

M：でも、暗くなりませんか。

F：そうなんです。あまり濃すぎると、気持ちが沈んでしまうかもしれません。薄ければそんなことはないと思いますが、ちょっと黄色に近くなりますね。

M：黄色は明るいですよね。落ち着くって感じじゃないけど。

F：薄い黄色なら、茶色や緑など他の色と合わせるといいかもしれませんね。ただ、会話がはずんだり、食欲がわく色は赤系統で、ピンクやオレンジが好まれるんです。特に薄いピンクには攻撃性を抑えて、若々しさや美しさを引き出す働きもあります。

M：うちは娘が二人なので、それがいいかな。うん。決めました。同じ系統だけど、はっきりした赤は攻撃性を強めそうでなんとなく落ち着かない。不思議なものですね。

F：そうですね。赤だと食欲はわくんですけどね。

男の人はリビングのカーテンをどんな色にしますか。

問題2

例

男の人と女の人が話しています。男の人はどうして肩がこったと言っていますか。

M：ああ肩がこった。

F：パソコン、使いすぎなんじゃないの？

M：今日は2時間もやってないよ。30分ごとにコーヒー飲んでるし。

F：ええ？　何杯飲んだの？

M：これで４杯めかな。眼鏡だって新しいのに変えてから調子いいんだ。ただ、さっきまで会議だったんだけど、部長の話が長くてきつかったよ。コーヒーのおかげで目が覚めたけど。あの会議室は椅子がだめだね。

F：そうなのよ。私もあそこで会議をした後、必ず背中や肩が痛くなるの。椅子は柔らかければいいというわけじゃないね。

M：そうそう。だから会議の後は、みんな肩がこるんだよ。

男の人はどうして肩がこったと言っていますか。

1番

大学で先生と女の学生が話しています。女の学生はどんな気持ちですか。

M：山田さん、研修旅行の計画書、見ましたよ。

F：これでいいでしょうか。

M：ただ、この宿泊所なんだけど、今年は工事中で、別の施設を使わないとだめだよ。

F：そうですか。では、箱根の保養所に、すぐあたってみます。みんなすごく楽しみにしているんで、がんばって準備します。

M：そうですか。箱根なら一番近い駅からでもバスで一時間近くかかるから、大学からバスを使った方がいいですね。高速代はかかるけど、特急の指定席よりは安いでしょう。

F：えっ、バスですか。

M：何かまずい？

F：そういうわけではないんですが、箱根はけっこうカーブや坂が多いので…それに渋滞もあるし。でもまあ、…大丈夫です。酔い止めの薬を飲んで行きますので。

M：じゃ、その計画で行こう。

F：はあ…。

女の学生はどうして困っているのですか。

2番

会社で男の人と女の人が話しています。男の人はどんな気持ちですか。

M：昨日までに来る予定だった新製品の見本、届きましたか。

F：まだですね。今朝電話した時は、宅配便で送ったってことだったけど。

M：インターネットで、今、荷物がどの辺りにあるか調べましょうか。

F：商品の番号は田口さんが知っています。調べるなら田口さんに聞いてください。

M：先方に、必ず昨日のうちにほしいって言っておけばよかったですね。もう一度連絡して、催促

しましょうか。

F：今更言っても始まりませんよ。前にも言ったと思うけど、もっと早くからいろいろな場合を予

測して動くようにしましょう。まあ使うのは来週なんだからあわてないで。そうでないとミス

が重なってしまいますよ。

男の人はどんな気持ちですか。

3番

電車の中で男の人と女の人が話しています。二人はどこで知り合いましたか。

M：おはようございます。早いですね。

F：あ、おはようございます。須藤さん、この近くにお住まいなんですか。

M：ええ。実家なんです。親父が本屋をやってて。大学の時は東京に行っていて、しばらくは

印刷会社で働いてたんですけどね。親も年だし一緒に暮らすことになって。ところで大崎さん、

どうですか。毎日。

F：前の仕事が事務で、仕事の内容も全く違うんで、最初はきつかったですけど、今は少し慣れま

した。みなさん親切に教えてくださいますし。レジや商品を並べたりするのも初めてなので、

いろいろご迷惑をかけてしまって、申し訳ないです。

M：いいんですよ。始めはしかたないですよ。僕なんて、三日でやめたいと思ったんですけど、ほら、

店長が厳しいでしょ。やめるって言えなくて、結局今までやってます。

F：へえ。そうだったんですか。じゃ、ご実家の本屋さんのお手伝いも？

M：ええ。スーパーの仕事が休みの日だけですけどね。

二人はどこで知り合いましたか。

4番

店員と客が話しています。店員が謝っている理由は何ですか。

F：あの、これ、あそこにあったペンなんですが、おいくらでしょうか。他の、ちょっと形が違う

ものは2,000円と書いてあるんですけど、これはわからなくて。

M：ええと、こちらは…少々お待ちください。すぐ調べます。3,000円になります。

F：あ、わかりました。ここに書いてあるのが値段なんですね。

M：申し訳ありません。値段の表示がなかったですね。

F：いえ、ここにあるんですよ。ありがとうございます。ちゃんと見なくて。お手数おかけしました。

M：いえ、いえ、とんでもない。商品のコーナーに表示するようにいたします。本当に申し訳ありません。

店員が謝っている理由は何ですか。

5番

父親と女の子が話しています。女の子はどうして泣いているのですか。

M：しかたがないじゃないか。今日は学校から帰ってくるのが遅かったんだから。それに、ほら、ちゃんとお父さんがいたんだし。

F：だって、ちょっと待っててくれればよかったのに。

M：ああ、お母さんはすぐに帰ってくるよ。きっとおいしいものを買ってきてくれるさ。

F：でも、いっしょに行きたかった、私。

M：何かほしいものがあったのか。わかった。新しいお菓子だね？ それは、じゃあ、明日お父さんが買ってきてあげるよ。だから、もう泣かないで。

F：そんなんじゃないよ。もうすぐ暗くなるでしょう。そうしたら、お母さんが一人で帰ってくるとき、あぶないよ。

M：なんだ。そういうことか。お母さんは大人だもん、大丈夫だよ。

女の子はどうして泣いているのですか。

6番

男の人と女の人がパーティの受付で話しています。二人は何を待っていますか。

M：来ないですね。

F：開場まであと10分だけど、間に合うかな。プレゼントもゲームももう来てるのに。

M：注文した時、すごく混んでいたんです。まさか間に合わないということはないと思うんだけど。

F：まあ、二人のスピーチは終わり近くで、ご両親に渡すのはその時だから、開場までに間に合わなくても大丈夫だけど、ちょっと心配ですよね。

M：まあ、いざとなれば、会場に生けてあるので間に合わせることはできるかもしれないけど。

F：へえ。そんなことってできるんですか。

M：親戚の結婚式で、やっぱり間に合わなくて、教会の椅子に飾ってあったのをまとめて作ったそうですよ。白い花ばかりだったけど二人はかえって喜んでたって。でも、うーん、今日は間に合ってほしいです。花嫁さんの好きなのを選んだそうなんで。

二人は何を待っていますか。

7番

男の人と女の人が会社で話しています。男の人が女の人に書類作成を急いでほしい理由は何ですか。

M：中村さん。すみませんが、さっきの書類、急いで作ってもらえませんか。

F：請求書の印刷が全部終わったらするつもりですが、お急ぎですか。

M：竹中産業の立川部長が来るんだけど、それを見ながら打ち合わせをしたいんだ。

F：全ページ作った方がよろしいでしょうか。

M：いや、立川部長に見てほしいのは、来月発売の製品についてだから、だいたい10ページぐらい
でいいよ。君が今日から出張なのはわかっているんだけど、なんとか頼むよ。

F：立川部長がいらっしゃるのは何時ですか。

M：2時過ぎだから、あと1時間しかない。僕ができればいいんだけど、今、その新製品のことで
新聞社が取材に来ていて。そんなわけで、急いでくれる？

F：わかりました。

男の人が女の人に書類作成を急いでほしい理由は何ですか。

問題3

例

テレビで男の人が話しています。

M：ここ2、30年のデザインの変化は著しいですよ。例えば、一般的な4ドアのセダンだと、これ
が日本とアメリカ、ドイツとロシアの20年前の形と比較したものなんですけど、ほら、形が
かなりなだらかな曲線になっています。フロントガラスの形も変わってきていますね。これ、
同じ種類なんです。それと、もう一つの大きい変化は、使うガソリンの量が減ったことです。
中にはほとんど変わらないものもあるんですが、ガソリン1リットルで走れる距離がこんなに
伸びている種類があります。今は各社が新しい燃料を使うタイプの開発を競争していますから、
消費者としては、環境問題にも注目して選びたいものです。

男の人は、どんな製品について話していますか。

1．パソコン

2．エアコン

3. 自動車
   <ruby>自動車<rt>じどうしゃ</rt></ruby>

4. オートバイ

1番
<ruby>番<rt>ばん</rt></ruby>

テレビで、<ruby>男<rt>おとこ</rt></ruby>の<ruby>人<rt>ひと</rt></ruby>が<ruby>話<rt>はな</rt></ruby>しています。

M：みなさんは、<ruby>魚<rt>さかな</rt></ruby>を<ruby>飼育<rt>しいく</rt></ruby>している<ruby>場所<rt>ばしょ</rt></ruby>、つまり<ruby>水族館<rt>すいぞくかん</rt></ruby>などで、イワシという<ruby>小<rt>ちい</rt></ruby>さい<ruby>魚<rt>さかな</rt></ruby>といっしょに、<ruby>鋭<rt>するど</rt></ruby>い<ruby>歯<rt>は</rt></ruby>と<ruby>力強<rt>ちからづよ</rt></ruby>いあごを<ruby>持<rt>も</rt></ruby>つサメという<ruby>魚<rt>さかな</rt></ruby>を<ruby>泳<rt>およ</rt></ruby>がせているのを<ruby>見<rt>み</rt></ruby>たことがありませんか？　なんてひどいことを、と<ruby>思<rt>おも</rt></ruby>いますか？　でも、これは、イワシの<ruby>健康<rt>けんこう</rt></ruby>を<ruby>保<rt>たも</rt></ruby>つためにされていることなんです。<ruby>海<rt>うみ</rt></ruby>では、<ruby>強<rt>つよ</rt></ruby>いサメは<ruby>確<rt>たし</rt></ruby>かに<ruby>他<rt>ほか</rt></ruby>の<ruby>魚<rt>さかな</rt></ruby>を<ruby>食<rt>た</rt></ruby>べるんですが、<ruby>水族館<rt>すいぞくかん</rt></ruby>では、サメの<ruby>餌<rt>えさ</rt></ruby>をちゃんと<ruby>与<rt>あた</rt></ruby>えているので、いっしょに<ruby>育<rt>そだ</rt></ruby>てているイワシが<ruby>食<rt>た</rt></ruby>べられることはありません。イワシはサメがいない<ruby>状態<rt>じょうたい</rt></ruby>より、なにか<ruby>不安<rt>ふあん</rt></ruby>だ、という<ruby>環境<rt>かんきょう</rt></ruby>の<ruby>方<rt>ほう</rt></ruby>が<ruby>元気<rt>げんき</rt></ruby>で<ruby>泳<rt>およ</rt></ruby>ぎ<ruby>回<rt>まわ</rt></ruby>るそうです。<ruby>人間<rt>にんげん</rt></ruby>も<ruby>同<rt>おな</rt></ruby>じです。ストレスのない<ruby>人<rt>ひと</rt></ruby>なんていません。<ruby>適度<rt>てきど</rt></ruby>なストレスは、<ruby>私<rt>わたし</rt></ruby>たちが<ruby>生<rt>い</rt></ruby>きていく<ruby>中<rt>なか</rt></ruby>で<ruby>必要<rt>ひつよう</rt></ruby>なものです。<ruby>会社<rt>かいしゃ</rt></ruby>や<ruby>家庭<rt>かてい</rt></ruby>で<ruby>不安<rt>ふあん</rt></ruby>や<ruby>恐怖<rt>きょうふ</rt></ruby>、<ruby>困難<rt>こんなん</rt></ruby>があっても、その<ruby>自分自身<rt>じぶんじしん</rt></ruby>の<ruby>気持<rt>きも</rt></ruby>ちにどう<ruby>対処<rt>たいしょ</rt></ruby>するかで、より<ruby>強<rt>つよ</rt></ruby>く<ruby>健康<rt>けんこう</rt></ruby>になるか、それとも<ruby>病気<rt>びょうき</rt></ruby>になるかに<ruby>分<rt>わ</rt></ruby>かれると<ruby>言<rt>い</rt></ruby>っていいかもしれません。ストレスを<ruby>増<rt>ふ</rt></ruby>やさないためには、<ruby>自分<rt>じぶん</rt></ruby>のストレスの<ruby>程度<rt>ていど</rt></ruby>をよく<ruby>知<rt>し</rt></ruby>って、<ruby>付<rt>つ</rt></ruby>き<ruby>合<rt>あ</rt></ruby>い<ruby>方<rt>かた</rt></ruby>を<ruby>考<rt>かんが</rt></ruby>えていくことが<ruby>必要<rt>ひつよう</rt></ruby>です。

<ruby>男<rt>おとこ</rt></ruby>の<ruby>人<rt>ひと</rt></ruby>は<ruby>何<rt>なに</rt></ruby>について<ruby>話<rt>はな</rt></ruby>していますか。

1. サメの<ruby>持<rt>も</rt></ruby>つ<ruby>力<rt>ちから</rt></ruby>について
2. <ruby>魚<rt>さかな</rt></ruby>の<ruby>生命力<rt>せいめいりょく</rt></ruby>について
3. <ruby>環境破壊<rt>かんきょうはかい</rt></ruby>について
4. ストレスへの<ruby>対処<rt>たいしょ</rt></ruby>について

2番
<ruby>番<rt>ばん</rt></ruby>

テレビで<ruby>女<rt>おんな</rt></ruby>の<ruby>人<rt>ひと</rt></ruby>が<ruby>話<rt>はな</rt></ruby>しています。

F：<ruby>昔<rt>むかし</rt></ruby>は、<ruby>考<rt>かんが</rt></ruby>えられなかったかもしれませんが、<ruby>今<rt>いま</rt></ruby>は<ruby>親<rt>おや</rt></ruby>が<ruby>子<rt>こ</rt></ruby>どもの<ruby>就職活動<rt>しゅうしょくかつどう</rt></ruby>、つまり、<ruby>就活<rt>しゅうかつ</rt></ruby>ですね、これを<ruby>手伝<rt>てつだ</rt></ruby>うなんていうのはまれでした。<ruby>最近<rt>さいきん</rt></ruby>でも、<ruby>親<rt>おや</rt></ruby>が<ruby>心配<rt>しんぱい</rt></ruby>しすぎているとか、そこまでしなければならないのは<ruby>子<rt>こ</rt></ruby>どもがしっかりしていないからだ、などという<ruby>声<rt>こえ</rt></ruby>も<ruby>聞<rt>き</rt></ruby>きますが、<ruby>今<rt>いま</rt></ruby>は<ruby>実<rt>じつ</rt></ruby>に<ruby>三分<rt>さんぶん</rt></ruby>の<ruby>一<rt>いち</rt></ruby>の<ruby>親<rt>おや</rt></ruby>が、<ruby>面接<rt>めんせつ</rt></ruby>の<ruby>練習<rt>れんしゅう</rt></ruby>や、<ruby>人事<rt>じんじ</rt></ruby>の<ruby>紹介<rt>しょうかい</rt></ruby>、いわゆる<ruby>縁<rt>コネ</rt></ruby>ですね、まあ、これは<ruby>昔<rt>むかし</rt></ruby>からありましたけど、これらの<ruby>形<rt>かたち</rt></ruby>で<ruby>子<rt>こ</rt></ruby>どもの<ruby>就活<rt>しゅうかつ</rt></ruby>に<ruby>関<rt>かか</rt></ruby>わっているそうです。これは<ruby>時代<rt>じだい</rt></ruby>の<ruby>流<rt>なが</rt></ruby>れです。<ruby>協力<rt>きょうりょく</rt></ruby>できるならしてほしいものです。<ruby>中<rt>なか</rt></ruby>でも<ruby>私<rt>わたし</rt></ruby>がお<ruby>勧<rt>すす</rt></ruby>めしたいのは、<ruby>面接<rt>めんせつ</rt></ruby>の<ruby>練習<rt>れんしゅう</rt></ruby>です。<ruby>大学生<rt>だいがくせい</rt></ruby>は、<ruby>同<rt>おな</rt></ruby>じ<ruby>年代<rt>ねんだい</rt></ruby>の<ruby>人<rt>ひと</rt></ruby>と<ruby>話<rt>はな</rt></ruby>すことには<ruby>困<rt>こま</rt></ruby>りません。<ruby>同<rt>おな</rt></ruby>じ<ruby>年代<rt>ねんだい</rt></ruby>の<ruby>人<rt>ひと</rt></ruby>とばかり<ruby>話<rt>はな</rt></ruby>していますから。しかし、

就活の際は、目上の人、年上の人と話すことに慣れていないから、まともに目を見て話すこともできないんです。親は、社会を知っていると同時に、子どもの長所や短所も知っているわけですから、そこをついた質問もできます。甘やかすのではなく、人生の先輩として関われるといいですね。

女の人は最近の大学生の就職活動について、どう考えていますか。

1. できれば親も就職活動を手伝った方がいい。
2. 親が就職活動を手伝うのは子どもにとってじゃまになる。
3. 最近の大学生は社会経験が豊富なので就職しやすい。
4. 大学生は同年代の人ともっと話さなければならない。

3番

学校で、先生と母親が話しています。

M：たけし君のことで、気になることがあるということですが、どんなことでしょうか。

F：サッカー部に入っているんですが、息子は決してうまいというわけではないんです。でも、小学校のころからずっと続けてきて、中学でも、どうしても入りたいと言って続けてきたんですが、正直に言って、三年生が卒業しても次に新入生が入って来て、結局ずっと試合には出られないんじゃないかって。向いていないなら無理に続けなくてもいいと私は思うんですが。

M：お子さんは、やめたがっているんですか。サッカー部を。

F：そうは言わないんですが、なんだか見ていて辛いというか。かわいそうで。

M：確かに、試合を応援に行ってもお子さんだけ出られないのは寂しいというのはわかるんですが、続けているのはお母さんのためではなく、自分のためです。そっとしておいて、何か言ってきた時に、気持ちを聞いてあげてはいかがでしょうか。

F：何か言ってきた時ですか。

M：ええ。例えば、サッカーやめようかな、と言ってきたら、自分はどう思うのか、他にやりたいことはあるのかなどと聞いてみるんです。試合には、来てほしいと言われたら行けばいいと思いますよ。

F：はあ…。

先生はどんなアドバイスをしましたか。

1. 子ども自身に、サッカー部をやめたいと言わせたほうがいい。
2. 早くサッカーをやめさせてあげた方がいい。
3. 子どもを見守って、求められたら話を聞くのがいい。
4. 試合は必ず応援に行った方がいい。

4番

テレビで、レポーターが話しています。

F：次は、地震などの災害によって動けなくなった人を助けるために人と犬が協力して行った、救助訓練のニュースです。今日の訓練では、スパニエル犬のゴンタが、人の位置を知らせる装置やカメラを背負い、救助犬として参加して、壊れたコンクリートの建物の中を動き回って、位置情報や映像をコンピュータに送信しました。

これまではいったん救助犬が壊れた建物などの中に入ってしまうと、中の様子がわからなかったのですが、背負った装置から救助隊の持っているタブレットに送信される情報で、崩壊した建物の中の様子や助けを待っている人の位置などを知ることができます。

一方で開発中の救助ロボットは、気温の変化や毒ガスなどが発生する状況下でも捜索が可能ですが、災害発生からケガをした人の生存率が極端に下がると言われる72時間以内に、広い範囲の中から動けなくなった人を捜せる犬の能力には及びません。この装置と救助ロボットの開発者である大野教授は、救助犬とロボットを組み合わせた新しい技術を開発できるのではないか、と話していました。

救助犬が救助ロボットより優れているところはどこですか。
1. 過酷な条件のもとでも長時間作業ができるところ。
2. 広い範囲で、ロボットより短時間で人を見つけ出せるところ。
3. 壊れた建物の中に入っていって人を見つけ出せるところ。
4. 危険な場所でケガ人を見つけ出すことができるところ。

5番

母親と息子が歩きながら話しています。

M：行きたくないな。
F：もう申し込むって決めたでしょ。しかたないじゃない、こんな成績じゃ。高校受験まで、もう一年もないんだから。今からだって間に合わないかもしれないのに。
M：学校だけで大丈夫だよ。野球部もあるんだし。今から家でやるようにすれば、別にさあ。
F：その言葉、何度も聞きました。でも、家にいればいつもなんだかんだと理由をつけて、ゴロゴロしてばかりでしょ。具合が悪いわけでもあるまいし。まずは勉強の仕方から教えてもらいなさい。
M：お母さんは、行ってたの？ 学校の後で。
F：別に行く必要なかったもの。こんな成績じゃなかったし、ピアノも習ってたからね。

2000

M：あ、じゃ、僕もギター習うよ。

F：あきれた！何を言ってるの！

二人はどこに行くところですか。

1. 息子の高校
2. 学習塾
3. 野球の試合
4. 病院

6番

林の中で、男の人と女の人が話しています。

M：ああ、そこ、立ち入り禁止ですよ。

F：あ、すみません。こんなの見たことがなくて、かわいかったからつい。

M：カタクリっていうんですけど、都内では珍しくて、保護するためにこのロープを張ってあるんです。芽が出てから咲くまでに六年から八年かかるんですよ。

F：そんなに長く…。じゃあ、なおさら大事にしないとだめですね。

M：もし病気にならなければ、寿命は50年ぐらいらしいですけど。昔は絵を描きに来る人が多かったんですけど、その後、写真を撮りにくる人がどんどん増えて、困ったことに最近では根から引き抜いていく人もいるんです。

F：ひどいですね…。

M：そうなんですよ。ロープが張ってないところまでなら入れますから、どうぞゆっくり見ていってください。

二人は、何について話していますか。

1. 鳴いている小鳥
2. 林の中の木
3. カタクリの花
4. 花に止まった蝶

問題4

例

M：張り切ってるね。

F：1. ええ。初めての仕事ですから。

2. ええ。疲れました。

3. ええ。自信がなくて。

1番

M：怒らせるつもりはなかったんだよ。

F：1. でも、そんなこと言われたら、だれだって怒るよ。

2. きっと、怒らせたかったからだね。

3. いつも、怒ってばかりだったよ。

2番

M：この映画、すごい人気だけど、見てみたらくだらない話だったよ。

F：1. やっぱり。だから評判がいいのね。

2. そう。じゃ、見るのやめようっと。

3. へえ。もう一度見るなら、絶対誘って。

3番

M：みんな、離ればなれにならないようにね。

F：1. うん。手をつないで行くから大丈夫。

2. うん。みんなのこと、絶対忘れないから大丈夫。

3. うん。カバン、しっかり持ってるから大丈夫。

4番

M：あれ？　まぶたがはれてるけど、どうしたの。

F：1. 新しいメガネに換えてみたんだ。

2. きのうは食べすぎちゃって。

3. この本、感動して涙が止まらなくて。

5番

F：一回戦、突破したんですね。

M：1. 残念でしたが、次はがんばります。

2. ええ。おかげさまで。次もがんばりますよ。

3. はい。とても勝てませんから。

6番

M：掃除や荷物運びぐらいは、まかせてよ。

F：1. えっ、いいの？ 助かるわ。

　　2. えっ、私がやるの？ はいはい。

　　3. ごめん、すぐ業者にたのむよ。

7番

F：最近、胸が痛むようなニュースが多いね。

M：1. うん、いろんなものの値段が上がっているね。

　　2. うん、体のためには食べ物に気をつけないとね。

　　3. うん、幼い命が奪われるなんて、辛すぎるよ。

8番

M：そんな固いこと言わないでよ。

F：1. だめといったらだめ。友達だからこそお金は貸さないの。

　　2. このパン、まだそんなに硬くないよ。柔らかい。

　　3. ひどい。もう、笑わないでよ。

9番

F：フジタ産業、最近、支払いが滞っているようです。

M：1. 不景気だからとはいえ、困りましたね。

　　2. ありがたいですね。

　　3. かなり儲かっているんですね。

10番

M：こんなことなら他の映画にするんだった。

F：1. そうね。感動しちゃった。

　　2. うん。なんで人気があるのか不思議。

　　3. それなら、絶対これを見ないと後悔するよ。

11番

F：今日って田中君の誕生日じゃなかったっけ？

M：1. いや、誕生日じゃなかったよ。

2. そう、誕生日だったよ。よく覚えたね。

3. へえ、覚えててくれたんだ。ありがとう。

12番

M：内田君はちょっと頭を冷やした方がいいよ。しばらく放っておこう。

F：1. そうですね。冷静になるまで、そっとしておきましょう。

2. 大丈夫でしょうか。冷えすぎませんか。

3. ええ。ずいぶん落ち着いていましたからね。

13番

F：新しいリーダーは、酒井さんをおいて他にいないと思います。

M：1. そうですね。酒井さんが一番ですね。

2. そうですね。酒井さん以外ならだれでもいいですね。

3. そうですね。酒井さんはリーダーがいないって言っていましたね。

問題5

1番

電話で男の人と女の人が話しています。

F：インターネットクラスは、月曜日と水曜日のコースだと7時から、火曜、木曜は8時からです。どちらの内容もビジネス英会話です。

M：授業の長さも、同じですか。

F：ええ、同じです。ただ、水曜日は、研修中の教師も交代で入りますので、それをご理解いただいた上でないと、お受けできないのですが…。

M：それで、値段の方は違ってくるんでしょうか。

F：授業料は同じです。いろいろな教師の発音に触れるのも聴解力を伸ばすためにはいいのでは、と…。

M：確かに、発音のいい先生とばかり話していたら、実際に話すときに困りますからね。だけど毎週二日というのがちょっと。たまに残業もありますし。

F：その場合は、3時間前でしたらキャンセルをして他の日に替えることもできます。または、少し割高になりますがフリープランコースはいかがですか。

M：どのぐらいかかりますか。

F：曜日固定のコースの場合、一か月 6,800 円ですが、フリープランコースですと 10 回分ずつのお支払いで、10 回で 9,000 円です。

M：そんなには変わらないですね。だけど、いつでもできると先に延ばしがちにしそうだから、やっぱり固定でやります。7 時からでいいです。ダメなときは早めにキャンセルすればいいんですよね。

男の人は、どのコースに申し込むことにしましたか。

1. 月曜日と水曜日のコースにする。
2. 火曜日と木曜日のコースにする。
3. 水曜日のコースにする。
4. フリープランコースにする。

2番

近所の人が集まって、道で話しています。

M：おはようございます。

F1：おはようございます。あのスーパー、荷物を運ぶ音、すごいですよね。

M：最近、回数が増えてるんですよね。夜中もあの音で目が覚めちゃって。

F2：おはようございます。

M、F1：ああ、おはようございます。

F2：うちにも店員さんたちが外で携帯かけてる声がかなり響くんで、先週、店長さんに話したんですけどね。で、これから気をつけるって言ってたのに。

M：実は、私も言いには行ったんですよ。店長に言っても、何もかわらないですね

F1：やっぱり警察に言った方がいいんじゃない。だってこれ、立派な迷惑行為ですよ。

M：いきなりはどうかなあ。一応ご近所だし。この商店街じゃ、あのスーパーのおかげでお客が増えたっていうところもあるわけだし。

F2：じゃあ、とりあえず市役所に相談してみたらどうでしょう。

F1：そうですね。あまり大騒ぎするのもちょっとね。

三人は何について市役所に相談しますか

1. スーパーの休憩時間について
2. スーパーの営業時間について
3. スーパーの店長について
4. スーパーの騒音について

テレビで、俳優がクラシック音楽について話しています。

M：僕がクラシック音楽にハマったのは、40歳になったころで、それまでは、ずっとクラシックとは縁がありませんでした。ただ、まあ、母や妻が聴いているのを、聞くともなしに聞いてはいたんでしょうけど、そんなのは金持ちの気取った人が聴くものだ、と思っていました。でもあるとき仕事で忙しすぎて毎日深夜帰りで、ミスも重なった時期があって、くたくただったんです。お金にも困って、もう音楽どころじゃない、そんな時に、仕事の打ち合わせで入った喫茶店で、モーツァルトのセレナーデが流れてきたんです。心の中を優しく撫でられているようで、恥ずかしいけど、涙が出そうになりました。あの時からですね。ゆったりしたいときにクラシックを聴くようになったのは。最近は自分の出ているドラマに使われたりしているし、ますます好きになってきました。いいものって、どんな使われ方をしても、いいもんですね。

M：この俳優、クラシックなんか聴くんだね。

F1：素敵。あの人、なんか軽そうだと思ってたのに、頭いいんだ。

M：クラシックは素敵、頭がいい、か。ふうん。そんなものかな。

F2：じゃあ、お父さんもクラシックしか聴かないから素敵でしょう。

F1：お父さんは、ちょっと違うの。ええと、かっこよくないってわけじゃないけど、ほら、全然意外じゃないじゃない。よく言えば、安定してるっていうか、ぶれないっていうか。

M：ああ、それは女の人についても同じだな。例えば、いつも静かでおとなしいと思っていた人が、バリバリ仕事をしていたりすると、素敵だなあと思うよ。意外性がある人は魅力があるな。

F2：私はほっとできる人がいいな。いつも同じように生活していて、ずっと一つのことを続けていたりするような人が。

F1：はいはい。お父さんみたいにね。お母さんは、クラシック聴いてたかと思ったらロックやJポップ聴いてたりするから意外性があるよね。

質問1．俳優は、どんな時にクラシックを聴いたことがきっかけで好きになったのですか。

質問2．この父親は、どんな人ですか。

日本語能力試験聴解 N1　第 4 回

（M：男性　F：女性）

問題 1

例

男の人と女の人が話をしています。二人はこれから何をしますか。

M：ごめんごめん。もうみんな、始めてるよね。

F：（少し怒って）もう。きっとおなかすかせて待ってるよ。飲み物がなくちゃ乾杯できないじゃない。私たちが買って行くことになってたのに。

M：電車が止まっちゃって隣の駅からタクシーだったんだよ。なんか、人身事故だって。

F：ああ、そうだったんだ。また寝坊でもしたんじゃないかと思ったよ。

M：ええっ。それはないよ。朝は早く起きて、見てよ、これ。

F：すごい。佐藤君、ケーキなんて作れたんだ。

M：まあね。とにかく急ごう。あのスーパーならいろいろありそうだよ。

二人はこれからまず何をしますか。

1番

中学校で、男の人と女の人が話しています。二人はこれから何をしますか。

F：男の子の制服は集まらないですね。

M：ええ。みなさん、制服は思い出があるから、とっておきたいんでしょうか。

F：それもあるけど、破れたり、しみになったりしていて、こんなの出しても…って思ってる人も多いかもしれませんよ。

M：そうですね。うちの子も結構乱暴に着ていたから、卒業した後、リサイクルに出すのはちょっとなあ…。

F：新入生は別としても、持っている制服のサイズが小さくなってしまって、という人は、とにかく大きいのがほしいんですよ。うちの息子もそうでした。ですから、多少破れたりしていても。あ、じゃあ、今年は見本をのせたポスターを学校に貼ってみましょうか。こんなのでもOKですってイラストや写真入りで。で、子どもたちからも親に言ってもらいましょう。

M：ああいいですね。そうしましょう。

二人はこれから何をしますか。

2番

会社で男の人と女の人が話しています。

M：昨日は申し訳ありませんでした。

F：注文部数のミスをするなんて、田中君らしくないね。どうしたの。

M：契約が取れたことで、気が緩んでいたのかもしれません。

F：確かに、この契約を取ってきたときはさすが田中君だと思ったわ。だけど、細かい部分にこそ、その人の仕事の姿勢が問われるっていうことを忘れちゃ困るよ。そのためには何より、すべて自分でできるって思わないこと。

M：はい、以後絶対にこんなことは…。

F：みんな失敗はするの。絶対、ということはないんだから。だからこそ、チームワークを大事にして、一にも確認二にも確認。絶対一人でやれるなんて、自分を過信してはダメよ。

M：はい。わかりました。…本当に申し訳ありませんでした。

女の人は男の人にどんなことに気をつけるように言いましたか

3番

旅行会社で男の人が店員と話しています。男の人はこれからどうしますか。

F：行き先はどの辺りをお考えですか。ご参考までに、こちらは九州、北海道のパンフレットです。それとこちらは伊豆、箱根ですね。…ご家族、三名様でよろしかったでしょうか。

M：ええ。息子が留学先から一時帰国するんで、何年かぶりに家族で温泉でも行きたいと思って……新幹線で、京都辺りとか。

F：大学生のお子さんで、一時帰国ということですと、お忙しいかもしれませんね。

M：ええ。たったの一週間なんです。そうか。確かにいろいろあるだろうしなあ。

F：それでしたら、近いところでの一泊や、日帰りも検討された方がいいかもしれませんね。あるいは、ご本人に予定を確認されてからでも、今の時期は大丈夫かと。

M：そうですね。うーん、喜ばせようと思ったんだけど、ちょっと早すぎたか。まあ、その方が無難だな。じゃ、そうします。

男の人はこれからどうしますか。

4番

父親が娘と話しています。娘はこれから何をしますか。

M：ちょっと出かけてくるよ。

F：いってらっしゃい。あ、お父さん、車使っていい？ そろそろ新しい毛布がほしいから、デパートに行ってくる。

M：最近寒くなってきたからね。いいけどガソリンはたいして入っていないよ。

F：ああ、じゃ入れとく。

M：そうか。すぐ出かけるのか？

F：うん。今、洗濯物を片付けてるところだったけど、後回しにしてもいいし。

M：ああ、じゃあ、ちょうどよかった。悪いけど駅まで頼むよ。バスは今の時間なかなか来ないからな。

F：珍しいね。お父さん、バスで行くつもりだったの？ いいわよ。ガソリンスタンドのカード貸して。デパートの近くで入れるから。

M：ああ。これだよ。

娘はこれから何をしますか。

5番

大学で、卒業生と学生が話しています。男の人はこれから何をしますか。

F：私、どんな仕事がしたいのか、自分でもわからなくなってきて。先輩、営業の仕事って、どうですか。

M：僕はまさか自分が営業マンになるなんて思わなかったよ。大学では、ずっと実験ばかりだったから。

F：そうですよね。どんな仕事をさせられるかはわからないですよね。必ずしも希望通りにはならないし。

M：うん。最初は毎日辛かったけど、一年たって今の仕事もおもしろいって思えるようになったよ。それに、消費者が何を求めているかを知らないで商品開発をしても、自己満足に終わるしね。もう少しすると、課長に、来年どんな部署で働きたいか希望を聞かれるんだけど、このまま営業をやらせてほしいって返事しようと思ってる。

F：へえ。自分の知らなかった自分に気づくって、なんかいいですね。私も新しい自分の力に気づけるかな。

男の人はこれから何をしますか。

6番

先生と学生が話しています。学生は連休に何をしますか。

F：地震の被害について、いろいろな本を読んでいるみたいですね。

M：はい。まだまだ足りないと思いますが。

F：ただ、あなたのレポートを読んでいると、自分の目で確かめたのかなって疑問に思うことがあるんです。たとえばこの部分だけど、調査は信用できるもの？

M：ええと、2012年に建築会社が行った調査です。

F：そうですね。この会社はどんな目的でこの調査をしたと思いますか？ また、この結果が一般に知れ渡ることで、誰が利益を得ますか。

M：ええと…。

F：あと、参考図書として書かれている本ですが、原文を読んでいますか？

M：いえ、それはインターネットで…。

F：同じテーマについてどんな研究があるかを知ることはもちろん大事ですが、来週はせっかくの連休なんだから、現地に足を運んでみてはどうでしょう。

M：わかりました。さっそくあちらにいる知人に連絡をとってみます。いい論文を書きたいので、この連休は現地で、自分の目で見て、自分の足で歩き回ります。

F：直接だれかと話すことで新しい視点が持てるかもしれませんね。

学生は連休に何をしますか。

問題2

例

男の人と女の人が話しています。男の人はどうして肩がこったと言っていますか。

M：ああ肩がこった。

F：パソコン、使いすぎなんじゃないの？

M：今日は2時間もやってないよ。30分ごとにコーヒー飲んでるし。

F：ええ？ 何杯飲んだの？

M：これで4杯めかな。眼鏡だって新しいのに変えてから調子いいんだ。ただ、さっきまで会議だったんだけど、部長の話が長くてきつかったよ。コーヒーのおかげで目が覚めたけど。あの会議室は椅子がだめだね。

F：そうなのよ。私もあそこで会議をした後、必ず背中や肩が痛くなるの。椅子は柔らかければいいというわけじゃないね。

M：そうそう。だから会議の後は、みんな肩がこるんだよ。

男の人はどうして肩がこったと言っていますか。

1番

会社で男の人と女の人が話しています。女の人はどんな気持ちですか。

F：あの、これでよかったんでしょうか。もともとは私が言い出したことなんですが。

M：杉本さんのこと？

F：ええ。確かに彼女は、知識はありますが、経験が少ないので全部まかせてよかったのかと思って。

M：確か、杉本さんは入社一年目ですよね。

F：はい。そうですが、まだ一人で担当したことはなかったと思います。

M：何か今までに大きいミスでもしたことがあるんですか？　それとも本人がいやがっていたとか？

F：そういうわけではないんですが、先方は昔から取り引きしていただいている会社ですし。

M：じゃ、これからも僕がたびたび状況を聞くようにするよ。何かあったらすぐ手が打てるように。

F：そうですか…。今からだれか彼女と一緒に担当をさせるのは…無理ですよね。

女の人はどんな気持ちですか。

2番

道で男の人と女の人が話しています。女の人は何を待っていますか。

M：ああ、長谷川さん。どうしたんですか。

F：ええ、主人が家のカギを持って出てしまって。しかたないからマンションの管理会社に頼んだんですよ。そしたら鍵屋さんが来てくれるっていうんで…。でも、カギを換えるとなるとお値段が馬鹿にならないから、なんとか主人が先にもどってくれないかって思って待っているんだけど。

M：それは困りましたね。息子さんの携帯には連絡したんですか。

F：ええ。でもメールもつながらなくて。もしかして、充電が切れているんじゃないかと思うんです。ああ、もうすぐお客さんも来るし、困った…。

女の人は何を待っていますか。

3番

電車の中で男の人と女の人が話しています。男の人は、女の人にとってどんな関係の人ですか。

M：こんなところでお会いするなんて、すごい偶然ですね。

F：ええ。結婚式以来ですね。あゆみ、あ、奥さんは元気ですか。

M：おかげさまで。今また、バスケットボールを始めたんですよ。

F：へえ…。小田さんも続けてらっしゃるんですか。

M：ええ。高校に入ってからですから、もう10年以上やってますね。大学でもずっとやってました。で、今は会社のチームで。

F：ああ、じゃ、高校の大会で初めてお会いした頃は、まだ始めたばかりだったんですね。

M：そうですよ。だから、まだ下手くそだったでしょ。

F：いえ、いえ、とんでもない。あゆみと、かっこいいね、って話してたんですよ。バスケットボールって楽しいですよね。私も地元のチームで三年前までやってたんですけど、もうすぐ二人目で…。

M：それはおめでとうございます。にぎやかになりますね。

F：あ、私、ここで失礼します。あゆみによろしく伝えてください。

男の人は、女の人にとってどんな関係の人ですか。

4番

店員と客が話しています。客はなぜ残念だと言っていますか。

F：あの、あと何分ぐらいかかりますか。

M：はい、ただいま…。大変お待たせいたしました。こちら、春野菜と季節の魚のてんぷらでございます。

F：え？春野菜のてんぷらと季節の刺身をお願いしたんだけど。ああ、でも、まあいいです。

M：大変申し訳ありません。ただいま…。

F：もう時間がないんで、そのままでいいですよ。

M：申し訳ありません。

F：こんなに混んでいるから、待たされるのは仕方ないけど、さっき催促したら別の店員さんに、お待ちください、と不愛想に言われただけで、どうなってるのかさっぱりわからなくて。ここはサービスがいいと思っていたのに残念でした。

M：そうでございましたか。大変失礼をいたしました。後ほど、きびしく注意いたします。申し訳ありません。

客はなにが一番残念だと言っていますか。

5番

靴屋で男の人と女の人が話しています。女の人は何を探していますか。

F：あのう、ちょっとうかがいたいんですが。

M：はい、いらっしゃいませ。

F：こちらの隣にコンビニがあったと思うんですけど、なくなってしまったんですか。

M：ええ、あったんですが、去年、ビルごとなくなっちゃったんですよ。

F：その店の三階に学習塾や喫茶店や、美容院があったと思いますが、どちらかへ移転されたんでしょうか。

M：ビルに入っていた店は、経営者の方も結構みなさんお年だったんで、やめちゃったんじゃないかなあ。…学習塾とか、写真屋さんとかね。

F：そうですか。せっかく久しぶりに髪、切ってもらおうと思って来たのに。

M：二階の喫茶店もおいしかったから、よくみなさん、どこ行っちゃったんですか、なんて聞きにいらっしゃるんですけどね。

F：ほんと。あそこのコーヒー、おいしかったですよね。…すみません。ありがとうございました。

女の人はどこに行くつもりでしたか。

6番

男の人と女の人がバス停で話しています。男の人はこれからどうしますか。

M：バス、もう行っちゃったんでしょうか。

F：ええ。私三分ほど前に来たんですけど、ちょうど出たところでしたよ。

M：次のバスまでまだだいぶありますね。反対側に行く方は、どんどん来てるけど、あっちの駅に行くとかなり遠回りだし。

F：ええ。歩いた方が早いかもしれませんね。駅までだったら。

M：私は、その先まで行くので…困ったな。タクシーもなかなか来ないみたいだし。

F：まあ、少し歩けば地下鉄の駅もありますけどね。タクシーは、ここで待ってても全然来ないですよ。

M：そうなんですか。しょうがないから電話で頼もう。…あ、駅まで一緒に乗っていらっしゃいますか。

F：あ、私はいいです。急いでいないので。

男の人はこれからどうしますか。

7番

男子学生と女子学生が大学で話しています。男子学生は女子学生に何を頼みましたか。

M：北川さん、もうレポート終わった？

F：とっくに。

M：あのさ、どんな資料使った？

F：だいたいが学校の図書館のだけど。

M：そうか。そのコピーを、とってあるところだけでいいから、見せてくれない。

F：いいけど、何で。自分で本読まないの？

M：今からじゃ、どのページを読んだらいいかわからないし、だいいち、どの本を読んだらいいかもわからないんだよ。

F：つまり、何を読めばいいか知りたいのね。私が参考にしたものだけでいいの？

M：そうなんだよ。それを見せてもらえたらすごくありがたい。実をいえば、出したレポートを見せてほしいんだけど、それはさすがに…頼めないよね？

F：まったく。あたりまえでしょ。でも、参考文献のコピーを見せるって、そんなことしていいのかなあ。

男子学生は女子学生に何を頼みましたか。

問題3

例

テレビで男の人が話しています。

M：ここ2、30年のデザインの変化は著しいですよ。例えば、一般的な4ドアのセダンだと、これが日本とアメリカ、ドイツとロシアの20年前の形と比較したものなんですけど、ほら、形がかなりなだらかな曲線になっています。フロントガラスの形も変わってきていますね。これ、同じ種類なんです。それと、もう一つの大きい変化は、使うガソリンの量が減ったことです。中にはほとんど変わらないものもあるんですが、ガソリン1リットルで走れる距離がこんなに伸びている種類があります。今は各社が新しい燃料を使うタイプの開発を競争していますから、消費者としては、環境問題にも注目して選びたいものです。

男の人は、どんな製品について話していますか。

1．パソコン
2．エアコン
3．自動車
4．オートバイ

1番

テレビで、男の人が話しています。

M:世界最高峰のエベレストに、三浦雄一郎さんが世界最年長の80歳で登って以来、山に興味を持つ人が増えてきましたね。この前は、時間に余裕ができたので、夫婦でエベレストに登ってみたい、と意欲的な70代のご婦人にお会いしました。よく聞いてみると、ご主人も登山らしい経験はほとんどなく、学生の頃にハイキング程度しかしたことがないとのことです。いい写真を撮ってきますよ、と嬉しそうに話すのですが、心配です。また、大学時代は野球部に所属し、体力では同年代の人に決して負けない自信があるという60歳代の男性もいらっしゃいました。退職したので本格的な登山を始めたいと言います。血圧が高めなので、トレーニングや健康づくりのための登山のようです。

しっかり準備をした登山者に山が親しまれるのはいいですが、無茶な人たちも増えています。健康のためにという気持ちは分かりますが、登山中の事故は、自分や家族が辛いだけでなく、多くの人に迷惑をかけてしまうこともあります。まずは登山前に足腰を鍛え、バランス感覚を鍛えて、登山のための体を作ってほしいと思います。

男の人は何について話していますか。

1. エベレストの美しさについて
2. エベレストの危険について
3. 登山の喜びについて
4. 登山の危険性について

2番

駅の前で女の政治家が演説をしています。

F:みなさん、さあ、働くための環境を整え、出産後も、また、介護中も、働きたいと思ったその時に、いつでも、すぐに職場に帰れるような社会をめざそうではありませんか。そのためには、まだまだ実行されていないことがございます。その一つが、労働時間規定の見直しを促進する政策を打ち出すことだと、私は考えます。今のままの政権で、それが実行できると言えるでしょうか。いいえ、言えないと私は思います。この二年間の政治でそれが明らかになったではありませんか。少子化対策、少子化対策とは言っても、経済優先の政策ですから、労働力の確保にばかり気持ちが向いている。お母さんたちの中で、現状に満足している、という人がどれだけいるでしょうか。このような社会で、市民の暮らしは幸せな方向に向かっていくと言えますか。

この人は、今しなければならないことは何だと言っていますか。

1. 男女が平等に働くための政策を作る。
2. 働く時間についての決まりの見直し。
3. 少子化を止める。

3番

大学で、先生と学生が話しています。

M：先生、日本文学研究会の研修旅行のことなんですが。

F：ええ、行きますよ。ただ、一週間ずっとは無理なので、どこかの二日間と思っています。確か今回はずいぶん遠い田舎でやるんでしょう。山に囲まれたところで。一番近いコンビニまで、車で1時間かかるって聞きましたよ。面白そうですね。

M：ありがとうございます。先生がいらっしゃる日に合わせて僕たち3年生の発表をしたいんですが…。

F：ああそう。じゃ、そうしてくれる？ 君たちの発表を聞きたいから。でも、私が行けるのは土日になると思うけど、大丈夫ですね。

M：はい、ご都合に合わせて発表の順番を調整します。

F：あ、…そうだ。そこはネットがつながる？

M：ええと、そうですね。ちょっとわからないんですけど、たぶん…。

F：悪いけど、調べといてくれる？それによっていつ行くか決めます。あっちで仕事ができるなら、土日でなくても行けるかもしれないから。

なぜ、今、先生が合宿に参加する日が決まらないのですか。

1. かなり遠い場所になるかもしれないから。
2. 合宿をする場所でインターネットが使えるかどうかわからないから。
3. 合宿をする場所が、コンビニもないような不便なところだから。
4. 土日は学生たちの発表が聞けないかもしれないから。

4番

テレビで、女の人が話しています。

F：人工知能、AIがめざましい発達を続けています。囲碁などのゲームで世界一になった人を相手に圧勝したり、車の自動運転の開発が実用化されたり、といったニュースを耳にしない日はないほどです。こうなると、このまま人工知能が進化し続けていったときに起こる良いことと悪

いことを想像せずにはいられません。例えば、良いことは、労働力不足の解決、悪いことは人工知能が人類を攻撃して滅ぼすのではないかというようなことです。ただ、私は、後者のような事態は心配していません。なぜならそのために膨大なデータの蓄積ができるにはまだ時間がかかるからです。今から人間に求められるのはAIと共存して自然災害や人の心理などをふくめたあらゆる不確実なことを、経験を元に予測し続けることだと思います。もっとも、これこそが最も困難な課題かもしれませんが。

女の人は、これからの人間がするべきことはなんだと言っていますか。

1. 人工知能について悪いイメージをもたないこと。
2. 人工知能に過大な期待をしないこと。
3. 人間が能力を磨くこと。
4. 人工知能と共存し、経験に基づいた予測をすること。

5番

女の人と男の人が歩きながら話しています。

M：あ、雨が降ってきた。ねえ、そろそろ出かける？

F：まだあと2時間もあるから大丈夫よ。12時からなんだから、10分前に着けばいいんでしょ。30分もあれば着くでしょう。指定席なんだから、並ぶ必要もないし。

M：それじゃバタバタするし、始まる前に何かお腹にいれようよ。

F：さっき朝ごはん食べたばかりでしょう。コンビニで何か買って入ればいいじゃない。

M：まあ、そんなにはお腹、すいてないんだけどね。映画を観ているときにお腹が鳴ったら恥ずかしいし。それより、チケット、忘れないでね。

F：え？ あなたが持っているんじゃないの？

M：いや、僕は持ってないよ。行こうっていうから、きっと君が持ってるんだろうと思って。

F：まずい…。早く出かけましょう。でも、今から行って間に合うかなあ。

M：とにかく、すぐ出よう。もし席がなかったら…いいや、その時考えよう。さあ、早く。

二人はなぜ急いでいますか。

1. 映画館のチケットを買っていないから。
2. 雨が降っているから。
3. 始まる前に映画館で何か食べるため。
4. コンビニで何か食べ物を買うため。

6番

パトカーに乗った婦人警官が、男の人と話しています。

F：失礼ですが、どちらへ行かれるんですか。

M：家へ帰るところです。

F：その自転車は、ご自分のですか。

M：はい。

F：すみませんが、防犯登録シールを見せてください。

M：…はい。

F：結構です。今、ライトがついているのが見えなかったですけれど。

M：えっ、あっ。いえ、つくんですけど、ちょっと。

F：だいぶ明かりが弱くなっていますね。危ないですから気をつけてください。最近この近くで強盗事件が起きています。夜間は、十分に注意してください。

M：ああ、はい。どうも。

二人が話している時間は何時ごろですか
1. 朝6時ごろ
2. 午後1時ごろ
3. 夜11時ごろ
4. 午後3時ごろ

問題4

例

M：張り切ってるね。

F：1. ええ。初めての仕事ですから。
　　2. ええ。疲れました。
　　3. ええ。自信がなくて。

1番

M：さっき田中さんが退職をされると伺って驚きました。

F：1. もう行ってらっしゃったんですね。
　　2. もうお耳に入ったんですね。
　　3. もう質問されたんですね。

2番

M：半分ぐらいはやっとかないと、まずいよ。

F：1. 大丈夫。もうやめるから。

　　2. そうだね、もうちょっとやっちゃおう。

　　3. ようやくできたのに、おいしくない？

3番

M：ああ、加藤さんにあんなことを言うんじゃなかった。

F：1. 言ってしまったものはしかたないよ。潔く謝ったら？

　　2. そうだよ。加藤さんじゃなくて田中さんだよ。

　　3. そうだね。大事なことなのに言わなかったね。

4番

M：部長、私が行くことになっていた出張、中村君に代わってもらっても構わないでしょうか。

F：1. よかったですよ。

　　2. 構わなかったですよ。

　　3. いいですよ。

5番

F：今、ぐずぐずしていると、あとであわてることになるよ。

M：1. うん、でも、なんかめんどうくさくて。

　　2. うん。笑っているわけじゃないよ。

　　3. うん。雨だからぜんぜん乾かないよ。

6番

M：この部屋、掃除するからちょっとあっち行ってて。

F：1. これを運べばいいんだね。

　　2. 座っているから大丈夫。

　　3. わかった。ありがとう。

7番

F：面接で、留学生からなかなか鋭い質問が出たんですよ。

M：1. 新人だからまだ勉強不足なんですね。

  2. もっとたくさんの質問が出るかと思いましたが。

  3. 今年は頭の切れる学生が多いですね。

8番

M：何時間も煮たスープが、ほら、台無しだ。

F：1. ああ、こげちゃったんだね。

  2. 本当だ。こんなにおいしいスープ飲んだの、初めて。

  3. うん。足りない材料を買ってくるよ。

9番

F：たか子ったら、新しいバッグ、見せびらかしてるんだよ。

M：1. もしかして、うらやましい？ 自分も欲しいの？

  2. そんなに欲しがっているなら、買ってあげたら？

  3. ちゃんと閉めておいた方がいいよ。スリが多いから。

10番

M：小野さんの発表を聞いていると、はらはらしますよ。

F：1. そうね。気持ちが明るくなりますね。

  2. そうね。もっとしっかり準備をしてほしいですね。

  3. そうね。説得力のある話し方ですね。

11番

F：おかえりなさい。それ、全部マサミのおもちゃ？ずいぶん買い込んで来たのね。

M：1. いらなくなったから。

  2. 家にたくさんあるから。

  3. 今日は給料日だったから。

12番

M：あっちのチームはしぶといね。

F：1. ええ。なかなかあきらめないですね。

  2. それなら、すぐ勝てますよ。

  3. ええ。こっちはまだ零点ですよ。

13番

M：レポート提出の締め切りまで、二週間を切ったね。

F：1. うん。一週間すらないね。

   2. うん。まだ二週間もあるんだね。

   3. うん。もうのんびりしてはいられないね。

問題5

1番

家の中で男の人と女の人が話しています。

F：ええと、今日のお客さんは、池田さんと奥さん、太田さんと奥さん、あとは山中さんと、平木さんだね。

M：食器は全部で8人分。

F：じゃ、お皿とコップを出すね。食べ物は、お寿司もサンドイッチもたくさん作ったし、みんなもそれぞれ持ってくるって言ってたから、じゅうぶんじゃないかな。

M：ああ、それやめて、紙のやつにしない？　あとで洗うの大変だし。

F：だけど使ってない食器、たまには使わないと。それに、ゴミが増えて環境にもよくないでしょう。

M：洗剤を使うことや油をふき取った紙や布をどうするかと考えたら、どっちもどっちなんじゃない。

F：そうか。それに、その分、みんなと楽しく過ごす時間が増えるって考えれば、いいか。

M：そうだよ。ただ使い捨てでも、うちのは再生紙で作られてるやつだから。それと、使ってない食器はリサイクルショップに持っていったり、フリーマーケットに出したり、寄付したりしようよ。家にしまっておいても、それこそ、もったいないからね。

F：うん。

二人は、どうすることにしましたか。

1. 使い捨ての紙の食器を使う。

   2. ずっと使っていない食器を使う。

   3. お客さんが持ってくる食器をもらう。

   4. 食器を売る。

2番

会社で社員が集まって話しています。

M：この機械システムで、不審者の侵入は防げるのかな。

F1：カメラの性能はかなりいいそうですよ。この前、人気グループのコンサートで使われたものと同じだそうです。

M：コンサートといえば、あぶないことをするファンも多いからね。

F2：それもありますが、買ったチケットを他の人に高く売らせないようにするためです。私、そのコンサートに行くんですよ。

F1：えっ、行くんですか。よくチケットがとれましたね。高くなかったですか。

F2：私は運よく抽選で当たったので定価でした。抽選に外れた人に、高い値段で売るのを防ぐために、買う時に運転免許証やパスポートなんかの、証明書の写真が必要なんです。チケットを見せる時にその顔が違うと絶対会場に入れないみたいです。

M：ふうん。でも女の人は髪形や化粧がいつも違う人が多いけど、ちゃんと顔が見分けられるのかな。

F1：そうですね。似ている人だと、会場に入れるんでしょうか…。

F2：難しいそうです。数年前までは、まだ機械のミスが多かったそうですが。

M：新製品の情報に関しては特に厳しく管理しなきゃいけないから、セキュリティシステムは厳しいほどいいよ。このシステムの導入でうちが情報を守る姿勢も世間に示せるしね。

三人はどんなシステムについて話していますか

1. パスワードを読み取る機械システムについて
2. 違法なコンサートを見つける機械システムについて
3. 血管の形で本人かどうかを見分ける機械システムについて
4. 顔で本人かどうかを見分ける機械システムについて

3番

ニュースで、女のアナウンサーが話しています。

F：イタリアとアメリカの会社が共同で、スマートフォンの電池に十分電気を貯める、つまり充電ができるスポーツシューズを開発しました。これは、靴底に埋め込んだ装置によって、歩く時の足の動きなどで生じるエネルギーを蓄積しておくことができる靴で、完全防水のため雨や雪が降っても問題なく、悪天候でも、マイナス20度から65度の暑さ、寒さの厳しい場所でも使えるようになっています。さらに、「位置情報、歩数、足元の温度、バッテリーレベル」などをチェックすることが可能です。ただし、スマートフォン一台分に充電をするには、8時間の歩行が必要だそうです。

M：もうちょっと短い時間で充電できればいいのになあ。だいたい8時間なんて、そんな時間誰も歩かないよ。

F1：そうね。海外旅行に行ったときぐらいしか役に立たないんじゃない。

F2：登山の時なんかは？　がんばって歩こう、という気になるし健康にもいいかも。

F1：お父さんはもともと体を動かすのが好きじゃないから、きっと買っても無駄になるわね。

M：ゴルフだったら歩くけど、とても8時間には足りないな。

F2：私は、歩くことは苦にならないんだけど、値段が気になる。いくらぐらいするのかな。

F1：安かったとしても、私はふつうのスポーツシューズでたくさん。

M：でも、一足あれば、地震や台風で停電になった時に役立つよ。早く発売されるといいのに。

F1：私はいい。いつでもちゃんと充電してるし。持っていても、充電のことをいつも気にしてたらスポーツしていても楽しくなさそうだから結局はかないな。

F2：言われてみれば、そうね。

質問1．父親は、どんな時にこの靴が役に立つと言っていますか。

質問2．女の子はこの靴についてどう思っていますか。

日本語能力試験聴解 N1　第5回
（M：男性　F：女性）

問題1

例

男の人と女の人が話をしています。二人はこれから何をしますか。

M：ごめんごめん。もうみんな、始めてるよね。

F：（少し怒って）もう。きっとおなかすかせて待ってるよ。飲み物がなくちゃ乾杯できないじゃない。私たちが買って行くことになってたのに。

M：電車が止まっちゃって隣の駅からタクシーだったんだよ。なんか、人身事故だって。

F：ああ、そうだったんだ。また寝坊でもしたんじゃないかと思ったよ。

M：ええっ。それはないよ。朝は早く起きて、見てよ、これ。

F：すごい。佐藤君、ケーキなんて作れたんだ。

M：まあね。とにかく急ごう。あのスーパーならいろいろありそうだよ。

二人はこれからまず何をしますか。

1番

会社で男の人と女の人が話しています。男の人は今日、何をしなければなりませんか。

M：坂上部長、明日から、よろしくお願いいたします。

F：香港への出張、一週間でしたね。開成物産の件は大丈夫ですか。

M：はい。山崎課長に引き継いであります。イラストの修整だけは私がチェックしたいので、明日データを送ってもらうことになっているんですが。

F：それが終わったら印刷ですね。

M：はい。こちらが見本です。まだなのはイラストの部分だけです。

F：わかりました。それと、昨日の会議の報告書はいつになりますか。具体的な意見も出ていましたから、なるべく詳しく書いてほしいんですが。

M：はい、承知しました。作成中なので、でき次第今日のうちにメールでお送りしておきます。

F：わかりました。じゃ、私はこれで出てしまいますが、香港からいい話を持って帰ってきてください。

M：はい。新しい契約がとれるようにがんばります。

男の人は今日、何をしなければなりませんか。

2番

男の人と女の人が旅行の計画を立てています。空港に着いたら、まず最初に何をしますか。

F：空港の周りは特に何もないみたいね。

M：そうなんだよ。着くのは11時半だけど、空港ですぐ昼ご飯を食べるより、せっかくだから市内に行って地元のものを食べたいよね。

F：そうね。電車で市内まで行って、そこからバスに乗る予定だから、じゃあ、バスに乗る前にでも食べようよ。

M：ちょっと遠回りになるけど、博物館があるよ。七世紀ごろ外国から日本に贈られた物が展示されてるんだって。

F：あ、教科書で見たことある。鏡とか、刀とか…。絶対に見たい。市内の見学は後でもいいよ。

M：だけど空港から博物館まで一時間以上かかるよ。昼ご飯はやっぱり…。

F：そうね。空港に着き次第、すませよう。腹が減っては戦ができぬっていうしね。それから動こうよ。でも、やっぱり一番の楽しみはおいしいラーメン屋を探すことだよね。

M：うん。夜、行こう。絶対。

空港に着いたら、まず最初に何をしますか。

3番

引っ越し会社の人と女の人が電話で話しています。女の人はなぜ断りましたか。

M：お引越しの予定はいつですか。

F：3月29日です。

M：何時ごろがご希望ですか。

F：午前10時にはここを出られるようにしたいんです。

M：ああ、もう午前中の予約はいっぱいですね。申し訳ございません。ええと、その日は早くても5時になってしまいます。それでよければ料金の方はサービスさせていただきますが。

F：5時ということは、引っ越し先に着くのは…。

M：8時ごろになりますね。

F：夜になってしまうんですね。あっちに行ってから片付けだと、ちょっと…。

M：一度、荷物の方を見せていただいたほうがいいと思うんですが。よろしければ今から伺うことはできますよ。もちろん、無料で見積もりを出させていただきます。その時に、引っ越しで使う箱なんかもお持ちしますよ。

F：でも、時間帯が合わないので。

M：こんな時期ですから、他社さんも無理だと思いますよ。見積もりだけでもいかがですか。

F：本当に結構です。じゃあ。

女の人はなぜ断りましたか。

4番

女の学生が男の学生と話しています。男の学生はこれからどうしますか。

F：降ってきたね。

M：今日は午後からだって言っていたのに。参ったな。

F：傘持ってないの？

M：うん。でもいいよ。夕立みたいだから、きっとしばらくしたらやむだろうし。

F：私のを貸しましょうか。私はどうせ次も授業だし。あなたは今日アルバイトでしょ。

M：いや、いい、いい。図書館にでも行ってる。バイトは、大急ぎで行かなきゃならないってことはないし。ただ悪いけど、もし次の授業が終わってもまだ降ってたら、駅まで傘に入れてってくれない？ 正門のところで待ってるから。傘、買いたいんだけど、今、バイトの給料日前でさ…。

F：だから、いいって。私はその次も授業なんだから。

M：あ、そうなの？

F：いいよ。この前ノート借りたから、そのお返し。

M：えっ、そう？悪いね。

男の学生はこれからどうしますか。

5番

病院で、医者と患者が話しています。患者はこれから何をしますか。

F：今日はどうされましたか。

M：先日の風邪は治ったみたいなんですが、なんだか食欲がなくてちょっと胸も痛むような気がして…。

F：ちょっと胸の音をきいてみましょう。…うん。じゃあ口を開けて、あーって言ってみてください。口を大きく開けて。

M：あー。

F：結構です。…こちらで出した薬は全部飲みましたね。

M：はい。

F：風邪が治りきっていないみたいですね。ご心配なら詳しい検査ができる総合病院に紹介状を書きましょうか？ 血液検査なり、レントゲン撮影なり、受けた方が安心なら。

M：検査は受けないとまずいですか？ 仕事、休まなきゃんないですよね。

F：いや、今、仕事に行っているぐらいなら、少し薬を飲んで様子を見てからでも遅くないとは思います。でも治るまではお酒は控えてください。仕事は休むまでもないでしょう。ただ、胃の具合いかんによらず、禁煙はしましょう。

M：はい、がんばります。

患者はこれから何をしますか。

6番

男の人と女の人がスポーツ用品店で話しています。女の人は何を買いますか。

F：何を買えばいいかな。

M：スキーの道具と、スキー靴はあっちで借りるとして、着るものはどうする？
　　安いの買っとく？

F：うーん、もう二度としたくないって思うかもしれないし、ちょっと考える。妹の借りてもいいし。
　　でも、靴下はいるよね。

M：そうだね。手袋はぬれちゃうし、靴下も、一応セール品買っといたら。

F：ああ、手袋は妹の借りてく。靴下は普段も履けそうだから買う。ああ、あと、帽子はいるかな。

M：毛糸のでもなんでもいいんだけどね。脱げさえしなければ。

F：じゃ、いいや。家になんかありそうだから。そのかわりスキーパンツぐらいはここで買っとくよ。
　　何回も転びそうだし。

M：確かに、初心者はいっぱい転ぶよ。じゃあ、今は、…。

女の人は何を買いますか。

問題2

例

男の人と女の人が話しています。男の人はどうして肩がこったと言っていますか。

M：ああ肩がこった。

F：パソコン、使いすぎなんじゃないの？

M：今日は2時間もやってないよ。30分ごとにコーヒー飲んでるし。

F：ええ？　何杯飲んだの？

M：これで4杯めかな。眼鏡だって新しいのに変えてから調子いいんだ。ただ、さっきまで会議だっ
　　たんだけど、部長の話が長くてきつかったよ。コーヒーのおかげで目が覚めたけど。あの会議
　　室は椅子がだめだね。

F：そうなのよ。私もあそこで会議をした後、必ず背中や肩が痛くなるの。椅子は柔らかければい
　　いというわけじゃないね。

M：そうそう。だから会議の後は、みんな肩がこるんだよ。

男の人はどうして肩がこったと言っていますか。

1番

会社で男の人と女の人が話しています。男の人はどうしてがっかりしているのですか。

M：ああ、まいった。

F：どうしたんですか。

M：さっき、木島さんに会ったんだよ。

F：えっ、元、うちの会社にいた木島さんですか？

M：うん。産業ロボット展で展示を見ていたんだ。元気そうで、ほっとしたんだけどさ。今、大学院で介護ロボットの開発をしてるんだって。

F：よかったじゃないですか。

M：グローバルクリックサービスの矢田さんもいて、木島君の先輩だっていうから、紹介してもらったんだ。でも、グローバルクリックはその時、木島君の見ていたロボットを売っている会社と契約してしまったみたいで。

F：ええっ、うちとグローバルクリックサービスとの契約は、てっきりもう決まったものだと思っていたのに。

男の人はどうしてがっかりしているのですか。

2番

歌舞伎を見た後で女の人と男の人が話をしています。男の人は今日の歌舞伎についてどう思っていますか。

F：今日の歌舞伎は、悲しい話だったよね。でも、殿様に仕える女中の役をやっていた役者さん、あんなにきれいで、声まで女そのもので、私、泣きそうになっちゃった。

M：歌舞伎、高校生の時に初めて観て以来20年ぶりだったよ。あれ、悲しい話だったの？

F：今日のは、一つ目が、武士の兄弟が敵として戦ったことを書いた時代もの、二つ目が踊りなんかが中心の所作もの、三つ目が庶民の身近な世界を演じた世話もので、私が感動したのは時代もの。

M：踊り中心のものはなんだかわかんなかったけど、三つ目は動きがあっておもしろかったな。

F：え？ 三つ目は、遊んでばかりいた不良息子が、家を追い出されて、借金がもとで人を殺しちゃう話で、殺人現場で油まみれになったっていう話だよ。

M：うわあ、残酷な話だね。そのストーリー、最初から知っていれば面白かっただろうなあ。

F：ということは、一番人気のある最初のは？

M：ああ、もちろん、さっぱりだったよ。

367

男の人は今日の歌舞伎についてどう思っていますか。

3番

道を歩きながら男の人と女の人が話しています。女の人が困っている理由は何ですか。

M：今日はお疲れさまでした。あれ？　杉田さん、時間、大丈夫だったんですか？

F：ええ、今日の会議は今進めている企画の話が出たので、途中で帰りにくくて。でも、なんとか間に合うと思います。だめならタクシーで帰りますし。

M：まあ、杉田さんの担当部分については別に今日決めなくてもよかったんだけど。それより、川島さんの転勤で、しばらく杉田さんが二人分の仕事をしなきゃいけなくなるみたいですね。

F：そうなんですよ。それでちょっと困ってるんです。出張が増えるのが厄介かなって。今の企画に集中したかったんで。仕事が増えるのはしょうがないとしても、新人の竹下さんに全部まかせてしまうことになるのもどうかと思うので。

M：へえ。責任感が強いんですね。僕ならこれを機に、あのめんどうくさい企画からさっさと逃げちゃいますけど。

F：そうできたらいいんですけど。とにかく、困りましたよ。

女の人が困っている理由は何ですか。

4番

学校で男の教師と女の教師が日本語学校の卒業旅行について話しています。行き先はどこになりましたか。

F：旅行費用は合わせて2万円だから、そんなに遠くは行けないですね。

M：去年は温泉に行ったみたいですけど、あまり旅行したこともない人も多いことだし、この際、日本の代表的な観光地にしませんか？

F：観光地ですか。歴史的な建物と景色なら京都、日光、鎌倉かな。あとは広島。自然や温泉なら北海道や富士山か…あ、鎌倉は春に日帰りで行きましたっけ。

M：ええ。行ってない所にしましょう。ただ広島と京都はちょっと遠いかなあ。交通費だけで2万円以上かかるし。

F：じゃ北海道も問題外ですね。歴史の勉強もいいけど、ただ、勉強ばっかりしてないで自然も楽しんでほしいんです。日本ならではの美しい景色を見て。

M：じゃあ、そんなに遠くなくて、景色が楽しめて歴史的な建物も見られる所にしましょう。

行き先はどこになりましたか。

5番

会社で男の人と女の人が話しています。男の人はどうして謝っているのですか。

F：おはようございます。

M：あ、平野さん、おはようございます。昨日はすみませんでした。僕、早く失礼してしまって。

F：え？　ああ、いいんですよ。電車に間に合いましたか。

M：なんとか。うち遠いんで、実はギリギリでした。部長が結構酔っぱらってたんで、平野さんと横山さん、大変だったんじゃないかって。

F：ああ、気にしなくていいですよ。部長がもう一軒、もう一軒って言うからしかたなくカラオケに行ったんですけど、そこで部長ぐっすり寝ちゃって。結局、横山さんがタクシーで送って行ったんです。で、かなり遅くなって奥さんに叱られたって。

M：えー、大変だったんですね。いろいろとすみません。

F：ただ、おいしいお店だったから食べてばかりでカロリーオーバーですよ。せっかくダイエットしてたのに。

M：ハハハ。そんなふうに見えないから、大丈夫ですよ。

男の人はどうして謝っているのですか。

6番

男の人が講演会で話しています。人前で話すときに、この人が一番気をつけていることは何ですか。

M：学生時代の私は消極的で、あまり話さない学生だったんです。卒業してコンピューター関連の会社に勤めても、人と接することは少なかったです。一日中コンピューターに向かっていましたから。しかし、営業の部署に回されたことをきっかけに、人と接することを余儀なくされました。話さなければ、説明しなければ始まらない。しかし、私は、これがプレゼンの原点だと思います。エレベーターで相手先の社長に会って30秒で世間話をする、いわばこれもプレゼンです。説明をよく聞いてもらうためには、相手が何に関心があるのか調べ、その人に向けた説明を準備し、練習しておかなければなりません。私は毎日必死で自分の会社や商品について学び、説明の練習を繰り返しました。今、プレゼンのためのソフトがいろいろありますが、パソコンで資料を作ることに時間をかけすぎるのはどうかと思います。これは準備にかけられる時間全体の二割程度と考えていればいいのではないでしょうか。

人前で話すときに、この人が一番気をつけていることは何ですか。

7番

せんもんがっこうで、面接官が入学試験を受けた留学生について話しています。この学生が不合格になる理由は何ですか。

F：今の受験生はどうでしょう。

M：ええ。日本語は頑張って勉強していたようです。志望の理由も、将来、母国の子どもたちの生活をもとにした楽しいアニメを作りたい、と明確です。

F：素晴らしい夢ですね。ただ、日本語学校の時、欠席が多かったようです。体が弱いのかな。

M：アルバイトをたくさんしているのかもしれません。ちょっと疲れた感じでしたから。

F：母国でも日本のアニメをよく見て勉強していたようだけど、せっかく入学しても、休んでばかりというのはお話になりませんから。

M：ええ、そういうのが一番まずいんです。それと、この学校のことをあまりよく分かっていないような印象でしたね。うちは映像学科はあるけど、映画学科というのはないのに。

F：まあ、それは緊張のせいでまちがえたのかもしれませんから。しかし、ともかく、この学生については見送りましょう。

この学生が不合格になる理由は何ですか。

問題3

例

テレビで男の人が話しています。

M：ここ2、30年のデザインの変化は著しいですよ。例えば、一般的な4ドアのセダンだと、これが日本とアメリカ、ドイツとロシアの20年前の形と比較したものなんですけど、ほら、形がかなりなだらかな曲線になっています。フロントガラスの形も変わってきていますね。これ、同じ種類なんです。それと、もう一つの大きい変化は、使うガソリンの量が減ったことです。中にはほとんど変わらないものもあるんですが、ガソリン1リットルで走れる距離がこんなに伸びている種類があります。今は各社が新しい燃料を使うタイプの開発を競争していますから、消費者としては、環境問題にも注目して選びたいものです。

男の人は、どんな製品について話していますか。

1．パソコン

2．エアコン

3. 自動車
4. オートバイ

1番

テレビで、女の人が話しています。どんな問題についてのニュースですか。

F：次は、ホームレスの実態についてです。先日、東京23区内のホームレス、つまり、住む家がなく、路上で生活している人の人数は、国や地方自治体の調査の2倍以上であるとの結果が、東京の国立大学などの研究者グループによって発表されました。この調査グループが今年の1月中旬、深夜の時間帯に新宿、渋谷、豊島の3区で、路上で生活している人の数を調べたところ、約670人だったそうです。今回の調査から、ホームレスの人数は23区全体で、都・区調査の2.2倍以上であると思われ、これまでの調査の方法について疑問視する声も聞かれます。
都・区調査によると、昼間の路上生活者は1999年の夏以来、減少しています。これは雇用情勢の改善のためとみられますが、この調査を行った大学院グループの代表は、「2020年の東京オリンピックに向けて、地域単位でより細かい支援が求められる」と話しています。

どんな問題についてのニュースですか。
1. ホームレスの増加が続いていることについて。
2. ホームレスの人数が自治体の調査より多いとわかったことについて。
3. 国や自治体がホームレス対策をしないことについて。
4. 国民一人一人が雇用について真剣に考えていないことについて。

2番

父親と母親が電話で話しています。母親は、息子へのお土産はどんなものがいいと言っていますか。

M：来週そっちに帰るけど、武のおみやげ何がいいかな。
F：男の子だからあなたの方がわかると思う。それより受験生なんだから、そこのところをよろしくね。武が行きたがっている高校って結構むずかしいのよ。去年も競争率5倍だって。
M：へえ。それにしても、早いもんだなあ。僕がこっちにいる間にねえ。じゃ、大人っぽいものがいいか。洋服かな。
F：いいけど、気が散っちゃうようなのは、いっさいダメ。
M：だけど、また親父はつまらないって言われるよ。
F：この前だって、あなたが買ってきたゲームに夢中になっちゃって、なかなか勉強しなかったんだから。

M：高校生になるんなら、新しいスマホがいるんじゃないか。

F：パソコンもスマホも全部、合格してからよ。とにかくあまり気を取られないものにしてね。お願いよ。

M：うん…わかったよ。

母親は、息子へのお土産はどんなものがいいと言っていますか。
1. 勉強の役に立つもの
2. 健康にいいもの
3. 気晴らしになるもの
4. 勉強のじゃまにならないもの

3番

会社で男の人と女の人が話しています。

M：課長にあんなこと言うんじゃなかった。つい口が滑ったよ。

F：どうしてですか。思い切って言ってくれて助かりましたよ。だって、課長は直接お客様に文句を言われるわけではないし、私たちの仕事内容をそんなにしらないから、次々に仕事を任せてくるでしょう。限界ですよ。もう。

M：それはそうかもしれないけど、課長は課長でずいぶん上から言われてるんだよ。もっと人を減らせとか、経費を使いすぎるとか。

F：えっ、課長、そんなこと私たちに一言も言わないじゃないですか。言うのは具体的な指示ばかりで。

M：そりゃ、立場上そうするしかないよ。いちいち誰が言ったからとか、自分はこう思うけど、こうしろ、なんて言ったら現場は混乱するばかりだから。特に課長はチームワーク第一の人でしょ。

F：ええ。で、意外と個人的な都合も考えてくれてますよね…。

二人は課長がどんな人だと言っていますか。
1. 強引な人
2. 部下に甘い人
3. 協調性を重視する人
4. 個人主義者

4番

先生が学生と話しています。

M：池上さんもいよいよ卒業ですね。

F：はい、先生には本当にお世話になりました。特に、卒業論文の提出直前はもう今年はあきらめようかと思ったのですけど、励ましていただいて、なんとか出せました。

M：あの時は、どうなることかとハラハラしたよ。でも、就職も決まっていたし、方法は間違っていないので、もう少しがんばればいいだけのことだと思ったから。

F：はい、今思えば、なんであんなに慌ててたんだろうって、自分であきれます。

M：たぶん、これだけやった、という自信が持てるまでのことをしていなかったんじゃないかな。だから、先輩に厳しく指摘されて、これではまずいって、思ったんでしょう。あの時は辛かったかもしれないけれど、ショックを受けたり、恥ずかしいと感じたり、負けるもんかと思ったからこそ、必死でがんばって、いい論文が書けたんだね。

F：はい、ショックが大きいほどその後わいてくるエネルギーも大きいって、今思えば、素晴らしいことを学んだと思います。

女の学生は、どんなことを学んだと言っていますか。

1. どんなこともあきらめたら終わりだということ。
2. 自分で選んだ方法に間違いはないということ。
3. 大事な目標のためには恥ずかしさを忘れなければならないこと。
4. ショックが大きいほどあとで大きな力になること。

5番

飛行機の中で、男の人と女の人が話しています。

M：ああ、今日はよく揺れるね。

F：それより、もうすぐ食事じゃない？　お腹すいたー。

M：えっ、もうすいたの？

F：私は飛行機って食事が一番楽しみなんだ。メニューは何かな。ねえ、何だと思う？

M：機内食どころじゃないから何でもいいよ。あっ、また揺れてる。落ちそう。こんなところから落ちたりしたら絶対助からないよ。

F：大丈夫よ。じゃ、私が食べてあげようか。

M：ああ食べていいよ。いやだなあ。なんで飛行機はこんなところを飛べるのか不思議だよ。だから僕が言ったでしょう。速くなくても揺れてもいいから船にしようって。あっ、また揺れた。シートベルトちゃんと締めてる？

F：もちろん。でも飛行機って動けないのがつまらないのよね。こっちばっかりじゃなくてあっちの景色はどうなってるのかも見たいのに。

M：同じだよ。それに、そんなの見たくない。考えただけでぞーっとするよ。帰りは船にしたいよ。

F：いいけど、船は時間がかかりすぎるからね。

男の人は何が苦手なのですか。

1. 機内食
2. 高いところ
3. 自由に動けないこと
4. 飛行機の音

6番

工場で、男の人と女の人が話しています。

M：独立したスペースがいるんで、ここにひとつ部屋を作るようにしたいんですよ。で、いくらぐらいかかるかなって。

F：ガラス張りのですか。外から見えるような。

M：そうです。

F：どれぐらいの壁を作りますか。例えば、音が漏れないように、また外の音も聞こえないようにするとか。ただ独立した形でいいなら、板で四角いスペースを囲めばいいとか…。

M：製品検査室にしたいんです。だから、中は見えてもいいんだけど、音は漏れない方がいい。

F：エアコンも当然いりますよね。

M：そうですね。長時間作業することもあると思うから、いりますね。なるべくうるさい音の出ないやつ。

F：何人ぐらいで作業をするんでしょうか。

M：多くて3、4人です。

F：だいたいわかりました。ひと通り測ってみて、写真を撮って、社に帰って見積もりを出します。

女の人はどんな仕事をしていますか。

1. 警察官
2. カメラマン
3. デザイナー
4. 建築士

例

M：張り切ってるね。

F：1．ええ。初めての仕事ですから。

　　2．ええ。疲れました。

　　3．ええ。自信がなくて。

1番

M：こんな雨ぐらい、傘をさすまでもないよ

F：1．うん。わざわざ買わなくてもいいね。

　　2．うん。さしても無駄みたい。大雨だから。

　　3．うん。午後から降るって言ってたからまだ平気かな。

2番

M：いくら一生懸命働いたって、病気になってしまえばそれまでだよ。

F：1．はい。もっと頑張ります。

　　2．はい。なるべく休むようにします。

　　3．いいえ、あと1時間ほど働きます。

3番

M：毎日毎日こんなに暑くっちゃかなわないね。

F：1．そうねえ、もうすっかり秋ね。

　　2．うん、今年の夏は涼しいね。

　　3．ほんと、早く涼しくなればいいのに。

4番

M：新入社員じゃあるまいし、人事部長の名前も知らないの？

F：1．はい、もう入社5年目ですので。

　　2．お恥ずかしいんですが…。

　　3．ええ、新入社員ならみんな知っています。

5番

F：あと二日待っていただけたらできないこともないんですけど。

M：1. わかりました。じゃ、明後日までにお願いします。

    2. じゃあ、あと一日で結構です。

    3. あと二日でできないなら、間に合いませんね。

6番

M：彼女に会わなかったら、ぼくは今頃きっと寂しい人生を送っていたと思うよ。

F：1. なぜ彼女に会えなかったの？

    2. 彼女に会えて本当によかったね。

    3. 寂しい人生だったからね。

7番

F：私に言わせてもらえば、課長はこの仕事のことをあまりわかっていませんよ。

M：1. そんなことはない。よくわかってるよ。

    2. じゃあ、もっと言ってもいいよ。

    3. 言わせてあげないよ。

8番

M：子どもたち、目をきらきらさせて話を聞いていましたね。

F：1. そうですね。つまらなかったんでしょうね。

    2. はい。とても怖がっていました。

    3. ええ、楽しかったみたいですね。

9番

F：申し訳ないんですが、明後日から出張を控えておりまして…。

M：1. 大変ですね。出張に行けないほどお忙しいなんて。

    2. 承知しました。お帰りになりましたらご連絡ください。

    3. じゃあ、明日しか出張はできないんですね。

10番

M：こんなことになるなら、もっと早く来るんだった。

F：1. まさかぜんぶ売り切れちゃうとはね。

2. うん。いいものが買えたから、早く来てよかったね。

3. 家を出たのが早すぎたね。まだ店が開いてない。

11番

F：山口さんに頼んだんですが、なかなかうんと言ってくれないんです。

M：1. そうか。すぐに承知してくれて助かった。

2. そうか。もう少し交渉してみよう。

3. そうか。きっとよく分かったんだろう。

12番

F：今日の集合時間のこと、川上さんに何も言ってなかったんじゃない？

M：1. いえ、伝えましたよ。

2. いえ、伝えてません。

3. はい、伝えましたよ。

13番

F：もう少し会議を続けませんか。

M：1. 続けようと続けまいと、もう会議は終わるべきだと思います。

2. 結論が出たが最後、会議は終わらないと思いますが。

3. これ以上続けたところで結論は出ないと思いますが。

問題5

1番

大学で、男の人と女の人が話をしています。

F：どのサークルに入ろうかな。もう決めた？

M：僕はテニスクラブに入ったよ。まだ募集してるけど、どう？　入らない？

F：うん、高校の時ずっとテニスをやってたから続けてもいいんだけど、せっかく大学に入ったんだから、大学でしかできないことをやりたいな。

M：文学研究会とか、合唱サークルとか？

F：うーん、それより、うちの大学は留学生が多いでしょ。社会に出れば外国人といっしょに仕事をすることになると思うから、その前に、友達を作ってその人の国の文化を知りたいんだ。生

け花とか書道のサークルも留学生がいるみたいだけど、できればいっしょに人の役に立つような、一つの目的を果たせるようなサークルがいいな。

M：そういえば、利害関係のない友達を作れるのは学校だけだって聞いたことあるな。いっしょに社会の役に立つなんていいよね。

F：そうでしょ。うん。私、探してみる。

女の人が興味を持つのはどのサークルですか。
1. 留学生が多い日本画のサークル
2. 留学生が多い書道部
3. 留学生が多いボランティアサークル
4. 留学生に日本文化を紹介するサークル

2番

学生がアルバイトの面接を受けています。

M：今までどんなアルバイトをしたことがありますか。

F1：飲食店で働いたことがあります。ウェイトレスと、レジも担当していました。

F2：どうしてやめてしまったんですか。

F1：その店が閉店してしまいまして、ちょうど私も留学が決まっていたので、それ以後はしていません。

M：英語は話せますか。

F1：はい、日常会話には不自由しません。

M：うちはレストランや喫茶店と違って、お客さんと話すことはないんですが、電話の応対がしっかりできないと困るんです。電話はお客様からが多いんですけれど、大家さんや建築会社、銀行など、いろいろなところからかかってきます。大丈夫ですか。

F1：はい。敬語も、苦手だと感じたことはないです。

F2：パソコンは？

F1：資格などはありませんが、キーボードは見ないで打てます。

M：わかりました。

どんなアルバイトの面接ですか。
1. 不動産会社の事務
2. 通信販売の受付
3. 英会話の教師
4. 楽器演奏者

3番

テレビの報道番組で、近隣トラブル、つまり、近所に住む人どうしの紛争について弁護士が話しています。

M：引っ越したら隣の人がうるさくて困っている、上の階の子どもが四六時中ドタバタと走り回っている、などという苦情をよく耳にしますが、どう対処すればいいか分からないという方が多いようです。

ご近所同士の紛争は、ある程度の長さのつきあいを続けざるを得ないことが多く、裁判で勝っても、問題の本質的な解決につながりにくいのです。さらに近隣トラブルは、生活に影響するため精神的ストレスが大きいという特徴があります。

ですから、まず何よりも、今後もつきあいが続くということを頭において対処すべきでしょう。このような観点から、まず、話し合いで解決を図るのが効果的です。その際に、法律とかマンションの規則とか、何らかの客観的な根拠をもって話し合いに臨むことも有効です。話し合いで解決がつかない場合も、いきなり裁判を起こすのではなく、裁判所という場所を借りた話し合いや、中立的な立場の人に判断を任せるなど、より穏やかな解決方法が望ましいでしょう。

M：昔、ピアノの音が原因で近所の人を殺してしまった事件があったね。

F1：そうね。最近もエレベーターの中でにらまれたとか、近所の子どもに家のドアを蹴られたことで殺そうと思ったとか、騒音以外にも近隣トラブルはあるみたいね。

M：ふだんからコミュニケーションがとれていればいいのかもしれないけれど、今はそれが難しいんだよな。さやかはちゃんと近所の人に挨拶してる？

F2：うん、してるよ。でも、お隣の酒井さんに、「お帰りなさい」て言われると、「ただいま」って答えていいのかどうかわからなくて、「どうも」って小さい声で答えてるんだ。

M：夫婦げんかの声とかが聞こえてたら、ちょっと恥ずかしいなあ。

F1：やあね、そんなに大きい声で喧嘩なんかしないわよ。どこまでお付き合いをしたらいいかっていうのは難しいけど、災害が起きた時は助け合わなくちゃならないんだから、やっぱり普段から関係はよくしておきたいわね。

F2：そういえば私が小学生の時、鍵がなくて家に入れないで困っていたとき、酒井さんのおじさんが一緒に遊んでてくれたでしょ。顔はちょっと怖いけど、優しいよ。

M：奥さんにはいつも手作りのおいしいものをいただいているしね。

F1：本当。ありがたいわね。

M：そうだね。こんなトラブルは想像もつかないなあ。

質問1. 弁護士は、近隣トラブルの解決で大切なのはどんなことだと言っていますか。

質問2. この家族は隣の夫婦について、どう思っていますか。

日本語能力試験聴解 N1　第6回

（M：男性　F：女性）

問題1

例

男の人と女の人が話をしています。二人はこれから何をしますか。

M：ごめんごめん。もうみんな、始めてるよね。

F：（少し怒って）もう。きっとおなかすかせて待ってるよ。飲み物がなくちゃ乾杯できないじゃない。私たちが買って行くことになってたのに。

M：電車が止まっちゃって隣の駅からタクシーだったんだよ。なんか、人身事故だって。

F：ああ、そうだったんだ。また寝坊でもしたんじゃないかと思ったよ。

M：ええっ。それはないよ。朝は早く起きて、見てよ、これ。

F：すごい。佐藤君、ケーキなんて作れたんだ。

M：まあね。とにかく急ごう。あのスーパーならいろいろありそうだよ。

二人はこれからまず何をしますか。

1番

会社で、男の人と女の人が出張について話しています。女の人は男の人に何を頼まれましたか。

F：出発、明日でしたっけ。準備は終わりましたか。

M：はい、ほんの三日なので身軽にします。さっき印刷を頼んだ資料を持って行くから、それがかさばるぐらいかな。着るものも夏物でいいし。ジャケットはどうしようかな。

F：マレーシアはどこでもエアコンがきいているから、薄い生地のジャケットは役に立ちますよ。飛行機の中も寒いし。室内で会議の時にもいりますから。

M：薄地のやつは持ってないな。どこかで買って行きます。あ、明後日、請求書を富士工業に送っといてください。もう変更はないですから。

F：はい。わかりました。田島建設との連絡やら、松井設計に出す企画書やら、いろいろたまってるみたいですけど、何かやっておきましょうか。

M：あ、それはいいです。僕があっちからできるんで。

F：わかりました。

女の人は男の人に何を頼まれましたか。

2番

家で父親と娘が話しています。二人はこれから何を食べますか。

M：ああ、お腹すいたなあ。お母さん、まだ帰ってきそうにないから、なんか食べよう。

F：ええっ、お父さんが作るの？　何を？

M：まあ、ラーメンか焼きそばぐらいかな。

F：夕ご飯にラーメンって、どうかなあ。私、作るよ、カレーかなんか。ジャガイモ、ニンジン…あれ、玉ねぎがない。それにお肉も…これしかない。

M：それじゃ無理だな。お弁当でも買ってこようか。

F：…あれ、テーブルの上にお母さんのメモがある。カレーが冷凍してあります…って。

M：なんだ。

F：よかったねー。助かった。雨も降ってきたし、コンビニまで歩くと結構あるから。

M：ひさしぶりに弁当も食べたかったけど。ま、いいや。さっそく食べよう。

F：お父さん、ぜいたくー。

二人はこれから何を食べますか。

3番

デパートのベビー用品売り場で、男の人と店員が話しています。

F：いらっしゃいませ。贈り物でしょうか。

M：ええ。姪が昨日生まれたばかりで…。お祝いなんですけど、どんなのがいいのかなと思って。おもちゃじゃちょっと早いし、洋服の方がいいかなあ。

F：そうでございますね。早いことはないですけれど、お洋服は、いくらあっても困られることはないと思います。

M：そうですね。今すぐ使ってほしいし。

F：お帽子と靴下、あと靴は、こちらにあります。これからどんどん出かけられるでしょうから、帽子は早めに用意された方がいいですね、暑くなりますし。お母さまによっては靴下は履かせたくないという方もいらっしゃるので。

M：ええ。足は裸足が一番ですからね。あ、これ、かわいいですね。

F：ああ、こちらとても人気があるんですよ。このままだとクマさんのお耳で、裏返すとウサギさんになるんです

M：へえ。いいな。じゃ、これを包んでください。

男の人は何を買いますか。

4番

会社で男の人と女の人が話しています。男の人はこれからどこへ行きますか。

M：ゴホゴホ（咳の音）

F：大丈夫ですか？

M：なんか寒いと思ったら、喉も痛くなってきた。参ったな。

F：今日は早めに帰られた方がいいですよ。

M：いや、6時から本社で例の会議なんだ。まだ3時か…ちょっと、薬買ってくるよ。

F：熱もありそうですね。1階の医院で見てもらった方がよくないですか。

M：そこまではしなくても。まあ、一応体温は計ってみよう。…ピピッ, ピピッ。ああ、結構あるな。

F：無理なさらない方がいいですよ。

M：どうせ行くなら、帰りに家の近くの内科へ行くよ。夜9時まで受け付けてるんだ。じゃ、ちょっと出て来るから頼むよ。

男の人はこれからどこへ行きますか。

5番

メガネ店で店員と男の人が話しています。男の人はどの色の眼鏡を買いますか。

F：どのような眼鏡をお探しですか。

M：軽いのを探してるんです。今まで縁が太いものを使っていて、見た目に圧迫感があったんで。こんどは縁なしか、あっても薄い、明るい色にしたいんです。

F：とすると、こちらはどうでしょう。縁とレンズの厚みに差がないし、しかも特殊な材質を使っているので自由に曲がるんです。

M：ああ、いいですね。圧迫感_{あっぱくかん}がない。

F：色は、赤、茶、紺、ピンク、それに黄色とグレーの模様入り、などがあるんですが、全部透明で、とても薄い色です。

M：迷_{まよ}うなあ。

F：こちらに鏡_{かがみ}がございます。肌_{はだ}の色に合_あわせて選_{えら}ぶ、相手_{あいて}に与_{あた}えたい印象_{いんしょう}に合_あわせて選_{えら}ぶなど、いろんな方法_{ほうほう}があります。男女兼用_{だんじょけんよう}なので、どの色_{いろ}もお召_めしにはなれますが、やはりピンクと赤_{あか}は女性_{じょせい}の方_{ほう}が良いようですね。

M：そうでしょうね。ただ、今_{いま}までは濃_こい黒緑_{くろぶち}で、ちょっと厳_{きび}しいような印象_{いんしょう}だったから、もっと明_{あか}るくてソフトな印象_{いんしょう}にしたいんです。やはり、無地_{むじ}の方_{ほう}がいいけど、紺_{こん}だと学生_{がくせい}っぽいし。ただ、女性_{じょせい}っぽくなっても変_{へん}だし…よし、これにします。

男_{おとこ}の人_{ひと}はどの色_{いろ}の眼鏡_{めがね}を買_かいますか。

6番_{ばん}

男_{おとこ}の人_{ひと}と女_{おんな}の人_{ひと}が家_{いえ}で話_{はなし}をしています。男_{おとこ}の人_{ひと}は今朝_{けさ}から何_{なに}を始_{はじ}めますか。

M：ごちそうさま。

F：あれ、もう食_たべないの？

M：最近_{さいきん}あまり食欲_{しょくよく}がなくて。夜_{よる}もよく眠_{ねむ}れないし。あー（あくびの音_{おと}）、眠_{ねむ}いなあ。

F：座_{すわ}ってばかりの仕事_{しごと}だとそうなるんだって、テレビで言_いってたよ。それに、寝_ねる直前_{ちょくぜん}までパソコンとかスマートフォンを見_みていても眠_{ねむ}りにくくなるとか。

M：パソコンやスマートフォンの画面_{がめん}から出_でる光_{ひかり}のせいだと言_いうんだろう。そうは言_いってもなあ。

F：じゃ、スポーツクラブに入_{はい}る？　あと、ちょっと走_{はし}ってみたら？

M：えっ、急_{きゅう}に走_{はし}ったりしたらまずいんじゃない？　それに、そんな時間_{じかん}ないよ。病院_{びょういん}に行_いってみようかな。

F：バスをやめてみるとか、ひと駅前_{えきまえ}で降_おりて歩_{ある}くとかは？　病院_{びょういん}に行_いけば薬_{くすり}をもらうぐらいしかないだろうけど、その前_{まえ}に体_{からだ}を動_{うご}かしてみた方_{ほう}がいいような気_きがする。

M：うん。それもそうだね。よし、今朝_{けさ}からさっそくやってみよう。そうすると、…おっ、もう出_でかけた方_{ほう}がいいな。

男_{おとこ}の人_{ひと}は今朝_{けさ}から何_{なに}をしますか。

例

男の人と女の人が話しています。男の人はどうして肩がこったと言っていますか。

M：ああ肩がこった。

F：パソコン、使いすぎなんじゃないの？

M：今日は2時間もやってないよ。30分ごとにコーヒー飲んでるし。

F：ええ？　何杯飲んだの？

M：これで4杯めかな。眼鏡だって新しいのに変えてから調子いいんだ。ただ、さっきまで会議だったんだけど、部長の話が長くてきつかったよ。コーヒーのおかげで目が覚めたけど。あの会議室は椅子がだめだね。

F：そうなのよ。私もあそこで会議をした後、必ず背中や肩が痛くなるの。椅子は柔らかければいいというわけじゃないね。

M：そうそう。だから会議の後は、みんな肩がこるんだよ。

男の人はどうして肩がこったと言っていますか。

1番

学生と先生が学生の書いたレポートを見ながら話しています。先生は学生に、何を考えてほしいと言っていますか。

F：田中君、このレポートについてなんだけど、保育園の建設予定地で住民の反対運動があったことについて書いてありますね。

M：はい。今、保育園に入ることができない待機児童の問題は深刻で、一つでも多くの保育園ができることはいいことです。一人でも多くの母親が働けるわけですから。

F：はい。

M：しかし、住民には、なぜこの場所なのか、ということが納得できないのだと思います。静かで落ち着いた住宅地が、保育園ができると、運動会やら、夏祭りやら、いろいろありますから。それである地域では、高齢者による保育園建設への反対運動が起きました。

F：それで、解決方法として、母親たちの意識を変えることが大事だと思ったのですね。

M：はい。お母さんたちが自転車を停めて子どもを放っておしゃべりしていたりとか、朝、ものすごい勢いで自転車を走らせたりするのをやめないといけない、つまり安全についての意識を徹底しなければならないと思いました。

F：確かに、それも大事ですね。しかし、なぜお母さんたちはそんなことをしているんでしょうか。別の地域ではそれほどまでに激しい反対運動は起きていませんね。

M：はあ…。

F：そもそも、その事態を生んだ社会の事情から考えないと。

先生は学生に、何を考えるように言っていますか。

2番

会社で男の人と女の人が部屋の整理について話しています。男の人はまず何をしますか。

M：配置をどう変えましょうか。

F：入口のすぐ近くが受付になっていて、その近くに事務の机があるのはいいと思うんです。ただ、机は四つあるけど、実際に使っているのはそのうちの二つです。あとの二つは物を置くだけになっています。置いてる物を棚に入れて、机を二つ処分すると、かなりスペースができるんじゃないですか。

M：確かに。

F：ええ。それと、紙の資料に日差しが当たらないように、この棚を奥の方に移して、データ化できるものはしていきましょう。私、実は少しずつ始めているんですよ。

M：そうですか。じゃ、机からやります。スペースができれば、部屋の中での人の流れがスムーズになりますからね。

F：そうですね。そうすれば新しい企画の仕事も捗りますよ。よし、さっそく始めましょう。

男の人はまず何をしますか。

3番

ビルの外を見ながら、男の人と女の人が話しています。二人は何を見ていますか。

M：あれができたのって、今からもう20年前なんだよね。

F：そうね。ライトアップされるとほんとにきれい。でも、夜は歩けないんでしょう。

M：たしか、夏は9時までじゃなかったかな。晴れた日は本当にきれいだよ。東京タワーや、都心のこの辺や、反対側は千葉の房総半島まで見えるんだ。

F：確か高速道路が通ってるんだよね。電車や車では何度か通ったことがあるけど、歩いたことはないな。

M：じゃ、今度歩いてみようよ。長さは1.7キロぐらいだよ。無料だし、なかなか景色がいいんだ。

F：へえ。もっと長いかと思ってた。海の上だから風が強い日はちょっとこわそう。スリルがあるね。自転車やバイクで通る人もいるのかな。

M：たしか、自転車はだめなんじゃなかったかな。それに景色がいいから、ゆっくり歩くのがいちばんだよ。

二人はビルから何を見ていますか。

4番

母親と息子が話しています。息子は今日、何をしますか。

F：引っ越しの準備、進んでる？ 荷造りとか、掃除とか。もう大学生なんだから自分でやってよ。

M：うん。ぽちぽち。バイト、夕方からだからそれまでやるよ。

F：そう。じゃ、がんばって。お母さん、ちょっと買い物に行ってくるね。

M：あ、痛み止めの薬ない？ ちょっと歯が痛くて。

F：虫歯なら薬なんて飲んだってだめよ。さっさと歯医者に行きなさい。

M：さっき電話したんだけどさ、今日はもう予約がいっぱいなんだって。だから明日にした。薬ないんだったら買ってきてよ。

F：薬はあるけど、別の歯医者に行ったら？ ほっぺた、けっこう腫れてるよ。

M：うーん、いや、なんとかがんばる。今日でバイト最後なんだ。で、薬、どこ？

F：キッチンの棚の二段目の引き出し。

M：了解。

息子は今日、何をしますか。

5番

会社で、男の人と女の人が話をしています。女の人は男の人に何を頼みましたか。

M：山口さん、新しい炊飯器のパンフレットですけど、日本語のチェックは全部終わりました。

F：ああ助かった。どうもありがとうございます。あとは翻訳ですね。そっちは？

M：ああ、翻訳者からはすぐ届きますが、パンフレットはこれです。

F：そうですね…いいんですけど、もう少し写真が入っていたほうがわかりやすいんじゃないかしら。

M：ただ、もういいのがないんですよ。工場からいくつか送ってきたんですけど。

F：色違いの製品がのっていないし、これではちょっと足りないですね。

M：確かに。じゃ、これから僕が工場に行って写真撮ってきます。

F：急いだほうがいいですね。

女の人は男の人に何を頼みましたか。

6番

ホテルで男の人が受付の人と話をしています。男の人は今からどこに子どもを連れていきますか。

M：この近くでおもしろいところはありますか。早めに着いたんで、ちょっと子どもと時間をつぶしたいんですけど。

F：この近くは、景色がいいので歩くだけでも気持ちがいいんですが、…30分ほど歩くと牧場があって、搾りたての牛乳が飲めます。アイスクリームもおいしいですよ。

M：いいですね。ただ、歩くのは疲れるかな。明日は朝からスキーなので。

F：お子さんが喜びそうな所ですと、ここから車で20分ほどのところに小さい動物園があってウサギを抱っこできます。あと、虎の赤ちゃんが先週から公開されているんですよ。

M：楽しそうですね。他にありますか。

F：あとはやはりここから20分ほど歩くんですが、市民美術館があります。子どもさんが自由に絵を描けるコーナーもあるそうです。

M：それもいいですね。うーん、いろいろあって迷うなあ。動物園もいいし。

F：よろしければタクシーを呼びましょうか？　動物園まで。

M：いえ、なんだかちょっとぐらい歩けそうな気がしてきました。だって、搾りたての牛乳なんてめったに飲めないし。よし、そうしよう。

男の人は今からどこに子どもを連れていきますか。

7番

女の人が会議で質問をしています。女の人は何が問題だと思っていますか。

F：今のご説明について一点質問があります。3ページについてなんですが、インターネットを使ったアンケート調査の結果ですね、これは記名での回答になっていたのでしょうか。

M：はい、メールマガジンの発行を前提にしたアンケートで、これからの宣伝につなげることを目的に行いました。

F：そうですか。今後発売する化粧品づくりには正確なデータが必要ですが、この回答数はいかがなものでしょうか。

M：確かに回答者数は少なかったのですが、信頼性の高い結果が得られたと思っています。

F：無記名でも、メールアドレスは登録されているわけですから、今後は回答数を増やすためにも記名の必要性について再度検討して行っていただきたいと思います。しかし、文章で回答してもらったことは画期的ですので、ぜひ今後も続けてください。

M：承知しました。貴重なご意見、ありがとうございました。

女の人は調査の何が問題だと思っていますか。

問題3

例

テレビで男の人が話しています。

M：ここ2、30年のデザインの変化は著しいですよ。例えば、一般的な4ドアのセダンだと、これが日本とアメリカ、ドイツとロシアの20年前の形と比較したものなんですけど、ほら、形がかなりなだらかな曲線になっています。フロントガラスの形も変わってきていますね。これ、同じ種類なんです。それと、もう一つの大きい変化は、使うガソリンの量が減ったことです。中にはほとんど変わらないものもあるんですが、ガソリン1リットルで走れる距離がこんなに伸びている種類があります。今は各社が新しい燃料を使うタイプの開発を競争していますから、消費者としては、環境問題にも注目して選びたいものです。

男の人は、どんな製品について話していますか。

1. パソコン

2. エアコン

3. 自動車

4. オートバイ

1番

テレビで、男の人が話しています。

M：暑い夏に涼しく過ごせるのも、寒い冬にあたたかく過ごせるのも科学技術の恩恵です。人類が宇宙に行き、ステーションを作る。新たなエネルギーを生み出す。科学は進むことをやめません。しかし、それはなんのためでしょうか。日本でも、そして外国でも自然災害が続いています。地震で多くの犠牲者が出て、人々の心の傷も、体の傷も治らないうちに、次の災害が起こります。古代から自然災害は突然、人々の平和を襲います。その間を縫って、人類は生きるための便利

な道具を作ってきました。しかし、近年、その目的は豊かさや便利さであって、安全に向けた

ものではなくなっているのではないでしょうか。武器の開発も例外ではないでしょう。大きい

災害が発生するたびに、安全に生きるための科学技術に、人類の知恵を使うことはできないのか、

私はそう思えてしかたがありません。

男の人は何について話していますか。

1. 自然災害と文化について

2. 人類の進化について

3. 人類の平和について

4. 科学技術の目的について

2番

男の人と女の人が話をしています。

F：もう入社して一か月なんだけど、どうも職場の人とうまく話ができなくて。

M：へえ。大学の時はあんなに楽しそうに話していたのに。

F：年が違うからかな。父よりちょっと若いぐらいの男の人が多いし、女の人もいるけど話さないし。
　　仕事の話も最小限なんだよね。

M：あっちもそう思ってるんじゃない？

F：そうなのかなあ。どんな話題を出したらいいか、難しくて。

M：あのさ、話しかけられやすい雰囲気を作ったら？　例えば、朝早く出勤するとか。

F：早めには行ってるよ。

M：一番に行くんだよ。それで、コーヒーでも飲みながら新聞読んでるんだ。そうすると、次に来
　　た人が話しかけてくれるだろう？　他の人がいないと、話しやすいもんだよ。ひどい雨だね、とか。
　　もしかすると偉い人が意外な話をしてきたりする。昨日は子どもの運動会で、とか。仕事も早
　　く始められるし、誰かの手伝いもできるから喜ばれるよ。

F：そうか。うん。それ、さっそくやってみる。ありがとう。

男の人はどんなアドバイスをしましたか。

1. 誰にでも自分から積極的に話しかけること。

2. 朝、一番早く出勤すること。

3. 朝は必ずコーヒーを飲むこと。

4. 偉い人に意外な話をしてみること。

3番

テレビで女の人が話をしています。

F：笑う門には福来る、ということわざがあります。いつもにこにこしていれば、その人のまわりには安心して人が集まってきます。笑っている人というのはくだらないことにこだわりません。前向きな気持ちで物事を行えるから、うまくいくことが多いのです。さらに心に余裕がありますから、人の失敗にも腹が立ちません。問題が起こっても、笑えば脳の緊張もとけ、筋肉もやわらかくなるため、よく眠ることができて、健康でいられます。いいことばかりですね。昔の人は、本当にすばらしいことを言うなあと思います。

女の人が言ったことわざは、いつも何をしているといい、という意味ですか

1. 笑っている。
2. 前向きに考えている。
3. 健康でいるように心がけている 。
4. 物事にこだわらずにいる。

4番

テレビで、教育評論家が話しています。

F：友達にあやまる時や、バイトを休みたい時、つきあっている相手との交際をやめたいとき、メールやSNSを使う人が増えています。これは中学生や高校生に限ったことではなく、大学生もそうです。相手がメッセージを読めばとりあえず目的は達成できるから、とても楽なんですね。相手の怒りや悲しみに向き合わずに済みますから。ただ、10代の頃にこのコミュニケーションの方法に慣れてしまったら、社会人になってから直接、相手の感情を受け止めるのは大変です。誰でも、相手と衝突するのは嫌なものですが、その嫌なことを乗り越えるためには、人がどんなときに、どんな風に思うのかをしっかり学ばなければならないのではないでしょうか。

どんなことをメールやSNSで伝える人が増えていると言っていますか。

1. 早く伝えたいこと
2. 簡単なこと
3. 言いにくいこと
4. わかりにくいこと

5番

おとこ ひと おんな ひと ある はな
男の人と女の人が歩きながら話しています。

M：もうこんな時間だ。座る場所がなくてずっと立ったまま見てなくちゃならなかったのがつらかっ
たな。でも、純一も若菜も頑張っていたね。

F：そうね。若菜は走るのが速くなっていてびっくりしちゃった。

M：僕に似たんだな。僕も小学校の時は結構、速かったんだよ。

F：純一は私かな。スポーツより音楽なのよね。ピアノが大好きで…。だからかな？　ダンスはすっ
ごく一生懸命やっていて、じーんとしちゃった。男の子だから、もうちょっと速く走れたらい
いと思ってたからちょっと残念だけど、好きなことがあればいいよね。

M：うん。男がスポーツ、女は音楽、なんていう考え方はもう古いよ。二人とも楽しそうに頑張っ
ていたのは何よりだ。帰ったらたっぷりほめてやろうよ。

F：そうね。夕飯は二人の好きなハンバーグにしましょう。

ふたり なに
二人は何をしてきたところですか。

1. 子どもの入学式に出席した。
2. 子どもの運動会を見てきた。
3. 子どもの授業を見に行ってきた。
4. 子どもの音楽発表会に行ってきた。

6番

びょういん おんな ひと いしゃ はな
病院で、女の人と医者が話しています。

M：この病気は、お酒もそうですが、コーヒーなどのカフェイン、あと、重いものを持つような姿
勢が原因になることもあります。高齢でもなりますが、若い人がかかりやすいんです。ストレ
スでなる場合もあります。何か思い当りますか。

F：お酒はのまないんですけど、コーヒーはよく飲みます。

M：カフェインは治るまで控えた方がいいですね。あと、コーラはよくないです。

F：刺激物もだめなんですね。

M：ええ。それと、ソーセージなど肉を加工したものや、油で揚げた物など、脂肪が多いものも、
避けてください。逆に、乳製品はいいですよ。牛乳やヨーグルトは積極的に。

F：はい…。あとはどうでしょうか。

M：そうですね。とにかく消化がよくて、やわらかく、胃にやさしいものを食べてください。食事
以外のことでうまく気分転換をしてください。

<ruby>女<rt>おんな</rt></ruby>の<ruby>人<rt>ひと</rt></ruby>に<ruby>適当<rt>てきとう</rt></ruby>な<ruby>食事<rt>しょくじ</rt></ruby>はどれですか。

1. <ruby>刺身<rt>さしみ</rt></ruby>、てんぷら、<ruby>漬物<rt>つけもの</rt></ruby>

2. カレー、ハムサラダ、<ruby>牛乳<rt>ぎゅうにゅう</rt></ruby>

3. うどん、とうふの<ruby>煮物<rt>にもの</rt></ruby>、ヨーグルト

4. ラーメン、<ruby>揚<rt>あ</rt></ruby>げぎょうざ、ヨーグルト

<ruby>問題<rt>もんだい</rt></ruby>4

<ruby>例<rt>れい</rt></ruby>

M：<ruby>張<rt>は</rt></ruby>り<ruby>切<rt>き</rt></ruby>ってるね。

F：1. ええ。<ruby>初<rt>はじ</rt></ruby>めての<ruby>仕事<rt>しごと</rt></ruby>ですから。

　　2. ええ。<ruby>疲<rt>つか</rt></ruby>れました。

　　3. ええ。<ruby>自信<rt>じしん</rt></ruby>がなくて。

<ruby>1番<rt>ばん</rt></ruby>

M：あの<ruby>時<rt>とき</rt></ruby>は、そんなつもりで<ruby>言<rt>い</rt></ruby>ったんじゃないんだ。

F：1. いいよ、<ruby>気<rt>き</rt></ruby>にしてないから。

　　2. <ruby>今<rt>いま</rt></ruby>から<ruby>言<rt>い</rt></ruby>ってもいいよ。

　　3. じゃ、<ruby>誰<rt>だれ</rt></ruby>が<ruby>言<rt>い</rt></ruby>ったの？

<ruby>2番<rt>ばん</rt></ruby>

M：<ruby>新<rt>あたら</rt></ruby>しいプリンターを<ruby>買<rt>か</rt></ruby>ったんだけど、なかなか<ruby>思<rt>おも</rt></ruby>うようにならなくて。

F：1. しばらく<ruby>節約<rt>せつやく</rt></ruby>だね。

　　2. <ruby>説明書<rt>せつめいしょ</rt></ruby>を<ruby>読<rt>よ</rt></ruby>んでみた？

　　3. いつ<ruby>申<rt>もう</rt></ruby>し<ruby>込<rt>こ</rt></ruby>んだの？

<ruby>3番<rt>ばん</rt></ruby>

M：この<ruby>事件<rt>じけん</rt></ruby>、<ruby>犯人<rt>はんにん</rt></ruby>の<ruby>動機<rt>どうき</rt></ruby>は<ruby>何<rt>なん</rt></ruby>だったんでしょうか。

F：1. <ruby>昔<rt>むかし</rt></ruby>は<ruby>小学校<rt>しょうがっこう</rt></ruby>の<ruby>先生<rt>せんせい</rt></ruby>だったらしいですよ。

　　2. カッターナイフだそうです。

　　3. <ruby>お金<rt>かね</rt></ruby>に<ruby>困<rt>こま</rt></ruby>っていたようですよ。

4番

M：こんなニュースを見ると、寒気がするね。

F：1. うん。どうして自分の子どもにこんな残酷なことをするんだろう。

　　2. うん。この新発売のアイスクリーム、おいしそう。

　　3. うん。雪が積もった富士山ってきれいだね。

5番

F：ここの職人さんは、腕がいい人が多いですね。

M：1. ええ。スポーツで鍛えていたんですね。

　　2. はい。けんかではとても勝てませんね。

　　3. そうですね。どの器もすばらしいですね。

6番

M：来月から、僕にも家族手当が出ることになったよ。

F：1. よかった。少し楽になるわね。

　　2. どうしよう。そんなにお金はないよ。困ったな。

　　3. これで、痛くなくなるね。

7番

F：新入社員の片岡さん、人当たりがいいですね。

M：1. そうですか。そんなに太ってるようにはみえませんけど。

　　2. ええ。いつもにこにこして、話しやすいですね。

　　3. 話し方はきついけど、優しいところもあるんですけど。

8番

M：佐藤君の言うことは一本筋が通ってるよ。

F：1. うん。人の意見を聞かないから困るよ。

　　2. そう。いつも誰かの考えに影響されてるね。

　　3. そうね。だからみんなに信用されるんだよね。

9番

F：菅原さんの話は、いつも自慢ばかりでうんざりしちゃう。

M：1. そんなにおもしろいの？　聞いてみたいな。

2. そうか。それは退屈だね。

3. ちゃんと聞いていないと、後で困るね。

10番

M：こんなことなら他の映画にするんだった。

F：1. そうね。感動しちゃった。

2. うん。なんで人気があるのか不思議。

3. それなら、絶対これを観ないと後悔するよ。

11番

F：私、たばこは今日できっぱりやめる。

M：1. えらい。やっと決心したんだね。応援するよ。

2. だめだよ。体に悪いから吸わない方がいい。

3. うん。少しずつでも減らした方がいいよ。

12番

M：日本料理の中では、とりわけ豆腐が好きなんです。

F：1. ああ、私も豆腐はあんまり。

2. ええ。豆腐はそんなにおいしくないですからね。

3. へえ。寿司やてんぷらよりも好きなんですか。

13番

F：ひろしの成績、なかなか上がらないけど、これで合格できるのかしら。

M：1. まあ、自分なりに努力はしているみたいだから、もう少し様子をみてみようよ。

2. うん。合格ともなれば、きっとうれしいに違いないよ。

3. きっと、合格したら最後、がんばるだろう。大丈夫だよ。

問題5

1番

電話で男の人と女の人が話しています。

F：はい、アイラブックです。

M：あのう、本を寄付したいんですけど。

F：ありがとうございます。どのぐらいになるでしょうか。

M：ええと、100冊ぐらいなんで、ミカンの箱で三箱ぐらいかな。いや、二箱…。大きい本もあるのでやはり三箱ぐらいです。

F：五冊以上の場合は、送料は結構です。こちらで指定する配送業者を手配します。お送りになる準備ができましたら、ホームページから申し込み用紙を印刷して必要事項を書いたものを箱に詰めてください。それから配送会社に電話をして、引き取りを依頼して、配送会社の人が来たら、渡していただけますでしょうか。

M：わかりました。それと、もし引き取ってもらえない本が入っていた場合は、送り返されてくるんでしょうか。

F：一度送っていただいた本は返却できないので、処分します。値段がつけばそれを支援が必要な団体に寄付させていただき、値段がつかなければ処分します。

M：わかりました。じゃあ、これから準備します。

F：よろしくお願いいたします。

男の人が本を送るためにしなければならないことは何ですか。

1. ①本を箱に詰める　②申込書をアイラブックに郵送する　③連絡が来たら配送会社に①を持って行く。
2. ①本を数える　②冊数を申込書に記入する　③電話が来たらアイラブックに郵便で送る。
3. ①申込書に必要事項を記入する　②①を本と一緒に箱に詰める　③配送会社に電話して来てもらう。
4. ①申込書に必要事項を記入する　②①をアイラブックに郵送する③配送会社に電話して来てもらう。

2番

会社で三人の社員が集まって社内行事の企画について話しています。

M：今年の秋の行事について、そろそろ意見をまとめましょう。

F1：うちの課は、社員旅行がいいという声が上がりました。最近はずっと旅行に行ってなかったんですが、また復活させたい、ということです。

M：そういえば他の会社でも、社員旅行を復活させたところが増えてるらしいですよ。自分の時間を優先させたかったり、不況だったりでやらなくなったのに、今になってまたなんて、おもしろいですね。

F1：職場の人間関係をよくするためにはいいことじゃないですか。ベテランと新人が一緒の部屋で寝起きするって、会社の業績を上げこそすれ、下げることはなさそうだし。

F2：うちの課は、山登りと花見、あと、花火大会見物が出てました。例えば土日で旅行に行けば、次の週末までは休みがないわけですから、社員旅行は、体力的にどうかな。スポーツ大会とか、花見ぐらいが適当だと思うんですけど。

M：スポーツ大会も結構無理するかもしれませんね。とにかく、運動会にせよ、花見にせよ、イベントをやること自体はみんな前向きですね。うーん、旅行も、無理ってことはないかもしれませんよ。そうだ、みんなに行きたいかどうか、意見を聞いてみませんか。もし旅行ということになると予算を組まないといけないから、会社がどれぐらい出せるのかもさっそく上に聞いてみます。

F2：一人いくらぐらいなら個人的に出してもいいか、またどんなところに行きたいかも合わせて、アンケートをとってみましょうか。他のイベントに関しては、旅行はなし、と決まってからでも遅くないですよ。

M：それはそうですね。

F1：じゃあ、さっそくアンケートをつくりましょう。

三人が作るアンケートの問いとして適当ではないのはどれですか。
1. 社内行事をすることに賛成か反対か
2. 社員旅行に行きたいかどうか
3. 社員旅行があったらどこへ行きたいか
4. 社員旅行があったら参加費がいくらまでなら参加するか

3番

テレビでアナウンサーが、世論調査の結果について話をしています。

M：今回の調査では、政治・経済・地域などの各分野で女性のリーダーを増やすときに障害となるものは何か、という質問に対して、「保育・介護・家事などにおける夫などの家族の支援が十分ではないこと」、と答えた人の割合が、女性 54.8％、男性 44.8％ と、ともに最も高くなりました。続いて、保育・介護の支援などの公的サービスが十分ではないことが 42.3％、長時間労働の改善が十分ではないことが 38.8％、上司・同僚・部下となる男性や顧客が女性リーダーを希望しないことが 31.1％ と続きました。
また、一方で、男性が家事・育児を行うことについて、どのようなイメージを持っているか聞いたところ、「子どもにいい影響を与える」と考えた人の割合が女性では 62.2％ と最も高かった

ことに対して、男性では「男性も家事・育児を行うことは、当然である」と答えた人の割合が

58％で、一位となりました。

M：僕は、結婚したら必ず家事や育児をするのに、なんでなかなか結婚できないのかな。

F1：あらあら、妹の陽子の方が結婚することになって、急に焦ってるんでしょ？ 健一は、あんま

り結婚したそうに見えないからじゃない？ お父さんに似て、あんまりおしゃれもしないし。

M：そうかな。とにかく、うちは特に長時間労働ということもないし、働きやすいよ。

F2：上の人がまだ仕事をしていると、なかなか帰りにくいっていうことはない？私、課長より先に

は帰りにくくて。

M：そうでもないよ。逆に、残っていると、仕事ができない人みたいなイメージになっちゃう。部

長は女の人だし、たいてい一番先に帰るんだ。女性社員もさっさと帰るよ。

F1：昔、私が会社に勤めてた時は、特に仕事がなくても会社に残っている人がいたんだけど、そう

いう人はきっと、家事をやらなくても済んでたのよね。

M：うん。元気な親と一緒に住んでたか、一人暮らしか…。今はそんな会社、減ったよ。もちろん、

なかなか仕事が終わらなくて、っていう人もいるとは思うけど、育児や介護を抱えていたりす

る人が長時間働かなくてもいいように会社が考えていかないと、女性は社会では活躍しにくい

よ。最近は、家族の誕生日は休めるし、育児休暇は男性も最低1か月はとれるって会社もある

らしいね。

F2：そういう会社はいいね。うちの会社は、大事なことが決まるのは、6時過ぎで、場所は喫煙室。

社長も部長もいつもそこにいるんだもん。結婚してもやめないけど、子どもが生まれたら仕事

を続けられるか心配。

質問1．この調査は何について調べたものですか。

質問2．兄と妹は自分の勤めている会社についてそれぞれどう考えていますか。

合格全攻略！新日檢6回全真模擬試題 N1
【讀解‧聽力‧言語知識〈文字‧語彙‧文法〉】
（16K ＋ 6 回聽解 MP3）

2016年9月　初版

發行人 ●	林德勝
作者 ●	山田社日檢題庫小組‧吉松由美‧田中陽子‧西村惠子
出版發行 ●	山田社文化事業有限公司
	106台北市大安區安和路一段112巷17號7樓
	Tel：02-2755-7622
	Fax：02-2700-1887
郵政劃撥 ●	19867160號　大原文化事業有限公司
總經銷 ●	聯合發行股份有限公司
	新北市新店區寶橋路235巷6弄6號2樓
	Tel：02-2917-8022
	Fax：02-2915-6275
印刷 ●	上鎰數位科技印刷有限公司
法律顧問 ●	林長振法律事務所　林長振律師
定價 ●	新台幣369元

ISBN：978-986-246-449-6
© 2016, Shan Tian She Culture Co. , Ltd.